新潮文庫

銀花の蔵

遠田潤子著

新潮社版

11685

目次

銀花の蔵

序章 竹の秋

足音が二つ、転がるように廊下を駆けてきた。

「お祖母《ばあ》ちゃん、今日、学校休んで蔵の工事見ていい？」

台所へ飛び込むなり双子が声を揃《そろ》えて言う。銀花《ぎんか》は一升釜《いっしょうがま》を洗っていた手を止め振り向いた。双子たちの眼は深い琥珀色《こはくいろ》に輝き古い絵本の挿絵のようだ。なんだか胸が痛くなる。

「お父さんとお母さんは休んでもいいて言うてるの？」

「ううん、あかん、って。でも、お祖母ちゃんがいいって言うてくれたら休めるから」双子の片割れ、女の子がませた口調で言う。

「お父さんとお母さんがあかんて言うなら、あかんわ」

再び亀《かめ》の子たわしで力を入れて釜を洗う。冷たい水が跳ねて顔にかかった。

「それやったら、お祖父《じい》ちゃんに訊《き》いてくる。お祖父ちゃんは？」もう一人の片割れ、男の子が早口で訊《たず》ねた。

「さあ、いつものとこかな」

双子が台所を飛び出して行った。今度はトイレの前で叫んでいるのが聞こえてくる。

「お祖父ちゃん、今日、学校休んでいい？」

夫が中から何か答えたようだ。双子の不平の声が上がる。

「えー、お祖父ちゃんやったら休ませてくれると思たのに」

思わず笑ってしまった。うちは「孫に厳しいお祖母ちゃん」と「孫に甘いお祖父ちゃん」の組み合わせだ。

双子が諦《あきら》めて引き返してきた。

「ほら、さっさと朝御飯食べといで。学校に遅刻するよ」

はあい、と不満そうな返事をしながら双子が台所を出て行った。入れ替わりにトイレから出た夫が入ってくる。

「なあ、あいつら、休ませたらあかんよな」

ちょっと残念そうだ。夫の本音はわかっている。今日一日、孫と一緒に工事を見たかったのだろう。

「親があかんて言うてるんやよ。ジジババが口出したらあかん」

「そやな」白髪頭を掻《か》きながら夫が照れくさそうに笑った。「洗い物、代わろか」

「ありがとう。これで終わりやから。先、御飯食べてきて。工事の人、もうすぐ来はるし」

夫が出て行って一人になると待ちかねたように窓から風が入ってきた。釜を洗う手を止めて耳を澄ませると蔵の裏の竹林がざわざわと鳴っている。眼を閉じると黄色く色づいた無数の葉が風に舞い散る様子が浮かんだ。そう、今は竹の秋。竹の葉が落ちる季節、つまり春だ。

この家に来て五十年、ずっと竹の音を聞いてきた。昼も夜も、暑い日も寒い日も、幸せだったときも、そうでなかったときもだ。銀花と一番長く一緒にいてくれたのは蔵とあの竹林だった。

洗い終えた釜を拭《ふ》いて食堂をのぞいた。聖子《せいこ》は赤ん坊に乳をやっている。その横で婿《むこ》のサーシャが双子と言い合いをしながら味噌汁《みそしる》を飲んでいた。どこに行ったのか、夫の姿はない。

「ねえ、一生のお願い。今日だけやから」双子はまだ駄々をこねている。

「あかん。ちゃんと学校行きなさい」聖子が赤ん坊を抱き直して双子を叱《しか》った。

「お祖父ちゃんとお祖母ちゃんの言うこと、聞かなあかんで」サーシャもうなずいた。

銀花はしばらくの間、無心に乳を飲む赤ん坊を眺めていた。淡い色の髪はふわふわの仔猫《こねこ》を思わせる。

「工事がはじまったら、この子も落ち着いて寝られへんかもねえ」

「この子は大丈夫やよ。上の子らとは違《ちご》て、とにかくよう寝てくれるから」聖子が赤ん坊の背中を叩《たた》いてゲップをさせた。

そっと赤ん坊の頭を撫《な》でて食堂を出た。縁側から庭に下りて蔵に向かう。開け放した扉の向こうに人影が見えた。

やっぱり夫は蔵にいた。腕組みして天窓から入る光の中に立っている。白い髪がきらきら光った。それを見るとふっと胸が詰まった。いつの間にこの人の髪はこんなに白くなってしまったのだろう。出会った頃は――。

蔵の中は醬油《しょうゆ》と麴《こうじ》と黴《かび》と埃《ほこり》と、それから陽だまりの匂《にお》いがする。蔵はあの頃からずっと古かった。きっとそのずっとずっと前も古かったのだろう。蔵は古いままなにひとつ変わらない。だが、人間は違う。歳を取ると変わっていく。

「見納めやね」夫の横に並んだ。

「ああ。でも、新しい蔵、楽しみや」夫は振り向かずに言った。

「そうやね」

もっとなにか言おうとしたが言葉が見つからない。黙っていると夫がほんのすこし緊張した口調で言った。

「これからやな」

「そう、これから」

そうだ、まだまだこれからだ。なのに、もう涙が出そうだ。太い梁《はり》を見上げて涙を堪《こら》えようとしたとき表が騒がしくなった。工事車両が来たようだ。家の前にダンプやら軽トラやらがずらりと並んだ。

重機を積んだトラックからまだ四十前に見える若いチーフが降りてきた。一礼して工事の段取りの説明をする。

「まずは足場を組んでシートを張ります。細心の注意を払って作業しますが、どうしても多少の土埃やら振動やらはありますんで。そちらからなにか気になることはありますか？」

「あの前庭の柿《かき》の木。あれに傷をつけへんよう注意してください。ちょっとしたことで枝が折れるから」

チーフはヘルメットの庇《ひさし》をちょいと上げて柿の木を眺めた。

「ああ、ずいぶん古い木ですね。まだ実はなるんですか」

「ええ。毎年、律儀《りちぎ》に実を付けてくれてね」

出入りの植木屋が丁寧に剪定《せんてい》してくれる。去年は裏年だったので今年はきっと表年だ。柿の実がびっしりと輝くところを想像すると今から楽しみになる。

「わかりました。気を付けて作業します」

母屋《おもや》のすべての窓を閉めてカーテンを引いた。一升分の米を炊《た》いておにぎりを握ると熱いお茶と一緒に差入れをした。工事は順調に進んでいるようだった。

午後三時を過ぎた頃、突然重機の音が止まってあたりが静まりかえった。もう休憩《きゅうけい》だろうか、お茶を持っていこうか、と考えていると作業員が母屋にやってきた。蔵に来て欲しい、と神妙な顔で言う。なんだろう、と夫と二人で行ってみると蔵の中はただならぬ様子だった。

銀花を見るとチーフが眉《まゆ》を寄せて蔵の床を指さした。

「ここなんですが、ちょっと」

古いセメントを剝《は》がしている最中らしいが地面に穴が開いている。のぞき込むと暗い土の奥になにかが埋まっていた。

「お宝かもしれへんし、あんまり気持ちのいいもんやないかもしれへん。どうしましょ？　このまま知らんふりして埋めることもできますけど」

夫と顔を見合わせた。なにも言わずとも二人とも意見は同じとわかった。

「一応、掘り出して」

穴に降りた作業員がそっと周囲の土を搔き分けると現れたのは古い木箱だった。掘り起こそうとしたところ、腐っていたのか急に蓋《ふた》が崩れて中へ落ち込んだ。

「うわっ」作業員が悲鳴を上げた。

チーフがライトを向けるとボロボロの木箱の中に丸くて茶色いものが見えた。なんだろう、と眼をこらして銀花は息を吞《の》んだ。木箱の中に入っていたものはわずかに髪の残った小さな頭蓋骨《ずがいこつ》だった。

しばらく誰もなにも言わなかった。みな、ただ黙って穴の中の骨を見つめていた。最初に口を開いたのはチーフだった。ヘルメットの上から頭を搔きながらため息をついた。

「子供やな、こりゃ。相当古いぞ」

銀花は食い入るように骨を見つめていた。子供の骨はボロボロになった着物をまとっている。腐って黴だらけの布地にライトを当てると濃い地色に格子縞《こうしじま》が浮かび上がった。

「座敷童《ざしきわらし》……」

ふいに蔵の中を駆けていく子供が見えた。藍地《あいじ》に柿色の格子縞の着物で、醬油桶《しょうゆおけ》の間を走り抜けていく。ぱたぱたという足音が聞こえた。

夫は黙って木箱を見下ろしている。頬がわずかに震えていた。懸命に歯を食いしばっているのがわかった。

「座敷童？」チーフが怪訝《けげん》な顔をした。「これ、座敷童の骨なんですか。ってか、座敷童って妖怪やったんでは」

「妖怪やけど神様。この家の守り神やよ」

蔵の天井を仰ぐと天窓と太い垂木《たるき》が見えた。ああ、これが座敷童の正体か。こんな小さな骨がみなの人生を狂わせたのか。

ふらりと足許《あしもと》がよろめいて眼の前が暗くなった。

――蔵には座敷童がいるんや。座敷童が見えるのは山尾《やまお》家の当主だけ。つまり、座敷童を見た人間は当主の資格があるということや。

幼い頃、父に聞かされた言葉だ。

座敷童が現れたのは今から五十年近く前、大阪で万博が開かれる前の年だった。見たいと願いながら叶《かな》わなかった人間がいた。見たいなどと思わなかったのに見てしまった人間がいた。

あれは遠い遠い昔の話だったはずだ。

「銀花、おい、銀花」

夫の声で我に返った。気付くといつの間にか夫の腕の中にいた。しっかりと抱き留められている。

「ええ、大丈夫」

そう。私は大丈夫。銀花はもう一度穴の中をのぞき込んだ。そして、かわいそうな骨に向かって小声でそっと呼びかけた。

やっと会えた。

あなた、こんなところにいたんやね。

1　一九六八年夏

父はおみやげの天才だ。

写生旅行に出かけるといつも銀花におみやげを持って帰ってきてくれる。寄木細工の小物入れや白牡丹《しろぼたん》の描かれた豆皿、漁港で分けてもらったというガラス製の浮き球など、どれも素敵な物ばかりだ。だから、銀花は確信している。父には絶対におみやげの才能がある。

午後の空はかんかん照りだ。銀花は急ぎ足で埃《ほこり》っぽい道を歩き続けた。横は小学校の校庭だが夏休みなので静まりかえっている。どこかで蟬《せみ》が鳴いているだけであたりに人の気配はない。

歩きながら頭に手をやると焦《こ》げそうなほど熱かった。慌《あわ》てて家を出たので帽子を忘れてきた。去年の冬、九歳の誕生日にもらった帽子があるのに、と自分に腹が立つ。綺麗《きれい》な青いリボンの付いた素敵な麦わら帽だ。季節外れだけど銀花に似合うと思って、と父が笑って渡してくれた。

額の汗を手の甲で拭《ぬぐ》った。遠くへ行ってみたい。できれば新幹線に乗ってみたい。

夢の超特急はどんなに速いのだろう。新幹線に乗ったことがあるのは父だけで、銀花も母もまだ一度もない。いつかきっと乗せてやる、と約束してくれたのでずっと楽しみに待っている。

父との約束はそれだけではない。再来年、大阪で開かれる万博だ。世界中の人が大阪に来る。家のすぐ近くで開かれるのだから絶対に連れてって、と頼んだ。父は渋っていたが一応は承諾してくれた。

父はなぜか万博に好感を持っていない。日本国中が大騒ぎしてバカみたいだというのだ。

――あのお祭り騒ぎ、僕の美意識が拒否してるんや。

新幹線はカッコいいから許すが万博はダメらしい。父の美意識は難しい。

校庭のフェンスに沿って夾竹桃《きょうちくとう》が植わっている。桃色の花が満開だ。銀花は思わず眼を逸《そ》らした。夾竹桃の花は苦手だ。理由は二つある。一つは真夏に咲く桃色の花が暑苦しくて押しつけがましく感じること。そして、もう一つは毒があるからだ。

毒のことを教えてくれたのは父だ。この前、二人で散歩していたときふいに父が夾竹桃を指さした。

――ご覧、銀花。葉が細長く尖《とが》ってるやろ。葉が竹の葉に似て、花が桃の花に似てるから夾竹桃って言う。でも、あんなにかわいい花が咲くのに毒があるんや。

驚いて父を見上げると父は大真面目《おおまじめ》ですこし怖い顔をしていた。

――あれは毒の木なんや。花や葉にあるだけやない。木の周りの土にも毒が広がる。この木を燃やしたら煙にも毒があるんや。

ふっと頭に浮かんだ。土の中で白い細かいひげ根から毒が染《し》み出し、風に乗って毒の煙が漂ってくる。どちらも眼には見えない。知らない間に毒に冒されたらどうしよう。恐ろしくなって父の手をぎゅっと握りしめた。

――ごめん、ごめん。怖がらせるつもりはなかった。うかつに触れたりせえへんかったら大丈夫やから。

父は笑いながら謝ると銀花の頭を軽くぽんと叩《たた》いた。それでようやくほっとしたのだった。

父と散歩をしながら様々な物の名を憶《おぼ》えた。雪柳、小手毬《こでまり》、酔芙蓉《すいふよう》、彼岸花、山吹。斑猫《はんみょう》、烏揚羽《からすあげは》。五位鷺《ごいさぎ》に椋鳥《むくどり》、鰯雲《いわしぐも》、狐《きつね》の嫁入り。草花遊びも教えてもらった。大葉子《おおばこ》相撲《ずもう》、蓮華《れんげ》の冠。鳳仙花《ほうせんか》で爪《つめ》を染め、白粉花《おしろいばな》でお化粧。そして、数珠玉《じゅずだま》のネックレスだ。

眼を逸らしたまま歩き続けて夾竹桃のフェンスを通り過ぎた。全身がかっかと熱を持っているような気がする。立ち止まって汗を拭《ふ》こうとして気付いた。頬を伝うのは汗じゃない。いつの間にかボロボロ泣いていた。

そう、電話が鳴った瞬間いやな予感がした。本当はそのときからずっと泣きたかったのだ。

銀花の家は最近流行《はや》りの文化住宅だ。路地の奥に小さな家が五軒くっついて建っている。裏が畑なので日当たりがいい。家族で暮らしているのは銀花の家ともう一軒だけで、残りはみな万博の工事現場で働く作業員が住んでいた。一軒の家に身体《からだ》の大きな男ばかり十人くらいがぎゅうぎゅうに押し込められている。みんな朝早くに出て行き日暮れに戻ってきて銭湯に行った。

五軒の文化住宅で電話があるのは銀花の家だけだ。新しい物好きの父が取り付けた。たまに近所の電話を取り次ぐこともある。母は電話が怖いからベルが鳴っても絶対に取らない。だから電話交換手はいつも銀花だ。

ついさっきのことだ。母が焼いたおやつのクッキーを食べていると電話が鳴った。

――山尾さんのお宅ですか？

苛々《いらいら》としたぶっきらぼうな声だ。途端にぎゅっと胸が苦しくなった。星形のクッキーの破片が喉《のど》に刺さったような気がした。

――はい、そうですが。

――こちら「オモチャの柴田」です。誰か大人の人に替わって下さい。

ああ、やっぱりだ。眼の前がくらくらした。いやな予感が当たってしまった。

――すみません。今からすぐに行きます。

それだけ言って電話を切ると帽子もかぶらず家を飛び出した。子供ではダメなことくらいわかっている。でも行くしかない。

銀花は手の甲で涙を拭って空をにらんだ。おうどんが食べたいなんて言わなければよかった。もっと別の物にすればよかった。

お昼御飯の後、銀花は扇風機に当たりながらゴロゴロしていた。母は卓袱台《ちゃぶだい》で献立ノートを書いていた。料理好きの母はいろいろな料理の分量や材料、作り方を工夫してノートに書いて整理しているのだ。

――ねえ、銀花、晩御飯になにが食べたい？

――おうどん。

――この暑いのに？

――暑いけどおうどんがいい。

――そう。じゃ、お母さん、おうどんを買《こ》うてくるね。

母は献立ノートを閉じると立ちあがった。そして、出かけていった。

おうどんなんて言わなければよかった。今さら後悔しても遅い。悔しくて腹が立って汗と涙が一緒に出る。何度も顔を擦《こす》りながら炎天下の道を急いだ。

オモチャ屋に着いた頃には息が切れて汗びっしょりだった。母は店の奥でうなだれていて中年の女がそばにいた。

「銀花、ごめんね。お母さん、また勝手に手が動いてん。知らん間にね、ちょっとね」

母がしくしくと泣き出した。店の女は銀花を見てうんざりしたような顔をした。

「子供に来られたかて困るんやけどな」

「すみません。お父さんは今、仕事で家を空けてて……」

銀花はひたすら頭を下げた。

うどん玉を買いに行った母は、うどん屋の隣のオモチャ屋で万引きをしたのだ。母が盗《と》ったのは「サンダーバード」に出てくる「ジェットモグラ」のプラモデルだった。

銀花は怒りでまた頭が熱くなった。うちには男の子なんていない。なぜ、こんな物を盗んだのだろう。それに、こんな大きな物を盗ってバレないわけがない。

オモチャ屋の女は母に向かって言った。

「あんた、タチ悪いねえ。子供を寄こされたらなにも言われんやんか」

「別に、私が呼んだわけや……」

「いい加減にしいや。子供がかわいそうやろ」

かわいそう、と言われて銀花はずきんと胸が痛くなった。母の万引きの尻《しり》ぬぐいをさせられる「小学四年生の女の子」が哀れに見えることくらいわかっている。でも、同情されているかと思うと悔しくていたたまれなくなる。

「あんた、いつもこんなことしてるんか。あんたのご亭主はなんも言わんのか」

店の女はカンカンになって母を責めた。母は泣きながら、すみません、を繰り返すだけだ。いつものことだ。母の財布からお金を払い、欲しくもない「ジェットモグラ」を買った。財布の中にはちゃんとお札が何枚も入っていた。

「ずっと我慢できてたからもう大丈夫やと思ったのに。なんで、こんなことになるんやろ」

店を出るとまた母がめそめそと泣き出した。まるで他人事《ひとごと》だ。

銀花は自分の影を見つめながら歩いた。空には雲一つなくてやっぱり頭が熱い。でも頭が熱いのは陽射《ひざ》しのせいか、さっきから頭の中をぐるぐる渦巻いている怒りのせいか、どちらかわからない。

母はときどきお店の物や他人の物を盗んでしまう。財布にお金が入っていてもそれが別に必要な物ではなくても、突然手が動いて盗ってしまうのだ。そして、盗った後で後悔して泣く。二度としないと約束するのだが守られたことはない。

「なんでこんなことするんか自分でもわからへんのよ」

ぐずぐず言う母を無視しながら満開の夾竹桃の横を歩いた。べったりと濃いピンク色の花と青い空の対比に頭がくらくらする。見ているだけで暑苦しくて気持ちが悪くなりそうだ。父は大丈夫だと言ったがやっぱり毒を撒《ま》き散らしているような気がする。心の中で思い切り叫んだ。私はこの花が苦手だ。すごくすごく苦手だ――。

「ねえ、銀花。御夕飯のおうどんを買わなあかんねえ」母が銀花の顔色をうかがうようにしながら恐る恐る言った。

「おうどんはもういい。なんか別のものにしよ」

「じゃあ、銀花の好きなロールキャベツにしよか」

「うん」

「そう。じゃあ、お母さん、頑張って作るね」

母がほっとしたように笑った。はっとするほどかわいらしい笑顔だった。

母は料理が上手だ。小さな台所しかないのに、「暮しの手帖《てちょう》」に載っているようなお洒落《しゃれ》な料理を美味《おい》しく作る。プリンやホットケーキ、パイにババロアといったお菓子もお店に負けていない。

新しい物好きの父が発売されたばかりの「ボンカレー」を買ってきたことがある。三分待ってわくわくしながら食べたのだが母の作るカレーのほうがずっと美味しかった。母はカレー粉と小麦粉をバターで炒《いた》めて時間を掛けてカレーを作る。三分ではなく三時間掛けて作るカレーが父も銀花も大好きだった。

料理だけではない。母は洗濯とアイロン掛けも得意だった。父が買ってきた洗濯機で毎日楽しそうに洗濯をし、ハンドルをぐるぐる回してローラーで絞って綺麗に皺《しわ》を伸ばして干した。銀花と父の服はいつも真っ白で糊《のり》が利《き》いていて新品のようだった。

料理上手で洗濯上手。そして、手癖が悪い。そんな母を父は大切にしていた。

――お母さんはかわいそうな人なんや。そやから、優しくしたげるんやで。

身寄りのない母は父と知り合うまでずっと苦労をしてきたという。かわいくてかわいそうだから優しくしてあげなければいけない人、それが母だ。

「ごめんね。銀花。でも、お母さんも辛《つら》いから」

ざわっと髪が逆立った。そして、気付いた。眼の前に咲いている夾竹桃は母だ。かわいい花が咲くけれど毒がある。母と同じだ。

「もう二度とせえへんから。そやから、お父さんには内緒にして」

二度とせえへんという言葉に何度騙《だま》されただろう。なのに、心のどこかで信じたいと思っている。

「うん。わかった」

サンダルで小石を蹴飛《けと》ばすと乾いた道に土埃が舞った。まるで夾竹桃が撒き散らす毒の煙のようだった。

母が「ジェットモグラ」を盗った翌朝、自分のお腹《なか》が鳴る音で眼が覚めた。隣の部屋からパンが焼ける香ばしい匂《にお》いがしてくる。父が帰ってきたのだ。布団《ふとん》から飛び出し襖《ふすま》を開けた。

「お父さん、お帰りなさい」

「ただいま、銀花。いい子にしてたか」

「うん」

父は卓袱台の前にあぐらを掻《か》いて朝御飯を食べていた。母は父の正面に座って父が食べるのを嬉《うれ》しそうに眺めている。美味しそうな匂いを漂わせているのはバターと蜂《はち》蜜《みつ》を贅沢《ぜいたく》に塗ったトーストと、砂糖と牛乳たっぷりの紅茶だ。

父がトーストの耳の部分をちぎって紅茶に浸した。そのますこし待つ。そして、紅茶が浸《し》み込んで柔らかくなったパンの耳が崩れる寸前で、さっと口に運んだ。これは父の得意技だ。

バターの匂いがたまらない。また、お腹がぐーっと鳴った。

「お腹空《す》いた。私もパン食べる」

母が父の横に移動し、銀花の座る場所を空けてくれた。卓袱台が小さいのでトースターは畳の上に直接置いてある。食パンを入れてレバーを引き下げた。

「お父さん、どこに行ってたん」

「海。いい絵が描けたんや。後で見せたる」

銀花は息を殺してトースターを見つめた。そろそろ？　もう少し？　頃合いを見計らいレバーを上げると、ばしゅん、とパンが飛び出した。いい色だ。やった。父を真《ま》似《ね》してたっぷりとバターを塗る。その上からたらたらと蜂蜜を垂らした。

「銀花、かけすぎやよ」

母が紅茶を淹《い》れながら注意するが、気にしない。その横で、父が空になったカップを軽く持ち上げた。

「美乃里《みのり》さん、紅茶、お代わり」

「ちょっと待ってね、尚孝《なおたか》さん」

父と母は互いに名前で呼び合う。外国映画のようで素敵だ。

「いただきます」

まず、パンの耳をちぎって紅茶に浸した。たっぷり、たっぷり。もっと浸み込むまで、あとすこしだけ——。

今だ、と紅茶からパンの耳を引き上げようとした瞬間、ぐずぐずになった耳がカップの中にぽとんと落ちた。紅茶がはねて卓袱台に飛び散る。

「あー、失敗」

どうしたら父のように上手《うま》くできるのだろう。がっかりしてカップに沈んだパンの耳をのぞき込んでいると、父が声を立てて笑った。

「銀花は昔話の主人公になれるなあ。——昔々、あるところに食いしん坊な女の子がいました。女の子はパンの耳に紅茶を浸み込ませようとして、欲張りすぎて紅茶の中に落としてしまったのです——」

「食いしん坊な女の子？」

「そう。誰もがびっくりするくらい、とてもとても食いしん坊な女の子や」

どんな女の子だろう。食いしん坊だけどお姫様だったら面白い。

髪はくるくる巻いて青いリボンがついている。ドレスはピンクで、袖《そで》とスカートがたっぷりふくらんであちこちにレースの飾りが付いている。そして、眼の前のテーブルには山盛りのご馳走《ちそう》が並んでいる。女の子は両手にフォークとナイフを持ち、片端から平らげて行くのだ。ああ、なんて素敵なんだろう。

「じゃあ、そのお話の挿絵、お父さんが描いて。高橋真琴みたいな絵で」

「あのキラキラしたお姫様か。無理やな。僕にはそんな子供向きの絵は描かれへん」

父が顔をしかめた。

高橋真琴は女の子に大人気の画家で挿絵や雑誌の付録や小物の類《たぐい》で大活躍している。細かいところまで丁寧に描き込まれた絵は夢のようで、フリルとレースたっぷりのドレス、くるくる巻いた髪、ぱっちりした眼が特徴だ。

「私は大好きやよ。そんなん言わんと描いたらええのに」

「描きたないから描かへん。芸術っていうのはそういうもんや」

父の美意識がそう言うなら仕方ない。残念だけれど銀花は諦《あきら》めるしかなかった。

朝御飯が済むと、父が今回の旅行で描いた絵を見せてくれた。海岸に佇《たたず》む老人の絵だ。老人はよく陽に焼けて皺だらけで怖い顔をしている。海は濁って暗く嵐《あらし》の前のようだった。

「これ、なんの絵？」

「老人と海」

そのまんまだ、と思った。どれだけ絵を見つめてもそれ以上の感想は出てこない。だが、父は銀花の顔をじっと見ている。なにか言わなければならない。どうしよう。嘘《うそ》はつきたくないけど父を哀《かな》しませたくない。

横でにこにこしている母が言った。

「すごく上手。素敵な絵」

母はこれしか言わない。本当にこれしか言えないから父も諦めているようだ。仕方ないので正直に言うことにした。

「この皺だらけのおじいさん、海みたい」

深い意味はない。ただ、老人の皺と海のうねりがまるで同じに見えただけだ。

「そう、そうなんや。銀花にはわかるんやな。この老人は海そのものなんや」父が嬉しそうに声を弾ませた。

上手く言えたらしい。銀花はほっとした。それから、後片付けをしてみんなのぶんの皿を洗った。

母は外で大好きな洗濯をはじめた。伊東ゆかりの「恋のしずく」を歌っているのが聞こえてきた。

本当に素敵な朝だ。こんな日は宿題なんかしたくない。日記もドリルも漢字練習もしたくない。「夏の友」を広げたままぼんやりしていると父が声を掛けてきた。

「ほら、これ、銀花におみやげや」

父が小さな箱を銀花の掌《てのひら》に載せてくれた。ありがとう、と早速開けてみると素朴な雀《すずめ》の置物が入っていた。ふっくら丸くて背中に赤い紐《ひも》がついている。

「この雀、真ん丸やね」

「ふくら雀って言うんや。それは土鈴。鳴らしてごらん」

「ドレイ?」

「土でできた焼き物の鈴のことや」

赤い紐を持って雀の土鈴を眼の高さまで差し上げ、ゆっくりと揺らしてみた。

ころん。ころん。

柔らかくて温かい音だ。聴いていると、身も心も丸くなるような気がする。

ころん、ころころ。

瞬間、ぷうっと銀花の身体がふくらんだ。真ん丸になって転がりはじめる。ころん、ころころ。止まらない。ころころ、ころころ。一体どこまで転がって行くのだろう。

「銀花、気に入ったか」

「うん。すごく素敵。お父さん、ありがとう。やっぱり、お父さんはおみやげの天才やね」

「おみやげの天才か。嬉しいな。銀花にそう言ってもらえて」

「お父さんはおみやげの天才。大天才」

「じゃあ、銀花はおみやげを欲しがる天才やな」

私は食いしん坊なだけでなく欲しがりの天才か。銀花は恥ずかしくなって土鈴を振って誤魔化した。ころん、ころん。すると、父がふっと寂しげに微笑《ほほえ》んだ。しんみりした口調で銀花に語りかけた。

「これが最後のおみやげかもしれへんから大事にするんや」

「え、なんで。もう買って来てくれへんの」

「写生旅行はこれが最後かもしれへん。今度、みんなでお父さんの生まれた家に帰ることにした。来週にはこの文化住宅から引っ越しや」

「引っ越し？　お父さんの家に？　どこにあるん？」

「奈良の橿原《かしはら》市。ここから電車で一時間くらいや。お父さんのお父さんが死んだから、帰って醬油蔵《しょうゆぐら》を継いでくれ、ってお父さんのお母さんに頼まれたんや」

なにもかもはじめて聞く話だ。びっくりして雀の土鈴を手にしたまま呆然《ぼうぜん》としていた。

　父は奈良で百五十年続く醬油蔵の長男として生まれたそうだ。蔵の跡継ぎだったが画家になりたくて家出をした。そして、大阪で母と結婚して銀花が生まれたという。

「お父さんのお父さんお母さんって、私のお祖父《じい》ちゃんお祖母《ばあ》ちゃんってこと？」

「そらそうや。当たり前やないか」

　これまで、父が両親や蔵の話をしたことはない。母もそうだ。生い立ちやら自分の両親のことなど口にしたことはない。だから、これまで祖父母はいないのと同じだった。

「ねえ、醬油蔵ってなに？　お父さんのお母さんって蔵に住んでるん？」

「お酒を造ってるのは酒蔵。醬油を造ってるのは醬油蔵。お父さんの家は醬油を造ってるんや。雀醬油っていう。蔵の隣に母屋《おもや》があってみんなそこに住んでる」

「雀醬油？　だから、お父さん、雀が好きなんやね」

　手の中の雀の土鈴を見下ろした。ころろ、と微《かす》かに揺れて鳴ったような気がした。

　父は返事をせずに笑顔のまま遠い眼をした。その顔が一瞬のっぺらぼうに見えて怖くなった。

「ねえ、お父さん。絶対引っ越しせなあかんの？」

「大丈夫や。心配ない。行ったらきっと銀花も好きになる。大阪は万博のせいであちこち工事して騒々しいけど、橿原は静かや。橿原神宮も近いんや。歴史のあるいいところやから」

まるで、自分に言い聞かせているようだった。父だって本当は不安なのではないか。そう思うと、どんどん怖くなってきた。すると、父がふいにいたずらっぽい眼をした。

「銀花に蔵の秘密を教えてやる。蔵には座敷童《ざしきわらし》がいるんや」

「座敷童？　なに、それ？」思わず身を乗り出した。

「代々その家に住んでる子供の神様のこと。家を守ってくれるんや」

「子供の神様？　男の子？　女の子？　私よりも大きい？　小さい？」

大きな声で矢継ぎ早に訊《たず》ねると父が苦笑した。

「格子《こうし》縞《じま》の着物を着た男の子やけど、実はお父さんも見たことがない。座敷童が見えるのは山尾家の当主だけ。つまり、座敷童を見た人間は当主の資格があるということや」

「当主って？」

「その家の長ってこと。会社なら社長、学校で言えば校長先生みたいなもんやな」

「お父さんは当主やないの？　跡継ぎと違うん？」

「一応は跡継ぎやねんけど当主ってガラやないなあ。僕には向いてない」父は他人事のように笑った。

「向いてないのにお醬油造れるん？」

「全然。一から憶えなあかん。大変や。銀花、お父さんを助けてくれるか」

「うん。お父さんを助ける」思いきりうなずいた。

「はは、嬉しいなあ。じゃあ、約束な」そこで父がすこし寂しそうな眼になった。

「でも、今のは冗談や。醬油造りは僕の仕事やからな」

「お父さん、私、本気やよ」

心外だ。悔しくなって真剣に言い返すと、父が頭を軽くぽんと叩いてくれた。

「ありがとう。銀花はやっぱり頼りになる。いい子やなあ」

一瞬で胸が温かくなる。母が夾竹桃なら父は牛乳入りの紅茶に浸したパンの耳だ。甘くて柔らかくて崩れる寸前のご馳走だ。

「ねえ、奈良で新しい学校に行くん？」

あの「ジェットモグラ」は押し入れの奥に隠してある。オモチャ屋の一件が広まっていたら、と気がかりで夏休み明けに登校するのがすこし怖かった。だから、ほっとしたのも本当だ。

「そうや。お父さんが子供の頃に通ってた学校や。一つ上に銀花の叔母さんがいる」

「叔母さんやのに小学生なん？」

「お父さんの歳《とし》の離れた妹なんや。桜子《さくらこ》っていう。仲よくしてやってくれ」

「どんな子？」

「あれは恥かきっ子やからな。ちょっと甘やかされて育ってな」

「恥かきっ子ってなに？」

「親が歳を取ってからできた子のことや」

「なんでそれが恥かきやの？」

「さあなあ」父はとぼけた顔で言葉を濁した。「そうそう、大原《おおはら》さんの子供もいるはずやな。男か女か、両方やったか」

「大原さんって？」

「杜氏《とうじ》や。蔵で働いてくれてる。すごく仕事熱心な人でな」

ふうん、と相槌《あいづち》を打ったものの頭がパンクしそうだった。さっきから知らない言葉がどんどん出てくる。ただ大阪から奈良へ行くだけだと思っていたのに、これでは外国へ行くのと変わらない。夢のハワイではなく夢の奈良、夢の雀醤油だ。

「銀花なら上手くやれるよ。僕は心配してへん。でも、お母さんはかわいそうやな」

一瞬父の顔が曇って、銀花もずきんと胸が痛んだ。そう、母が心配だ。母はひどい人見知りで知らない人とはほとんど話せない。突然父の家に帰って馴染《なじ》めるとは思えなかった。

お料理とお洗濯が上手だけど、手が勝手に動いて、言い訳して、謝って、いつもめそめそ。そんなかわいくてかわいそうな母が上手くやれる場所はどこだろう。そんな場所がこの地球にあるのだろうか。いや、あるわけない。もしロケットで宇宙に行ったとしても見つからないに決まっている。

「その点、銀花は偉いな。しっかりしてる」

父が頭をぽんと叩いた。さっきは胸が温かくなったのに今度は涙が出そうになった。

「ねえ、お祖母ちゃんはお母さんの手が勝手に動くこと、知ってるん？」

「いや」

「隠してても、いずれバレるかもしれへんよね」

すこし父は黙った。それから、ためらいながらこう言った。

「でも、お父さんの家はちょっと田舎にあるんや。こんな街中とは全然違う。環境が変わったら、お母さんも変わるかもしれへん」

「うん。そうやね」

今度こそお母さんは変わるかもしれない。手が勝手に動いたりしなくなるかもしれない。今度こそ、今度こそ。

父はもう一度銀花の頭を軽く叩くと立ち上がった。

「そうや、これからみんなでお出かけせえへんか？　夜はなんか美味しいもの食べて帰ろ。銀花はなにがいい？」

「じゃあ……」すこし考えた。それなら仕切り直しだ。「おうどんがいい」

「この暑いのにか。よし、それやったら奮発して美々卯《みみう》でうどんすき食べよ。お母さんも好きやしな」

「やった」思わず万歳をした。

「はは、銀花はほんまに食いしん坊やな」

父がまた銀花の頭をひとつ軽く叩いた。ぽんではなくころんと頭が鳴ったような気がした。

きっとこれからはなにもかもうまくいく。だって、蔵には座敷童がいる。みんなを守ってくれるだろう。お母さんの手も動かなくなる。きっとみんな幸せに暮らせるはずだ。

＊

引っ越しの日はよく晴れた。

父の家にはみんな揃《そろ》っているというので洗濯機やら冷蔵庫やらは置いていくことにした。隣の家族にあげたら感謝された。

父は自分の画材とトースターを梱包《こんぽう》した。母は食器を一枚ずつ丁寧に新聞紙でくるんで箱に詰め、衣服や手拭いやらを行李《こうり》に収めた。献立ノートと何十冊もある「暮しの手帖」には運びやすいように十字に紐を掛けていた。

銀花は自分の服やらランドセルを市場でもらってきた木箱に詰めた。長野と書かれた木箱はおがくずとリンゴのいい匂いがする。押し入れの奥に隠しておいた「ジェットモグラ」を一番底に入れ、その上に父からもらった「おみやげ」を並べた。隙間《すきま》に丸めた新聞紙を詰め込んで蓋《ふた》を閉じると、父が縄を掛けてくれた。

荷物を積み込んだトラックの後をついて、父が借りてきた車で橿原に向かった。大阪を出て奈良盆地へ入ると遠くに三角形の山が見えた。

「ほら、あれが大和三山の一つ、畝傍山《うねびやま》や」

山を見た途端、父の声がはしゃいで聞こえた。家に帰ることには乗り気ではなかったようなのにやっぱり嬉しいらしい。

「奈良は盆地やからよく霧が出る。朝方は綺麗なんや」

またすこし走るとこんもりと大きな森が見えてきた。

「あの奥が橿原神宮や。すごく大きな神社で正月は賑《にぎ》やかになる」

車は小さな川に沿って走った。周囲には田んぼや畑、家々が入り混じっている。古い家並みを抜けると竹藪《たけやぶ》を背負った大きな家が見えてきた。門の前に先に着いたトラックが駐《と》まってもう荷を下ろしはじめていた。

車から降りて家をじっくりと眺めた。細い道に沿って長い塀が続いている。塀の下半分は黒い焼杉で上半分は真っ白な漆喰《しっくい》、てっぺんには瓦《かわら》が載っていた。

「お父さん、蔵は？」

「母屋の奥にある。ここからは見えへんな」

大きな門にも瓦の屋根が付いていて山尾と表札が掛かっていた。門をくぐると玄関まで飛び石が続いていた。父と母に続いて玄関に入ると、中は広い土間になっていた。その先の廊下は板張りでつやつやと黒光りしている。一番奥に急な階段が見えた。

母は先程から黙ったきりでずっと父に寄り添っている。顔は真っ青で今にも倒れそうだ。父が母の手を取って優しく言った。

「美乃里さん、そんな緊張しやんでもええから」

「でも、尚孝さん、私、怖くて……」

「大丈夫や。僕がついてる」

父は母の手を引いて家に上がるとそのまま廊下を歩いて行った。二人ともこちらを見もしなかった。

銀花は大きな玄関に一人残されしばらく立ち尽くしていた。私だって怖いのに誰も心配してくれない。わかっている。父にとっては母が一番、銀花は二番だ。わかっていてもときどき寂しくてたまらなくなる。

こんなとこで泣き言を言っても仕方がない。大きく深呼吸をして醬油の匂いのする空気を吸い込んだ。それからサンダルを脱ぐと思い切って山尾家に最初の一歩を下ろした。

磨かれた廊下はひやりと冷たくて一瞬ぞくりと背中が震えた。怖いのか冷たくて気持ちがいいのか自分でもわからない。不思議な気持ちのまま廊下をぺたぺた歩いていった。

廊下の横には襖と障子、それに板戸が延々続いている。本当に広い家だ。今朝まで住んでいた文化住宅だとこんなに歩いたらもうとっくに外に出てしまう。一体、この廊下はどこまで続いているのだろう。

廊下を右に曲がったところでやっと父母に追いついた。父は右手にある部屋の入口に佇んでいて母はその後に隠れるようにしていた。父がすこしためらってから部屋の中に声を掛けた。

「お母さん、来たよ」

するると、中から返事が聞こえた。

「ああ、遅かったね」

まるで学校の先生のようなきっちり整った堅い声だった。

「ほら、美乃里さん、銀花。僕の母や」

父に促されて前に出た。どきどきしながら中をのぞき込むと床が土間になっている広い台所だった。壁際《かべぎわ》のタイル貼《ば》りの流しで大きな釜《かま》を洗っている中年の女がいる。一体、何合炊《た》けるのだろうと驚くほどの大きさだった。

「はじめまして。銀花です」

はじめて会う祖母が釜を洗う手を止めてじっと銀花を見た。細面で意志の強そうな顔だった。

「いらっしゃい。山尾多鶴子《たづこ》です」

にこりともしない。わざわざ姓と名をきちんと言う。やっぱり先生だ。四角四面で決まりに厳しい。なんだか黒板の前に立たされているような気がしてきた。

「ほら、美乃里さんも」

父が母をそっと前に押し出した。母はすこしの間震えていたがようやく口の中でもごもご言った。

「美乃里です……」

多鶴子の眼が一瞬鋭くなった。ああ、ともどかしくなる。人見知りの母はあれでもすごく頑張ったほうだ。銀花にも父にもわかる。でも、絶対多鶴子は気に入らなかった。

母はびくびくしながら父の陰に隠れた。父はすこし困ったような顔をしたがなにも言わなかった。

「悪いけど、今、忙しいんや。尚孝、家の中を案内してあげて」

どこにも無駄のない話し方だ。多鶴子はまた洗い物に戻った。父が小さなため息をついた。

「じゃあ、次、行こか」

追い出されるように台所を出た。廊下をまた歩いて広い座敷に行くと、今度は女の子が待ち構えていた。色白で桜色の頬と唇をして眼は大きくて睫毛《まつげ》が長い。長い髪はシャンプーのコマーシャルに出られそうなほど艶々《つやつや》している。全身がきらきら輝いて高橋真琴の描くとびきりの美少女のようだった。

「桜子だ。お父さんの妹。銀花より一つ年上になる」

こんな綺麗な子が叔母さんなのか。びっくりしてしばらく見とれてしまった。

「銀花です。はじめまして」

ちゃんと頭を下げて挨拶《あいさつ》したのに、桜子はぷいと横を向いた。

「桜子。ちゃんと挨拶せなあかんやろ」

父が叱《しか》ると、桜子がきっと銀花をにらんだ。

「あたしのこと、絶対に叔母さんって言わんといてよ。叔母さんなんて言うたら許さへんからね」きりきりと眉《まゆ》を吊《つ》り上げ、唇を綺麗に尖らせた。「それからもう一つ。あたしのお母さんのこと、お祖母ちゃんて呼ぶのもやめてよ」

「なんで？　お父さんのお母さんはお祖母ちゃんやんか」

いきなりケンカ腰に言われて驚いたがすぐに言い返すと、一瞬桜子がひるんだ。反撃を予想していなかったようだ。すこし口ごもっていたがやがて悔しそうに言った。

「だって、まだそんな歳やないし……。とにかく、あたしの言う通りにして」

桜子はくるりと背を向けて座敷を出て行ってしまった。サラサラの髪が揺れるといい匂いがした。

「あいつはどうしようもないな」父がため息をついた。

ああいうのを「ヒステリー」というのかもしれない。いくら綺麗でも友達にはなりたくない。これからうまくやれるだろうか、と不安になった。

再び廊下を進むと突き当たりに黒ずんだ杉戸があった。

「ここは納戸《なんど》や。要る物も要らない物もなんでも入ってる」

父が建て付けの悪い戸を苦労して開けると中は六畳ほどの広さの板間だった。長持やら木箱やら布でくるまれたわけのわからない物やらが無造作に積んである。壁に沿って並んだ棚には紐の掛かった箱がいくつも並んでいた。

「ほら、美乃里さん、ここにはいい食器があるんや。茶道具も輪島塗もあるし、戦争前の洋食器も」

父が棚の上の木箱を下ろして埃を払ってから開けた。のぞき込んだ母が声を上げる。

「あら、きれい。カトレアやわ」

濃い赤紫のカトレアが描かれたティーカップだ。縁と持ち手は金色できらきら輝いている。

「あら、これ」

母がカップを父に示した。見ると、側面に大きな金色の線が斜めに走っている。

「金継ぎの痕《あと》やな。割れたところを金と漆で修理してあるんや」

「へえ、修理の痕も綺麗やねえ」

母は突然元気になってにこにこしながらカップを眺めた。父もそんな母を見て嬉しそうだ。

銀花はまたほったらかしだ。仕方なしにあちこち見回していると、隅に大きくて長い布包みが立てかけてあるのに気付いた。銀花の背よりも高くて錦《にしき》の布には朱色に金で乱菊の柄が描かれている。

「ねえ、お父さん、これなんやの」

振り向いた父が布包みを見てはっきりと顔をしかめた。嫌々といった感じで言う。

「それは箏《こと》や」

「箏？」

どきっとした。お箏の「箏」は高橋真琴の「琴」だ。なんだか素敵だ。

「お父さんのお母さんのお母さん、つまりひいお祖母ちゃんの箏や。お嫁入り道具やったそうや」

「見ていい？」

「見るだけやぞ」

父が覆《おお》いの布を剝《は》いで箏を見せてくれた。両端と側面は黒漆でいろいろな花が描かれていて、脚には細かい細工彫りが施されていた。銀花は花をじっと見て気付いた。角度によって色が変わる。普通の絵具ではない。

「お父さん、この花、きらきらしてすごく綺麗」

「秋の七草を螺鈿《らでん》細工で表してるんや。螺鈿というのは貝殻を薄くして貼り付ける技法や」

虹《にじ》色、乳色に輝く花を見てため息が出た。この箏は高橋真琴の描く平安時代のお姫様が弾きそうだ。もっと見ていたかったが、父はすぐに覆いを掛けてしまった。

「あー」

がっかりすると、父が苦笑した。

「こっちも見るだけや」

父は棚から文箱《ふばこ》のような物を下ろした。草花が金で描かれ、その周りに細かい金粉が一面に散っている。なんとも豪華な箱だった。

「これが柱箱《じばこ》。琴柱《ことじ》入れや。この柄は春の七草、蒔絵《まきえ》細工やな」

蓋を開けて琴柱を見せてくれた。クリーム色で、一方の先は細くてもう一方は脚を大きく広げたような形をした物がいくつも入っていた。

「琴柱っていうのは、箏の弦を支えるための台。これは象牙《ぞうげ》、象の牙《きば》でできてる」

象なら天王寺動物園で見たことがある。アシカやら白クマやらたくさんの動物を見た後、天王寺公園でお弁当を食べた。あのとき、母が作った玉子サンドイッチはすごく美味しかった。

「このお箏、今は誰が弾いてるん」

「誰も弾かへん。置いてあるだけや」

珍しく父の言葉に棘《とげ》があって、ちくっと胸に刺さった。

「お父さん、お箏、嫌いなん？」

「お父さんが子供の頃な、このお箏があんまり綺麗やったから、弾いてみたなったんや。でも、触るな、てお母さんにえらい怒られてな」

それだけ言うと父は箏に背を向けた。うっとりとカトレアのティーカップを見ている母に声を掛ける。

「美乃里さん。もし、気に入ったのがあれば僕に言うてくれたらいい。僕がお母さんに頼んであげるから」

「ありがとう。尚孝さん」母の頬は上気して綺麗な桃色になっている。

「またゆっくり見に来たらええ。さ、美乃里さん。そろそろ次、行こか」

父は名残惜しそうな母を促して納戸を出た。廊下を引き返して座敷に戻る。

縁側から庭を見ると青い実がびっしりついた大きな木とその向こうに竹藪があった。

「あれは柿《かき》の木。秋になったら実が色づいて綺麗なんや」

「ほんま？　食べてもいい？」

「また銀花の食いしん坊が出た」父が苦笑した。「でも、無理やな。あれは座敷童の柿なんや。人間は食べたらあかん」

「なんで？　座敷童がほんとに食べるん？」

「なんでかは知らんが昔から座敷童の好物やって言われてるんや。きっと、座敷童は誰も見てへんときにこっそり食べてるんやろ」

「でも、座敷童は当主にしか見えへんのでしょ？　ここそする必要ないやん」

「そやなあ。やったら、銀花が柿の木の見張り番をして、もし、座敷童が見えたらお父さんに教えてくれ。あー、でも、銀花は食いしん坊やから、見張りをしてる間に座敷童の柿を全部食べてしまうかもな」

「もうー。私、そんなことせえへんよ」

「柿は枝が折れやすいんや。だから、柿泥棒しようとして登ったら、ぽっきり折れて落ちてしまうぞ」

「そんなことせえへんもん」

そんなことをしたら泥棒になる。母と同じだ。私は絶対にしない。きっぱりと言い切ると、庭先から声がした。

「尚孝さん、お帰りなさい」

作業着を着た男が立っていた。父よりはすこし年上の短髪の男だった。顔が四角くて眉毛が太い。厳しそうな人だった。

「ああ、大原さん。いいとこに来た。今から蔵へ行こうと思てたんや」

「大原です。奥さん、お嬢さん、よろしく」

男がぺこりと頭を下げた。銀花も母も頭を下げた。

「大原さんは昔からうちで働いてくれてる杜氏さんで、雀醤油の大黒柱や」

「なにを言うてるんです。それは尚孝さんの役割ですよ」

「まいったな」父が頭を掻いた。

杜氏というのは蔵で働く人をまとめる親方のことだそうだ。大原杜氏の父親もやっぱり雀醤油の杜氏だった。昔は大勢の蔵人たちを取り仕切りすべての作業に責任を持っていたという。でも、今、蔵で働いているのは大原杜氏一人になってしまったそうだ。

「お疲れのとこ悪いですが、奥さんやお嬢さんにも蔵の説明をしといたほうがええかと」

「じゃ、裏から回ってそっちへ行くよ」

母屋の奥には裏口があって突っかけが並んでいた。適当に履いて外へ出ると、すぐ正面に板張りの大きな建物があった。母屋と背中合わせに蔵が建っているのだった。父に続いて中へ入ると一瞬で全身が醤油の香りに包まれた。まるでどぼんと醤油のプールに飛び込んだようだ。

蔵の中は天井が高くてまるで体育館のようだ。頭の上には太くて真っ黒な梁《はり》と垂木《たるき》がむき出しで、そのさらに上には天窓が並んでいた。そこから真っ直《ます》ぐに陽の光が差し込んでいる。陽の射すところは明るくて届かないところは暗い。はっきりと差がある。昼と夜が一緒にあるようでおかしな感じだ。

思わずため息がもれた。ここは家でもなくて工場でもない。まさに「蔵」としか言えない空間だ。

醤油はどこだろう、と蔵の奥に眼を移してまた驚いた。大きな木桶《きおけ》がずらりと並んでいる。桶は銀花の背丈よりもずっと大きい。

「お嬢さん、中を見てみますか?」

大原が言う。踏み段を登って桶の中をのぞかせてもらった。黒くてどろりとした液体が入っている。

「これは諸味《もろみ》です。表面はぼこぼこして普段使う醤油とは似ても似つかない。毎日、櫂棒《かいぼう》でかき混ぜな醤油にならへんのです」

大原が長い棒で突くようにして、諸味をかき混ぜてみせた。とぷん、と諸味が揺れて塩と醤油の混じったような独特な香りが立った。

よく見ると柱も梁も桶も表面が綿のようにふわふわとしている。腐った木のようだ。ちょっと触るのが怖い。

「これ、腐ってるんやないですよね」

おずおずと訊ねると、大原がすこし嫌な顔をした。

「腐ってるなんてとんでもない。それは菌がついてるんです。この蔵には何十、何百という種類の菌がいます。その菌が醤油を造るんです」

「そうなんですか。すみません」

腐ってるなどと酷《ひど》いことを言ってしまった。慌てて謝った。

「懐《なつ》かしいなあ、子供の頃、よくここで隠れんぼしたものや。大原さんの親父《おやじ》に怒られてつまみ出された」

しょぼんとした銀花を慰めるように、父が冗談めかして言った。だが、大原はにこりともせず真剣な顔で答える。

「尚孝さん。もうあんなことは勘弁してください」銀花に向き直って言う。すこし怖い顔だ。「お嬢さん。蔵の中にはいろいろ機械もありますから気を付けて下さいね」

蔵にあるのは桶だけではない。麴室《こうじむろ》、諸味を搾《しぼ》る機械、ボイラーなどなど、はじめて見るものばかりだ。もっと近くに寄って見てみたいが大原に叱られそうでできなかった。

「昔は大勢の蔵人が住み込みで働いてたんです。蔵人が寝泊まりする小屋もありましたが、今は事務所になってます。あの頃は活気がありましたよ。そのぶん奥さんは大変でしたね。たくさんの蔵人の食事と風呂《ふろ》の世話をしてね」

大原がちらっと母を見た。だが、母はよそ見をしていてまるで聞いていない。大原が眉を寄せた。

「もう時代が違うんや。戦後すぐは安い醬油を大量生産したら売れたし、文句言う客なんかおらへんかったけど、最近の消費者は強いからな」父はため息をついた。

「ええ。それに大手メーカーには勝てませんしね」

「醤油屋なんて儲《もう》かる商売やないからなあ。稼ごうと思たら万博でも行った方がええからな」

「若いもんはみんな工事現場に行ってしまいましたよ」大原がすこし悔しそうに言う。

「でも、私は醤油以外はなんもでけへんから」

「いや、親父が死んだあと、大原さんがいなかったら蔵は大変なことになってた。感謝してます」

「とんでもない」そう言いながらも大原は嬉しそうな顔をした。

蔵の経営があまり上手く行っていないらしいことがわかって心配になった。父は芸術家だ。現実的なことには絶対に向いていない。それくらい子供にだってわかる。そのとき、母が銀花の肘《ひじ》をつついて小声で言った。

「ねえ、さっきのカトレアのティーカップ、素敵やったと思えへん？」

大原が銀花を見た。うん、と慌てて適当な返事をして母のそばを離れる。いやだ、母と一緒にされたくない。

ときどき、母の無邪気さや無神経さがいやでいやでたまらなくなる。母の子供だということが恥ずかしくて、苦しくて、辛くて、泣きたくなるのだ。母の子供であることをやめたい。母の子供ではなくて父だけの子供になりたい。でも、そんなことはできない。生まれてしまった以上私は母の子供だ。一生逃げられない。

「尚孝さん」大原が改まった声で言った。「これからは尚孝さんが雀醤油を仕切っていくんです。最初は大変やと思いますが、頑張ってやっていきましょう。私もできる限りのことはやりますんで」

大原の顔は実直というよりはどこか剣呑《けんのん》だった。父は気圧《けお》されたように頭を下げた。

「ええ。すみませんが……頼みます」

まるで叱られているようで父がかわいそうになった。大原は次に銀花に眼を向けた。

「お嬢さん、うちには娘と息子がいるんです。同じ小学校ですから、仲よくしてやってください」

「はい」大原の眼は厳しくてやっぱり叱られているような気がした。

その夜、歓迎の席が設けられた。

座敷には近所の人や取引先の人やらが入れ替わり立ち替わり挨拶に来た。男たちはみな酒が入って騒々しかった。母は台所の手伝いに行き、銀花は一人、与えられた二階の部屋にいた。

二階には部屋が三つある。十二畳の部屋は父と母の部屋で、廊下を挟んで二つ並んだ八畳の部屋が銀花と桜子の部屋だった。

はじめての自分の部屋だ。しかも八畳もあって広い。張り切って荷物を片付けているのだがはかどらない。階下から酔客の声が響いてくるたびどきりとして手が止まる。

でも、手が止まってしまうのは宴会のせいだけではない。気になる荷物があるからだ。

リンゴ木箱の底から「ジェットモグラ」を取り出した。父に言えないまま持ってきてしまったがいつまでも隠しておくわけにはいかない。どうすればいいだろう。

「ジェットモグラ」を手に悩んでいるといきなり襖が開いた。桜子が仁王立ちしている。慌てて隠そうとしたが桜子は目ざとかった。

「なにそれ？　なんで隠すん？」

「別に」

「それ、男の子のオモチャと違うん？」

桜子が咎《とが》めるように言うので、わざとなんでもないふりをして「ジェットモグラ」を机の上に無造作に置いた。

「別に。で、桜子さん、なんの用？」

「もう一回だけ言っとくよ。絶対に絶対に、あたしのこと、叔母さんって呼ばんといてよ。絶対やからね」

一方的に言い捨てると桜子は襖をぴしゃんと閉めて出て行った。背中で長い髪がふわっと広がって揺れた。女優のようだった。拗《す》ねても怒ってもやっぱり美少女だ。逆立ちしたって勝てない。なんだか悔しくなった。

「ジェットモグラ」を再び隠して部屋を出た。水でも飲もうと台所へ向かうと、多鶴子が一人で忙しそうに働いていた。手伝っているはずの母の姿はどこにもない。

「あの、お母さんは？」

「さあ。いつの間にか姿が見えなくなって」多鶴子がつっけんどんに言う。

「すみません。手伝います」銀花は袖をまくった。

多鶴子が手を止めてまじまじと銀花を見た。きつい顔だ。そんなに意外だったのだろうか。手伝いは出しゃばりだったのか。厳しい視線に逃げ出したくなったとき、多鶴子が言った。

「そう。じゃあ、洗い物、お願い」

流しには汚れた皿と鍋《なべ》が山のように浸してあった。早速洗い物に取りかかる。水は大阪よりずっと冷たくて気持ちよかった。桜子の嫌みも母の情けなさも泡と一緒に消えていく。銀花はどんどん皿を洗った。

一方で、多鶴子は酒の燗《かん》をしたり魚を炙《あぶ》ったり、すこしもじっとしていない。すごい、と驚き感心した。こんなにも手際よくきびきび働く人を見たのは生まれてはじめてだ。料理上手だけれど、よく言えば丁寧、悪く言えばのろのろの母とは全然違う。

座敷に酒を運んだ多鶴子が空っぽになった大皿を持って戻ってきた。地は黄色で葡《ぶ》萄《どう》が描かれた豪華な皿だ。

「九谷やからね、気を付けて」

クタニとはなんだろうか、と思いながら艶々した青い葡萄を眺めていると、多鶴子が汁椀《しるわん》を並べながら言う。

「九谷焼。加賀に伝わる焼き物のこと」

なぜ疑問がわかったのだろう。不思議だったが、ついでに訊《き》いてみた。

「加賀ってどこですか?」

「石川県。金沢、兼六園のあるところ」

こちらを見ようともしないがちゃんと教えてくれた。もしかしたら思っているほど怖い人ではないのかもしれない。

「あの、なんて呼んだらいいんですか?」

すると、多鶴子が振り向いた。じっと銀花を見る。品定めされているような気がした。

「なんでそんなことを訊くん？　誰かになにか言われたん？」

桜子に言われたから、と答えようとして思いとどまった。まるで告げ口みたいだ。すこし考える。黙っていると多鶴子の顔がどんどん険しくなった。

「はっきり答えなさい」

多鶴子の口調が厳しい。下手に嘘をつかない方がいいような気がしてきた。

「あの、桜子さんが……お祖母ちゃんって呼ばんといて。そんな歳やないから、って」

「しょうもないことを」多鶴子が呆《あき》れたように小さなため息をついた。「あんたの好きなように呼びなさい。お祖母ちゃんでも多鶴子でもどっちでもいいから」

「じゃあ、多鶴子さんでいいですか」

「お祖母ちゃんは嫌なん？」

「桜子さんの言うとおりやと思います。お祖母ちゃんって歳に見えへんから」

「私はもう五十三やよ。でも、まあ、好きにして」

あっさりと言い捨て多鶴子が背を向けた。おしゃべりするような雰囲気ではない。

恐る恐る九谷の大皿を洗っていると、ふいに多鶴子が冷めた口調で言った。

「こんなこと言うたら失礼やけど、あんた、美乃里さんに似なくてよかったね」

「え？」

「あの人、なんもせんやろ。台所のことなんか、なんもできんのと違う？」

頭から決めつけたような言い方だ。なにも知らないくせに、と腹が立った。

「そんなことないです。お母さんはすごく料理が得意です。本を見て珍しいお料理も作るんです。茶碗蒸し《ちゃわんむし》も、クリームコロッケもロールキャベツも、ホットケーキもプリンも作ってくれます。すごく美味しいんです。ほんとです」

大きな声で言い返すと、多鶴子は驚いた顔をした。しばらくまじまじと銀花の顔を見ていたがまた厳しい顔になった。

「あの人、料理上手やのに手伝いはしてくれんの？」

「すみません」

「あんたが謝っても仕方ない」

多鶴子が大きなため息をついた。塩茹《しおゆ》でにした三つ葉をザルにあげ冷水に取る。二本束ねて取ると長い茎の部分をくるっと結んで椀種の上に置いた。

「銀花。残りはあんたがやるんや」

銀花さんでも、銀花ちゃんでもない。潔い《いさぎよ》呼び捨てはなんだか気持ちよかった。見よう見まねで三つ葉を結ぶ。そこに吸い地を張って汁椀ができると、多鶴子が座敷に運んでいった。

お手伝いが上手く行ったようでほっとしていると、母が廊下から顔をのぞかせた。台所に多鶴子がいないのを確認してから入ってくる。

「銀花がお手伝いしてるん？　偉いねえ」

「お母さん、どこ行ってたん？　手伝ってよ」思わず声がきつくなった。

「でも、お母さん、あの人苦手やし……」

そこへ多鶴子が戻ってきた。母はさっと顔色を変え、なにも言わず逃げるように台所を出て行ってしまった。多鶴子は黙ってその背中を見送った。険しい表情だった。

恥ずかしくて情けなくて涙が出そうになった。これ以上母のことは言われたくない。多鶴子がなにか言う前に急いで話題を変えた。

「あの、多鶴子さん。座敷童ってどんな子供なんですか」

瞬間、多鶴子の顔が強張《こわば》った。視線がさまよい、揺れる。だが、すぐにきりりとした表情に戻った。

「その話、誰から聞いたん？」

「お父さんから」

「古い話を憶えてたみたいやね。座敷童は着物を着た男の子やよ。代々、うちの当主にしか見えんのよ」

「多鶴子さんは見たことがあるんですか」

「一度もないね」

「庭の柿が好物なんですよね。いつからいるんですか」

「大昔からやろうね。さあ、もうお手伝いはいいから、さっさと自分の部屋に戻り」

多鶴子がぴしゃりと言った。

追い出されるように台所を出て自分の部屋に戻った。再び「ジェットモグラ」を取り出した。桜子に見られてしまった以上隠しても無駄だ。下手にこそこそすれば余計に怪しまれる。どうしようかと考えていると襖の向こうで声がした。

「銀花、いい？」

母の声だ。静かに襖が開いて母が入ってきた。バツの悪い顔だ。銀花の手に「ジェットモグラ」があるのを見るといっそうきまりが悪そうにした。

「多鶴子さん、お母さんのこと怒ってた？」

「別に怒ってへんと思う」

「お母さんね、多鶴子さんが苦手やねん。あの人、ちょっと怖いから」

どう返事していいのかわからない。黙っていると、母はため息をつきながら窓の外に眼をやった。

「ねえ、銀花。これからどうなるんやろうね」

そんなこと子供に聞かないでほしい。多鶴子さんも、蔵も、お醬油のことも、みんなみんなどうなるかわからない。でも、一つだけわかることがある。母は多鶴子と絶対に上手くやれない。母は多鶴子のような厳しい人間が苦手だし、多鶴子は母のような頼りない嫁を認めない。そして、大原杜氏も認めないだろう。今日、蔵を案内してもらったとき、大原は最後に父と銀花には声を掛けたが母には掛けなかった。きっと、当主の妻として失格だと思ったからだ。

そのとき、はっと大原の言葉を思い出した。銀花は「ジェットモグラ」を抱えて部屋を出た。階段を下りて座敷に向かった。

宴席はお開きに近づいていた。客はみな帰り支度をはじめている。父はずいぶん飲んだようで赤い顔だ。大原と並んで客の一人一人に挨拶をしているのでしばらく待った。客がすべて帰ると残ったのは父と大原だけになった。

「ジェットモグラ」を手に二人の前に進み出る。緊張して胸がどきどきしていた。

「あの、これ、商店街の福引きで当てたんやけど、男の子のオモチャやから私は遊ばへんし……」上手く言葉が出ない。舌がもつれたような気がする。「男の子がいるて言うてはったから、もしよかったら……」

「いいんですか？　こんな高そうなオモチャを？」

大原が怪訝《けげん》な顔をした。もう嘘がばれて怪しまれたのだろうか。不安で胸がぎゅっと苦しくなる。父はすこしとろんとした眼で銀花を見て、それから笑い出した。

「ああ、忘れてたな、これ。そうそう、福引きで銀花が当てたんや」銀花から箱を奪って大原に押しつけた。「大原さん、遠慮なくもらってやってください。うちは女の子やから、サンダーバードはちょっと」

「そうですか？　なら、遠慮なくいただきます。息子も喜びますよ」

大原は礼を言って受け取った。作戦は成功だった。ほっとしたが、胸の一番底がじくじくと痛んだ。私は今、嘘をついた。そして、盗んだオモチャを押しつけた。私は食いしん坊の女の子じゃない。嘘つきの女の子だ。

大原を見送ると、父が銀花を手招きした。広い玄関の隅っこで声をひそめて言う。

「銀花、あれ、美乃里さんが盗ったんか？」

「うん。こっちに引っ越してくる前、お父さんが写生旅行に行ってるとき。黙っててごめんなさい」

「いや。銀花が謝ることやない。大変やったな。心配掛けてごめんな」

父がいつものようにぽんと頭を叩く。嬉しくて父の顔を見上げてどきりとした。父の笑顔は濁ってまるで生気がなかった。

「お父さん、どうしたん？」

「醤油造らなあかんし、これからいろいろ大変なんや。もう、今までとは違って好きなときに絵を描かれへんしな」

その言葉を聞いた瞬間、胸がぎゅっと苦しくなった。絵が描けないというのは父にとってはどんなに辛いことだろう。

「ねえ、お父さん。私も手伝う。なんでも言うてよ」

「はは、ええよ。僕が頑張らんとな。ここが男の正念場や。根性見せたるんや」

なんだかテレビドラマに出てくる船場《せんば》の商売人みたいな台詞《せりふ》だった。父にはまったく似合わなくて思わず笑ってしまった。父もすこしの間笑っていたがふいに真面目な顔になった。あたりを見回し唇の前に指を一本立てる。

「誰にも内緒の話や。実は、お父さんは醤油造る気なんか全然ないんや」

「え？」

ぎくりとした。父の息はひどく酒臭かった。こんなに酔った父を見るのははじめてだ。

「僕は絵を描いて生きていきたいんや。もし少女画を描くとしたら……銀花が好きな高橋真琴ふうの絵は僕には無理や。中原淳一も違う。どっちかというと竹久夢二みたいな雰囲気なら描ける気がする」

「タケヒサユメジ？」

ちょっと待ってろ、と父が二階の自分の部屋から画集とスケッチブックを持ってきた。画集を開くと、黒猫を抱いた黄色い着物を着た女の絵があった。女が座っている赤くて四角い箱に黒船屋という字が読めた。

「どうや？　こういうのならお父さんにも描けるような気がする」

この女の人、手が大きい、というのが最初に感じたことだった。かわいくもないし綺麗でもない。どちらかというと野暮ったい。有名な絵かもしれないが、どこがいいのかさっぱりわからない。高橋真琴のお姫様のほうが千倍も万倍も素敵だ。

「うーん、でも……」

返答に困っていると、父が今度はスケッチブックを開いた。

「この前、描いてみたんや」

ほら、と見せてくれたのは髪の長い少女の絵だった。眼を伏せて寂しそうにしている。高橋真琴ふうの眼がぱっちりとしたお姫様とタケヒサユメジの真ん中くらいに見えた。でも、なんだか誰かに似ているような気がする。

「これならどうや、儚《はかな》げで寂しげで……つまり、薄幸の美少女や。僕はこういうのを何枚か描いて、雑誌社に送ってみるつもりや。少女画家として成功したら、お祖母ちゃんかてもう文句は言わへんやろう。醬油造りはせんと堂々と絵を描ける」

父はぽんと銀花の頭を叩いて笑った。眼がきらきらと輝いている。いつもの父だ。ほっとして、でもまた不安になった。

「ねえ、じゃあ、蔵はどうなるん？　誰がお醬油を造るん？」

「さあ、なんとかなるやろ」

「でも、お父さん、当主と違うん？」

「僕が絵で有名になったらみんな喜んでくれる。絵が売れるまでもうちょっとの辛抱や。それまでは大人しく醬油を造る。そやから、これはお父さんと銀花だけの秘密や」

父はいたずらっぽく微笑んでもう一度指を立ててみせた。長い指だった。それを見て、納得した。父の指は醬油よりも絵筆に向いている。間違いない。

「お父さん、頑張って。私も応援してるから」

「ああ。きっと有名になって銀花にお姫様みたいな暮らしをさせたるからな」

「うん。楽しみ」

もう一度父の絵を見た。かわいくてかわいそうな薄幸の美少女だ。もし、この絵に名前を付けるなら——。

一見、かわいらしい花に見えるけれど強い陽射しなどものともせずに咲く、ふてぶてしくて厚かましい花。

「夾竹桃」

思わず呟《つぶや》くと、父が不思議そうな顔をした。

蔵のある家に来てはじめての夜、夢を見た。

庭の柿の木には熟した実が鈴なりだった。高い枝に着物を着た座敷童がまたがっている。座敷童は小さな男の子だ。ひょいと手を伸ばし柿をもぎ取ると皮も剝《む》かずにぱくっとかぶりついた。大きな口であっという間に食べてしまうと種をぷっと器用に吐き出す。まるでスイカの種でも飛ばすかのように軽々と吐いた。手の届くところに柿がなくなると別の枝に移る。そしてまた「ひょい、ぱく、ぷっ」だ。

座敷童の食欲は見ていて気持ちがよかった。半ば感嘆し半ば呆れながら銀花は子供の神様を見つめていた。

気がつくといつの間にか銀花も柿の木に登っていた。柿を食べているのは座敷童ではなく銀花自身だ。一番高い枝に座って手当たり次第に食べている。よく熟れて甘くて柔らかい。本当に美味しい柿だ。ひょい、ぱく、ぷっ。ひょい、ぱく、ぷっ。美味しすぎて止まらない。ひょい、ぱく、ぷっ。どうしよう。このままだと全部食べ尽くしてしまうかもしれない。

ふっと下を見ると、父が怖い顔をしていた。

「こら、銀花。それはおまえの柿やない。座敷童の柿や」

ごめんなさい、と慌てて木を降りようとしたら突然枝が折れた。落ちる。助けて――。

そこで眼が覚めた。どきどきする胸に手を当て布団の中で深呼吸をした。怒った父の顔がありありと浮かんだ。夢とはいえあんな顔の父を見るのははじめてだった。外は白みはじめていた。どこか遠くで鳥が鳴いている。なんだかもう眠れそうにない。窓を開けて朝の空気を一杯に吸い込んだ。朝露と竹と醤油が入り交じった不思議な匂いがした。

――座敷童の柿や。

怒る父の顔を思い出すとまた胸がざわついた。夢でよかった、と思った。

2 一九六八年秋〜一九七三年

二学期がはじまって新しい小学校に通うことになった。

銀花は四年生で桜子は五年生だ。転校してわかったことは雀醤油《すずめしょうゆ》と桜子はどちらも地元では有名だということだ。雀醤油は老舗《しにせ》だから納得だが桜子もとびきりの美少女として知られていた。年配の人は「雀小町」などと言っていたし校内ではファンクラブがあるという噂《うわさ》だった。芸能人並みの扱いで正直言って驚いた。

だが、銀花もすぐに話題の人となった。それは銀花の持ち物が同じクラスの女子の羨望《せんぼう》の的となったからだ。レースのハンカチや舶来の文房具に絵の具、洒落《しゃれ》た手提げ袋など、このあたりでは売っていないものばかりだ。父の「おみやげ」を誉《ほ》めてもらえて嬉《うれ》しかったが自慢にならないように気を付けた。すると、小物から話のきっかけができて次第にクラスに馴染《なじ》むことができた。

小さな学校だから学年が違ってもみな顔見知りだ。大原杜氏《とうじ》の娘は二年上の六年生だった。おとなしそうな子で銀花と桜子を見るといつも頭を下げた。年上から頭を下げられて居心地が悪かったが桜子は平気なふうだった。息子のほうは一つ下の三年生だった。小柄なので桜子は「あのチビ」と呼んでいた。恥ずかしがり屋なのか銀花と桜子を見るといつも逃げていく。あれが「ジェットモグラ」を受け取った子なのか。証拠隠滅に利用したようで胸がちくりと痛んだ。

父は大原に付いて蔵の仕事を学びはじめた。慣れない仕事が辛《つら》いらしく愚痴をこぼしにくる。

「櫂棒《かいぼう》で諸味《もろみ》をかき混ぜるんやけどな、ただ混ぜているようで、意外と難しいんや。深い桶《おけ》の底にまんべんなく空気を送り込まなあかんのや。混ぜるんやない。突く感じや、結構力がいる」

「大変やね。でも、お父さんは子供の頃、お手伝いせえへんかったん？」

父は決して母に愚痴をこぼさない。相手はいつも銀花だ。理由は簡単。「美乃里さんを心配させたくない」からだ。

「蔵の仕事がいやで逃げ回って、ずっと絵を描いてたなあ」腕を大げさにさすりながら父が顔をしかめた。「まだ腕が痺《しび》れてる気がする。なんたって、お父さん、絵筆より重い物、持ったことないんや」

半分冗談半分本気という感じだ。本気で返すのが怖いので冗談で返すことにした。

「それやったら、いっそ絵筆にお醤油つけて絵を描いたら？」

すると、父が声を立てて笑った。いつもどおりの明るい父でほっとした。

「それ、ええなあ。醤油絵か。売れるかもしれん」父はそこで声をひそめた。「実はな、お父さん、この前、雑誌社に絵を送ったんや。自信作や」

「ほんと？　すごい。早く返事が来たらええね」

「ああ。醤油造りはそれまでの辛抱や」

父の毎日は忙しい。蔵で醤油を造るだけが仕事ではない。注文を取ったり、得意先を回ったり、県内の同業者の集まりに出たり、と毎日あちこち飛び回っている。たまに家にいるときでも、蔵の横にある事務所にこもりっきりで多鶴子に帳簿の付け方を習っていた。絵なんか描く暇がない。父の気持ちを思うとかわいそうで胸が痛くなった。

――実は、お父さんは醤油造る気なんか全然ないんや。

あの夜の父の言葉が胸の奥にわだかまっている。父には絵を描いて欲しい。でも、当主としての責任もある。このままだとどちらも上手《うま》く行かなくなるような気がする。父はどれだけ傷つくだろう。多鶴子はどれだけ怒るだろう。不安でたまらなくなると銀花は柿《かき》の木の前でお祈りをした。

「座敷童《ざしきわらし》の神様。お父さんを守って下さい。うまく醤油が造れますように。お父さんの絵が売れますように。私は一生柿は食べませんから」

心配の種はもう一つある。母のことだ。母と多鶴子はまるで違っていた。その差が一番現れたのは台所仕事だ。

多鶴子は長年、蔵の仕事をしながら家族と蔵人の食事の用意をしてきたそうだ。毎朝大量の米を炊《た》き、手早く魚を焼き、煮物、汁物を作らなければならなかった。もちろん味は悪くはなく決して手抜きでもなかったが、働く人の腹を手っ取り早く満たすという実用性が最優先された。蔵人がいなくなった今でもその考え方は変わらない。食事を楽しもうという考えはかけらもなかった。

一方、母の頭には実用などというものは存在しなかった。母が料理で大切にするのは「美味《おい》しくて素敵で父が喜ぶかどうか」だ。時間も材料費もまるで気にしない。大阪にいた頃はしょっちゅう一日がかりで手の込んだ料理を作っていた。

蔵に来た当初、多鶴子は母に台所を任せた。すると、母は朝食にトーストと紅茶を用意した。そして、夕食にも洋食を作った。ローストポークにリンゴと生姜《しょうが》のソースがかかったもの、オニオンスープ、白身魚と野菜のマリネ。全部父の好物だ。デザートには桃の風味のババロアもあった。母は午後いっぱい使って料理を作った。とても美味しくて父も銀花も大喜びした。桜子などはこう言ったほどだ。

「お母さんの料理よりよっぽど美味しい」

次の日の朝もパンだった。夕食はぷりぷりの海老《えび》の入った濃厚なクリームグラタン、卵の黄身が鮮やかなミモザサラダ、トマトのスープ、それにプリンだった。みんな苦しくなるまで食べて満足したが多鶴子は一人仏頂面《ぶっちょうづら》だった。

「美乃里さん。明日の夜は和食にして。歳取《とし》ると脂《あぶら》っこい料理は胃にもたれるんよ」

多鶴子が言うと、翌日母は懐石料理のようなものをこしらえた。海老の真丈《しんじょ》、ぐじの塩焼き、鱧《はも》の落とし、夏野菜の炊き合わせ、手作りの胡麻《ごま》豆腐、などなどだ。デザートの竹に流した水ようかんは絶品だった。

どれも美味しくてみなお代わりをして平らげた。そんな食事が一週間ほど続いたある朝とうとう多鶴子の堪忍袋《かんにんぶくろ》の緒が切れた。

「醤油蔵がパンなんか食べてどうするんやよ。朝は炊きたての御飯に決まってる。蔵で働く人間がこんなペラペラのパン一枚では無理や。かと思たら夜は毎晩ご馳走《ちそう》続き。美乃里さんに任せたらお金も時間もいくらあっても足りへんわ」

母がしゅんとしてうつむく。慌《あわ》てて父が取りなした。

「お母さん、美乃里さんの料理は美味しいやろ。なんでそんなこと言うんや」

「お金と時間掛けたら美味しい物ができるのは当たり前。でも、うちは醤油蔵や。そんな贅沢《ぜいたく》してられへん。もういい。明日からは私が作るから、美乃里さんは手伝いだけで結構」

その言葉通り次の日から多鶴子が台所を仕切るようになった。母は多鶴子の手伝いをすることになったが、そうなるとすこしも料理ができなくなった。厳しい多鶴子が怖くて臆《おく》してしまったからだ。

「すみません、すみません」

それればかりを繰り返し母は手伝いもせず逃げ回るようになった。代わりに銀花が手伝うのだが、日に日に多鶴子の苛《いら》立《だ》ちが増していくのがわかった。

そして、とうとう事件が起こった。多鶴子と銀花が朝食の支度でてんてこ舞いしていたのに、母はなにもせずふらふらしていた。堪忍袋の緒が切れた多鶴子が家中に響くほどの声で母を叱《しか》りつけた。

「美乃里さん、あんた、いい加減にして。ちょっとは手伝おうと思えへんの？」

母がめそめそと泣きだした。食卓に着いたばかりの銀花は慌てて立ち上がった。

「私がやりますから」

「銀花。あんたに言うてるんやない」

びしりと言われ、思わず身がすくんだ。中途半端《はんぱ》な姿勢のまま動けなくなる。すると、父が助けてくれた。

「なあ、お母さん。お母さんにはお母さんの流儀があるように、美乃里さんには美乃里さんの流儀があるんや。押しつけたらあかん」

「尚孝。あんたは美乃里さんを甘やかしすぎや」

「お母さんは自分が正しいと思てるんかもしれへんけど、他の人かて他の人なりの正しさがあるんや」父が精一杯穏やかに言い返した。

「そうか。あんたらが正しいなら、あんたらで好きにし」

多鶴子は言い捨てると食堂を出て行った。母はまだしくしく泣いている。父は大きなため息をついて食卓を見下ろした。多鶴子が用意した御飯、味噌汁《みそしる》、漬物、海苔《のり》が並んでいる。

「僕はやっぱりパンが食べたいなあ。美味しい紅茶を淹《い》れてな」

「そうやよねえ。だって、尚孝さんはパンと紅茶が大好きやのに」

途端に母が顔を上げ嬉しそうな表情をした。

銀花は黙っていた。父と母の言うことはわかる。だが、多鶴子の気持ちもわかる。本当は心の底で思っている。正しいのは多鶴子だ。でも、口には出せない。

「もうええよ。さっさと食べよ」

桜子がうんざりした顔で不味《まず》そうに食べはじめた。

＊

年が明け、蔵に来てはじめての春が来た。

裏の竹林では毎日風もないのにひらひら葉が落ちる。「竹の秋」と呼ぶのだと父が教えてくれた。

「タケノコ掘りの季節やな」

父は懐《なつ》かしそうな顔をしたが、多鶴子は冷たい表情だ。

「毎年、うんざりやわ。ぞっとする」

「お母さんはなんでそんなにあの竹藪《たけやぶ》が嫌いなんや。竹藪あっての雀醤油やろ」

「昼間でも薄暗いし、ザワザワやかましいだけやよ」

「僕はタケノコ好きやな。なあ、お母さん。せめてタケノコの季節だけでもいいから、美乃里さんに料理をさせたってや」

「美乃里さんは勝手な物を作るからね。うちの台所では困るんや」

「でもな、お母さんかて言うてるやないか。毎年、タケノコは下ごしらえが大変や、て。美乃里さんに手伝ってもろたら楽になるから」

結局、多鶴子はすこし悔しそうな顔をしながらも、タケノコに限って母が料理することを認めた。許しをもらった母は嬉々《きき》としてタケノコの皮を剝《む》き、糠《ぬか》であく抜きしながら茹《ゆ》でた。それからは、毎日、なにかしらのタケノコ料理が出た。小さなタケノコなら皮付きのまま焼くこともあった。定番の若竹煮、タケノコ御飯は絶品だった。父の好物は豚バラ肉の塊と一緒に中華風煮込みにしたものだった。

ある日曜、父は朝採れの皮付きタケノコを前にして言った。

「銀花。大原さんのところにタケノコ、届けてもらえるか？」

「明日、大原さんに持って帰ってもろたらええやん」

「タケノコはあっという間に味が落ちるんや。すぐに届けな」そこで母に語りかけた。

「な、美乃里さん」

「そう。タケノコはね、採ってすぐに下茹でせな美味しないの」

母は一所懸命に献立ノートを書いているところだ。自分が届けるつもりはまったくなさそうだ。ひどい人見知りだからわかってはいるがやっぱりため息が出る。うんざりしながらノートに眼を遣《や》ると母は慌てて手で隠した。

「内緒。恥ずかしいから」

「美乃里さん、ちょっとくらいええやないか」

「でも、字が汚くてぐちゃぐちゃやし……」

母が真っ赤になるとそれを見て父が笑った。こんなにかわいらしく頬を染められたら自分も大事にしてもらえるだろうか、となんだか哀《かな》しくなる。

「ついでに福子《ふくこ》さんによろしくな。大原さんの奥さんや」

仕方ない。銀花はカゴに山盛りの皮付きタケノコを持って家を出た。地図を見ながら歩いて行く。大原の家は蔵から十分ほど歩いた、古い家が建ち並んでいる地域の奥にあった。

「ごめんください。あの、雀醤油です」

のそっと出て来たのは小柄な男の子だった。銀花を見て驚いたのかさっと廊下の奥に逃げていった。奥から代わりに出て来たのは小柄で丸々した女の人だった。この人が福子らしい。

「はい、なにか?」

「あの、雀醤油ですけど、タケノコのおすそわけに」

「あらあら、じゃ、尚孝さんのとこのお嬢さん?」

「はい。山尾銀花です。これを」

タケノコを差し出すと、福子は受け取って上がるように勧めた。

「生憎《あいにく》、主人は出かけてますが、お嬢さん、ちょっと上がってくださいね。お茶でも」

「いえ、私はここで」

「お嬢さんを玄関先で帰したら主人に怒られます。さ、どうぞどうぞ」

強く言われたので断り切れずお邪魔することにした。通された茶の間は八畳ほどでごちゃごちゃと物が溢《あふ》れていた。卓袱台《ちゃぶだい》は傷だらけでテレビには刺繍《ししゅう》布が掛かっている。整理簞笥《だんす》には怪獣やらマグマ大使のシールがいっぱい貼《は》ってあって、あの男の子がやったのかと思うとおかしくなった。

緊張しながら待っていると熱いお茶と最中《もなか》が出てきた。

「お嬢さん、いつぞやはオモチャをありがとうございます」

「いえ」

「尚孝さんが跡継ぎに戻ってきはって、みんな喜んではるでしょ？」

「ええ、まあ」

「お嬢さん、ご兄弟はいはれへんのですか」

「はい。私一人です」

矢継ぎ早に話しかけられ戸惑った。

「あら、じゃあ、いずれはお婿《むこ》さん、取らなあかんねえ」

「え？」

「ああ、ごめんなさい。これから弟さんができるかもしれへんしねえ。……遠慮せずに召し上がってください」福子が最中を勧めてくれる。「このタケノコ、若奥さんがくれはったん？」

「え、ええ、父と母が持って行け、と」

「そうやろうねえ。多鶴子さんはおすそわけなんかしてくれたことないから」わずかに福子が顔をしかめた。「聞いたところによると、多鶴子さんのお母さんが生きてはった頃は、タケノコでも柿でもなんでも近所に配りはったそうやよ」

「そうなんですか」

多鶴子の母と言えば、あの綺麗《きれい》な箏《こと》を嫁入り道具に持ってきた人だ。そんな大昔の人の噂が残っているのが怖い。

「多鶴子さんのお母さんはえらい別嬪《べっぴん》で、上品で優しい人やったそうや。……こんなん言うたら悪いけど、あんまり多鶴子さんは似てへんみたいやね」

福子は多鶴子が苦手なのだろう。その気持ちはすこしわかる。でも、悪口を聞かされているようで居心地が悪い。かと言って言い返したら角が立つだろうか。やんわりとこう言うことしかできなかった。

「多鶴子さんはしっかりしててきっちりした人なんです」

「しっかりきっちりって言うより、あの人はきついんやよ。一人娘やから後を継がなあかんと思て、気を張ってたんやろうけど」

「え、それやったら多鶴子さんが元々山尾家の人なんですか」

「そうそう。亡《な》くなった旦那《だんな》さんは婿養子で影の薄い人やったねえ。多鶴子さんがすべて仕切って尻《しり》に敷いてた……」

そこではっと福子が気付いた。慌てて取り繕うように笑う。

「まあ、あれくらい気丈やないと蔵なんかやってかれんでしょうね。お嬢さんは多鶴子さんに似てますよ。しっかりしてはるから。……とにかく御礼を伝えてください」

多鶴子に似ていると言われたが正直なところ嬉しくなかった。でも、母に似ていると言われるよりずっとマシだ。絶対マシだ、と自分に言い聞かせた。

どっと疲れて大原家を出た。これが「人付き合い」というものか。母には絶対無理だ。これからも私がやるしかないのか、と思うとげんなりする。そして、ふっと思った。自分も多鶴子と同じで一人娘だ。いつかは蔵を継がなければならないのだろうか。

「婿」をもらわなければならないのだろうか。

すこし歩いて振り返ると、二階の窓に男の子の顔が見えた。眼が合った瞬間さっと引っ込んだ。変な子、と思った。

銀花は五年生になった。新学期の最初にクラス替えがあって新しい友達ができた。「ハッチー」こと河合初子《かわいはつこ》と「のりちゃん」こと久慈典子《くじのりこ》だ。ハッチーはくせ毛をポニーテールにしてどんぐりみたいな眼をしている。のりちゃんは色白でこけしのようだ。二人ともどちらかというとクラスでは地味で大人しい女の子だった。

ハッチーとのりちゃんは自転車を持っていた。ハッチーはピンクの自転車で鍵《かぎ》には伊勢神宮のお守りを付けている。のりちゃんは赤の自転車で親戚《しんせき》にもらった東京タワーのキーホルダーだ。銀花は自転車を持っていないのでときどき貸してもらったり、遠出するときには交代で荷台に乗せてもらった。

「銀花ちゃんも早く買ってもらいや」

「欲しいんやけど、桜子さんが文句言うんよ。自分は六年で買ってもろたから、私が五年で買ったらずるいんやって」

しっかりきっちりの多鶴子だが妙に心配性なところもあった。まだ危ないから、と桜子に自転車を禁じていたのだ。無論桜子が大人しく従うわけはなく何度も大喧嘩《おおげんか》をした挙げ句、六年生になってやっと買って貰《もら》ったのだ。流行《はや》りのお洒落な真っ赤なミニサイクルだ。桜子はあっという間に乗りこなし、遊んでばかりで家にほとんどいない。

「銀花ちゃんは何色の自転車にするん？」

「私は絶対、青って決めてるねん」

鮮やかな五月の空の色、父が買ってくれた麦わら帽子のリボンの色だ。今から楽しみで仕方ない。キーホルダーはなににしようか。あのふくら雀の土鈴はどうだろう。でも、あんなの自転車にぶら下げて走ったらすぐに割れてしまう。ちりん、ころん、ぱりん、では哀しすぎる。

いくら多鶴子の方針だからと言って、友人二人に迷惑を掛けっぱなしでは気詰まりだ。いつも自転車に乗せてもらうお礼をしなければ、と思った。

家に呼んで母の美味しいお菓子でもてなしたらきっと喜んでもらえるだろう。でも、母は台所禁止だ。なんとかして多鶴子を説得しなければならない。どんなふうに言えばいいだろう。銀花は一晩作戦を考えた。

「多鶴子さん。私、お友達にいつも自転車に乗せてもらってるんです。一度、ちゃんとお礼をせな失礼やと思うんです」

「たしかに。世話になりっぱなしはあかんね」

うーん、と多鶴子が顔をしかめた。やっぱりだ。読みが当たった。多鶴子は他人に借りを作るのが大嫌いな性格のようだ。

「うちに招待したいんです。そのときに、お母さんにお菓子を作ってもらおうと思て」

「売ってるお菓子ではあかんの?」

「お友達にはすごくよくしてもらってるんです。そのへんで売ってるお菓子やなくて、母の手作りを出してあげたいんです。そのほうが御礼の心が伝わると思うんです」

「そうやねえ。美乃里さんのお菓子は味だけは一級品やからねえ……。じゃあ、一度うちにお招きしなさい」

多鶴子は渋っていたが、銀花が御礼を強調すると最終的には折れた。やった、作戦成功だ。万歳したいくらいだったが神妙な顔で多鶴子に頭を下げた。そして、真っ直《ます》ぐ母に頼みに行った。

「ほんま? ええの? ありがとう、銀花。お母さん、頑張って美味しいお菓子作るから」

母がぱっと眼を輝かせて夾竹桃色《きょうちくとう》の頬で笑った。

母の言う「ありがとう」は心からの「ありがとう」だ。こちらまで嬉しくなる。でも、心のどこかがちりちり焦《こ》げる。嬉しいはずなのにどうしてこんな気持ちになるのだろう。素直になれない自分がすこし後ろめたくなった。

次の日曜、ハッチーとのりちゃんが自転車でやってきた。珍しく母が自分から挨拶《あいさつ》に出て来た。

「いらっしゃい。ゆっくりしていってね」

お菓子が上手にできたので母は上機嫌だ。クリームたっぷりのシュークリームとプリンを出すと、二人は美味しい美味しいと言って食べた。母はにこにこと笑いながら紅茶のお代わりを淹れてくれた。

「おみやげもあるから、よかったら持って帰ってね」

母がマドレーヌとクッキーの包みを見せた。マドレーヌはちゃんと貝の形で、クッキーは白とピンクのアイシングで縁取りがされている。小さなビニール袋に入れてピンクのサテンのリボンが結んであった。ハッチーとのりちゃんが歓声を上げて喜ぶと、母が真っ赤になって笑った。本当に嬉しそうだった。

「銀花ちゃんのお母さん、すごくかわいい。うちのお母さんと全然違う」

「綺麗で料理が上手で素敵なお母さんやねえ。羨《うらや》ましいわ」

ハッチーとのりちゃんが口々に母を誉めてくれる。照れくさいけどやっぱり嬉しい。なんだか涙が出そうになった。

お腹《なか》いっぱいおやつを食べ、三人で絵を描いたりトランプをしたりして遊んだ。その後、水筒と余ったクッキーを持って自転車で出かけた。銀花はのりちゃんの後ろに乗せてもらった。

風を切って土手沿いの道を走る。河原には一面ジュズダマが茂っていた。まだ実は青いが秋になれば濃い紫がかった黒になる。固くなった実は艶々《つやつや》と輝いて宝石のように綺麗で、大阪にいた頃はよく父と一緒にネックレスを作ったものだ。

また一緒に、と思ってちくりと胸が痛くなる。今日は日曜なのに父は仕事の集まりで出かけた。ネックレスを作る暇なんかない。絵なんかなおさらだ。だから我儘《わがまま》は言えない。

すこし疲れたので自転車を駐《と》めて木陰で休憩した。水筒のお茶を飲みクッキーを食べる。さっきあれだけ食べたのに自転車に乗ったらまたお腹が空《す》いていた。三人であっというまに食べ尽くしてしまった。

なんて素敵な一日だろう。いつもこんなだったらいいのに。銀花はなんだか涙が出そうになった。綺麗で優しくてお菓子作りが上手でみんなに自慢できるお母さんだったらいいのに。二度と勝手に手なんか動かなければいいのに。

休憩も終わって出発しようとしたとき、あれ、とのりちゃんが声を上げた。

「東京タワーがない」

自転車の鍵は刺さったままだが東京タワーのキーホルダーがなくなっていた。

「いつなくなったんやろ？　どこかで落としたんやろか」

のりちゃんは慌てて土手を捜しはじめた。銀花もハッチーも手分けして捜した。だが、どこにも見つからない。

「もしかしたら転がって草むらに落ちたかも」

ジュズダマの茂る河原を見た。土手を降りて捜しに行こうとしたら、ハッチーが止めた。

「銀花ちゃん、川に近づいたらあかんよ。ここ、結構深いんやって」

「え、そうなん？」

「ほら、草が生えてるとこ、地面に見えるけど地面やないところがあるんやて。うっかり入ると水に落ちて溺《おぼ》れるんやよ」今度はのりちゃんが言った。

「えー、怖いんやね」

河原に降りるのは諦《あきら》めるしかなかった。結局、東京タワーは見つからなかった。のりちゃんはしょぼんとしている。ハッチーと相談し、今度の誕生日に新しいキーホルダーをプレゼントすることを約束した。

あっという間に一学期が終わって夏休みになった。

毎朝、ハッチーとのりちゃんと待ち合わせてラジオ体操に出かけた。一方、桜子は深夜ラジオばかり聴いていて昼まで寝ていることが多い。多鶴子が叱ってもどこ吹く風だ。

「あたし、昨日、ヤンリクを最後まで聴いてん」

寝ぼけ眼なのに桜子は自慢げだった。最後まで、とは深夜三時までということだ。「ABCヤングリクエスト」や「MBSヤングタウン」は人気があって、銀花のクラスでも聴いている子は何人もいる。でも、さすがに最後まで聴いている子は少ない。銀花は隣の桜子の部屋から聞こえてくるラジオを聴きながら日付の変わる前にはすっかり寝ていた。

真夏は新しい仕込みがないので蔵はすこし暇になる。多鶴子も大原杜氏もピリピリしていないので顔を出しやすい。

「ねえ、お父さん。私もお手伝いする」

「ああ、頼むわ、銀花。落ちんように気を付けるんや」

梯子段《はしごだん》を上って桶の上から諸味を混ぜる。底まで届くよう思い切り櫂棒を突き出した。ふわっと醬油の赤ちゃんの匂《にお》いが立ち上る。果物のようにすこし甘酸《あまず》っぱい香りが混ざっていた。途端にぐうっとお腹が鳴って、下にいる父が笑う。

「ねえ、お父さん。お醬油造りって面白いよね」

「そうか？　ほら、銀花。サボったらあかん。どんどん混ぜるんや」

「わかった」

何度も櫂棒で突く。どろどろの諸味は粘って重い。二、三度突くともう腕が疲れてきた。たしかにこんなことをしていたら絵筆を持つ手が震えても当然だ。

「お父さん、やっぱりお醬油造るのって大変やねえ」

「そやろ？　絵描きには無理や」

「お父さん、当主やろ？　頑張らなあかんやん」

「でもなあ、お父さんはそろそろ写生旅行に行きたいんや。その間、銀花が諸味を混ぜてくれるか」

「いいよ。私が混ぜるからお父さん、行って来たら？」

「はは、冗談や、冗談」父が梯子段を上って銀花の横に並んだ。「ありがとう、銀花。さ、交代や」

銀花の頭を軽くぽんと叩《たた》く。久しぶりだ。嬉しくて思わず声を上げて笑ってしまった。お手伝いをして本当によかった。でも、これだけではだめだ。せめて夏休みの間だけでも、もっともっとお手伝いをして父が絵を描けるようにしてあげたい。母が役に立たないぶん、私が頑張らなければいけない。

蔵の手伝いは諸味を混ぜることだけではなく、他にもいろいろあった。熟成した諸味は綿の袋に入れて搾《しぼ》るのだが、その袋の洗濯も大事な仕事だ。それに、回収してきた醤油の空き瓶を洗わなければならない。夏の間は水仕事が楽しいからせっせとお手伝いをした。

「いずれ、ここにお父さんの造った醤油を詰めるんやね。楽しみ」

「そうか」

父は相槌《あいづち》を打ったが、自分も楽しみだ、とは言わなかった。またちくりと胸が痛んだ。

お盆が過ぎた頃、のりちゃんとハッチーとプールに行くことになった。父のくれた帽子を出してみると青いリボンが皺《しわ》くちゃだ。アイロンを借りるために父と母の部屋に行ったが、母はいなかった。勝手に借りることにして押し入れを開け、はっとした。くしゃくしゃの男物の帽子が突っ込んである。父の物かと思ったがそれにしてはくたびれていた。でも、どこかで見たことがある。どこで、としばらく考えて思い出した。そうだ、たしか、大原杜氏がかぶっていた。

どきんと胸が大きな音を立てた。母が盗《と》ったのに間違いない。ひゅうっと身体《からだ》中の血が引いていく。ああ、とうとうやってしまったのか。これがバレたら多鶴子はどんなに怒るだろう。

しばらく呆然《ぼうぜん》としていたが、このままではいけない、と気を取り直して考えた。バレる前にこっそり返すしかない。ブラウスの下に帽子を隠して蔵に向かった。

蔵の入口からこっそり中の様子をうかがう。しんと静まりかえって誰もいないようだ。足音を忍ばせ中に入る。動悸《どうき》がして息が苦しい。自分が泥棒になったような気がして怖くてたまらない。そっと麴室《こうじむろ》の前の台に帽子を置こうとしたとき、背後から鋭い声がした。

「お嬢さん、なにをしてるんですか？」

振り向くと大原が立っていた。厳しい表情で銀花をじっと見ている。

「あの……帽子が落ちてたので返そうと」咄嗟《とっさ》に嘘《うそ》をついた。

「どこに？」

「え、と……庭に落ちてました」

「庭のどこですか？」大原の顔がどんどん険しくなる。

「柿の、木の下です」舌がもつれた。緊張して息ができない。倒れそうだ。

「いつですか？」

「さっき」

「おかしいですね。帽子がないことに気付いたんは一昨日《おととい》です。あれから何度も柿の木の下を通ったけど、ありませんでしたよ」

大原の言葉は丁寧だが強い圧力を感じる。自分が諸味の入った搾り袋になったような気がした。万力に掛けられぎりぎりと締め上げられている。

「あ、あの、風で飛んできたのかも」

「かもしれませんね。でも、落ちてたのを見つけたんなら、ひと声掛けてくれたらええのに。なんで、こそこそ返そうと？」

「別にこそこそしてません。誰もいないかと思って」

なんとかごまかさなければ、と懸命に言い訳した。だが、大原はぞっとするような冷たい眼で銀花をにらんだ。

「すこし前からですが、よく物がなくなるんです。鉛筆やら手袋片方やら、つまらないものばかりですが、前にはなかったことです」

ぐしゃりと胸が押し潰《つぶ》された気がした。これがはじめてではなかったのか。知らない間に、母の手はもうとっくに何度も「勝手に動いて」いたのか。

「こんなことは言いたないが、尚孝さんが戻って来てから、お嬢さんが来てからです。お嬢さんはお手伝いとか言って、しょっちゅう蔵に出入りしてますね」

思わず大原から眼を逸《そ》らし、うつむいた。私じゃない。お母さんがやったんです。そう言えばいいだけだ。なのに、その言葉が言えない。

「今回きりにしてください。社長と尚孝さんには黙ってます。二度とせえへんように」

違う。私じゃない。私は盗ってない。心の中で叫び続けている。なのに声にならない。

「ごめんなさいの一言もないんですか？」

私は悪くない。ごめんなさいなんて言えない。うつむいたまま歯を食いしばり、なんとか涙を堪《こら》えた。

「もし、うちの子供が同じことしたら、殴り飛ばして家から追い出してます」

大原は吐き捨てるように言うと、帽子を握り締めて背を向けた。足が震えてもう立っていられない。蔵の床にしゃがみこんだ。顔を覆《おお》う。涙が溢れた。胸も腹も痙攣《けいれん》したように激しく震えて息ができない。悔しい、悔しくてたまらない。私は悪くない。盗ったのは母だ。でも、決してそんなことは言えない。なぜなら、母はかわいそうな人だからだ。どんなに惨《みじ》めで情けなくても私が我慢しなければいけない。でも。

いやだ、本当は我慢なんかしたくない。立ち上がって蔵を飛び出した。母屋《おもや》に戻って階段を駆け上がる。父母の部屋の襖《ふすま》が開いていた。のぞくと、母が鼻歌を歌いながらアイロンを掛けている。アイロン台の上にあるのは銀花の帽子のリボンだった。

「銀花、リボンがしわくちゃやったから、アイロン掛けといたよ」

母がにっこり笑って話しかけてきたが、その笑顔が途中で止まってぎょっとした顔になった。

「銀花、どうしたん……」

「お母さんのせいで、大原さんに私が泥棒やと思われたやんか」

母がアイロンを握ったまま、おろおろとした。なにかを言おうとしたが咄嗟に言葉が出てこないようだった。銀花は泣きながら母に食ってかかった。

「もう絶対に盗れへん、て言うたやんか。嘘つき」

「ごめん。盗ったらあかんとわかってたんやけど……」

「他になにか盗ったん?」

アイロンを置くと、母がおずおずと抽斗《ひきだし》の奥からカトレアのカップを出した。金継ぎ痕《あと》のあるやつだ。それを見るとかあっと全身が熱くなった。

「欲しいのがあったら、お父さんが多鶴子さんに頼んでくれる、って言うてたやん」

「ごめん……。二度とせえへんから、お父さんには内緒にして」

泣きながら母が頼んだ。もうこうなるとなにを言ってもダメだ。母はめそめそ泣き続けるだけだ。

「もういい。私が返しとくから」

母からカップを受け取り、またブラウスの下に隠した。なんで、なんで私がこんなことをしなければならないんだろう。足音を忍ばせて階段を下りて廊下の奥へ向かった。誰も見ていないのを確認して納戸《なんど》に入る。中は黴《かび》臭くて蒸し暑かった。棚には似たような箱がずらりと並んでいる。カトレアのカップが入っていた箱はどれだろう。息を殺しながら黴臭い納戸で色々な箱を開けたり閉めたりしていると、汗と涙の両方がぽたぽた落ちた。

もし、大原が家に帰って家族に話したらどうなるだろう。

——尚孝さんの娘は盗み癖があるみたいや。前から色々な物がなくなって、怪しいと思ってたんやけど、今日、とうとう現場を押さえたんや。大原の子供は学校で喋《しゃべ》るかもしれない。山尾銀花は泥棒なんやって、と。もし、学校中に噂が広まったら？　ハッチーとのりちゃんはなんと言うだろうか？

怖くてたまらない。思わず叫びそうになって顔を上げると一番奥に立てかけてある箏が眼に入った。高橋真琴の「箏」だ。近くに寄って覆いの布に触れてみる。乱菊模様の錦《にしき》はすこし色褪《いろあ》せていたけれど、絢爛《けんらん》豪華で花嫁の打ち掛けのようだった。

この箏を弾けたら本物のお姫様になれるかもしれない。勝手に手が動く母を持ったかわいそうな女の子ではなく誰からも愛されるお姫様だ。そして、お話の最後は必ずこうなる。お姫様はいつまでも幸せに暮らしました、と。でも、それはただのおとぎ話だ。

涙を拭《ぬぐ》って再び箱探しに戻る。それから三つ目に開けた箱が正解だった。カップを戻して納戸を出た。ざぶざぶと顔を洗って冷たいものでも飲もうと台所に向かうと、桜子がカルピスを飲んでいた。

「あ、いいな。私もカルピス飲も」

「やっぱり夏はカルピスやよねえ」

コマーシャルみたいな台詞《せりふ》をつぶやき、桜子がストローをくわえる。美少女はそれだけで様になった。羨ましくて勝手にため息が出た。

くさくさする気分を変えようとグラスを持って縁側に座った。眼の前の柿の木には青々とした実がびっしりついている。

座敷童の神様、と心の中で語りかけた。お願いです、母の手が動かないようにして下さい。頼みます。お願いします。お願いします。

蔵に来て環境が変われば母も変わるかも、と父は言っていた。だが、当ては外れた。むしろ悪化している。変わるどころか母はもう何度も人の物を盗っていた。もしかしたら、環境の変化がいけなかったのかもしれない。なんとか母を落ち着かせる方法はないだろうか。

だが、父は仕事と絵で手一杯だ。これ以上心配を掛けたくない。私にできることはなんだろう。カルピス片手にひたすら考え続けた。

その夜、夕食の後、蔵の横にある事務所を訪れた。多鶴子が一人古い事務机に向かって帳簿を見ている。覚悟を決めて口を開いた。

「多鶴子さん、お母さんに料理をさせてあげてください」

「いきなりなんやの？」

「お願いします。お母さんから料理を取り上げたら、生きていけなくなるかもしれないんです」

「なにを大げさな」多鶴子が呆《あき》れたふうに言う。

「大げさやありません。ほんとです」

「お断りやね。美乃里さんの調子で毎日料理をされたら、たまったもんやない」

にべもなく断られたが、引き下がるわけにはいかない。懸命に食い下がった。

「お母さんは頼んだらなんでも作ってくれるんです。だから、きっと節約料理もできます。お願いします」

料理をさせてもらえない不満がこのままつのれば、きっともっと悪いことが起きる。今は銀花一人が犠牲になって済んでいるが、それが父にも、多鶴子にも、桜子にも広がるかもしれない。蔵の評判が落ちたら当主の父の責任になる。これ以上、父の心配を増やしたくない。

「なんでそこまで美乃里さんの料理にこだわるの？」

「お母さんはお料理が大好きなんです。お父さんのために美味しい物を作るのが生きがいなんです。大げさに言うてるんやないです。お母さんから料理を取り上げたら、死ねと言うてるのと同じです」

多鶴子はしばらく黙って銀花の顔を見ていた。それから、ふっと痛ましげに眉《まゆ》を寄せた。

「あんた、本気で言うてるんやね」

「はい」

すると、多鶴子が大きなため息をついた。そろばんを横に置いて帳簿をバタンと閉じる。銀花を見上げ、はっきりと哀れみの表情を浮かべた。

「そう。わかった。なら、みんなを座敷に集めて」

「今からですか」

「なんでも思いついたときにやるんや。先延ばしにして良くなることなんて一つもない」

みなに声を掛けて座敷に集まってもらった。父はすこし険しい顔だ。母はおどおどしている。桜子は胡瓜《きゅうり》パックを邪魔され露骨に不機嫌だった。

「これからは台所のことは一切、美乃里さんに任せます。ただし条件は二つ。一ヶ月の予算を守ること、朝は御飯にすること。この二つだけは譲れへん。昼と夜は好きなようにして。じゃあ、美乃里さん、頼みますよ」

多鶴子は一方的にそれだけを告げるとさっさと席を立って行ってしまった。みな、しばらくぽかんとしていた。

父がちらりと銀花を見たが知らぬふりをした。母は戸惑って父の様子をうかがっている。最初に声を上げたのは桜子だった。

「じゃあ、これからは毎日、美乃里さんの御飯食べられるん？　よかった」

「ああ、そうや。美乃里さんの御飯が食べられるなんて、明日から楽しみや」父が母に笑いかける。「美味しい物、いっぱい作ってや」

「尚孝さん、私、頑張りますから」

母がうなずいた。白い頬がぱっと赤くなっていた。銀花は思わず見とれた。母はやはり夾竹桃だ。たとえ毒があってもかわいい花を咲かせる。

「私、明日の朝御飯の用意をせな」

母がいそいそと立ち上がった。父もそれについて立ち上がる。座敷を出て行くとき、父が軽くぽんと頭を叩いた。わかってくれたのだ。銀花はそれだけでなにもかも報われたような気がした。

秋が来て、座敷童の柿が色づきはじめた。

母は毎日機嫌よく料理をしている。みなのために御飯を作るのが嬉しくてたまらないようだ。食卓に着くたび美味しい御飯が出て来て、多鶴子以外はみな喜んでいた。だが、やっぱり母には経済観念などまるでなかったので父が根気強く諭さなければならなかった。

「美乃里さん。一ヶ月に使えるお金は決まってるんや。あんまり高い物ばっかり買《こ》うたら、後でお金が足りんようになる。そうしたら、毎日おからばっかり食べなあかんようになるやろ。美乃里さんのおからは美味しいけどそれとこれとは別や」

父は醤油造りよりも熱心に母の「計画的な買い物」に尽力した。婦人雑誌には「主婦の節約工夫料理」の特集が頻繁に載っていた。父はそれを示して言った。

「僕は美乃里さんの節約料理も食べてみたいな」

「はい、尚孝さん。やってみます」

母は工夫料理に熱中した。余った肉じゃがをコロッケにしたり、安い鰯《いわし》でつみれ入りのカレーを作ったりした。

また、母は料理だけではなくお菓子も工夫した。ある日曜の午後、いい匂いがして台所をのぞくと蒸籠《せいろ》から勢いよく蒸気が立ち上っているのが見えた。

「銀花、手伝って。火傷《やけど》せんようにね」

気を付けて蓋《ふた》を開けて布巾《ふきん》を外すと薄茶色をした小ぶりのかわいいお饅頭《まんじゅう》が並んでいる。うわあ、と思わず歓声を上げてしまった。

「蒸し立てが美味しいから熱いうちに食べてほしいんやけど」

みんなを呼んできてお八つにすることにした。黒砂糖を使った温泉饅頭のようなものかと思っていたら一口食べて驚いた。熱々ふかふかの皮が甘じょっぱい。まるでみたらし団子のあんのようにしっかりと醬油の香りがするのだ。

「バターやクリームは買うたら高いけどお醬油やったらいくらでもあるから」

皮に味が付いているから中のこしあんは甘さ控えめだ。いくらでも食べられる。

「これやったら太らんから安心」桜子も嬉しそうだ。

ほうじ茶を飲みながらみなで熱々のお饅頭を食べた。多鶴子は無言で、でも夢中で食べていた。

「美乃里さん。これ、すごく美味しいよ。節約料理、大成功やな」

「よかった……」

父に誉められて母は本当に嬉しそうに笑った。

優しい父のおかげで母は落ち着いたようだ。その後はなんの問題も起きず、銀花はほっとしていた。

秋のよく晴れた日曜日、ハッチーとのりちゃんと竹林でピクニックをすることになり、母がサンドイッチと紅茶を用意してくれた。

竹林は春に落ちた葉が積もって地面はふかふかだ。青々とした葉がさらさら風に揺れている。はじめて竹林に入る二人は口々に素敵な場所だと誉めてくれた。

日当たりの良い場所にビニールシートを敷いて座った。ハムと卵とキュウリのサンドイッチを食べる。すこし辛子のきいた大人の味だ。熱くて甘い紅茶とよく合った。満腹になってみんなでシートの上に寝転がった。気持ちよくてうとうとしてきたときだ。

「あれ？　背中になんか当たってる」

ハッチーが言った。石にしてはちょっと変だ、とシートをめくって落葉を掻《か》き分けると東京タワーのキーホルダーが出てきた。

「これ、あたしの。ずっと前になくしたやつ。なんでここにあるん？」のりちゃんが驚き、それから銀花を見た。「あたし、ここに来るの、はじめてやのに」

さっと背筋が冷たくなった。母だ。母が盗って銀花に見つからないように捨てたのだ。

「銀花ちゃん、これ、どういうこと？」

「さあ、私、知らへん」それだけ言うのがやっとだった。

「もしかしたら、銀花ちゃんが盗ったん？」ハッチーは銀花をにらんだ。

「違う。そんなことせえへん」

「じゃあ、なんでここにあるん？　おかしいやん」今度はのりちゃんだ。

「知らない。私、盗ってない」

母が盗った、と本当のことを言えばいいだけだ。でも、できない。ハッチーものりちゃんも母を誉めてくれた。綺麗で料理が上手で素敵なお母さんだ、と言ってくれたではないか。あのとき、本当に嬉しくて誇らしかったのだ。

「じゃあ、誰よ？　誰が盗ったん？」ハッチーが大きな声で問い詰めた。

「それは……」

もし本当のことを言えばどうなるだろう。きっと、すぐに学校で噂になる。

——山尾銀花のお母さんは泥棒なんやって。

それだけでは終わらない。子供たちの話を聞いた大人がさらに噂を広めるだろう。

——雀醤油の若奥さんは手癖が悪いそうやよ。勝手に手が動いて物を盗るらしい。

「あたし、銀花ちゃんがそんなことするなんて思わんかった。銀花ちゃんが泥棒やったなんて」

普段は大人しいのりちゃんが眼に涙を溜《た》めて怒っていた。

大原から疑われたときも悔しかったが、まだ我慢できた。でも、友達から責められるのは辛かった。

「銀花ちゃん、正直に言うて。正直に言うてくれたら、誰にも言わん。先生にも言わんから」ハッチーが詰め寄った。

「そうや。お願いやから、ほんとのこと言うて。嘘をつかれるのが一番いやや」のりちゃんも怖い顔で言った。

二人の声が頭の中でわんわんと反響した。今すぐここを逃げ出したい。竹の落ち葉を踏みつけて駆け出したい。どこか遠く、だれも自分を責めないところ、母の手が動かないところ、母のいないところへ行きたい。

「銀花ちゃん、正直に言うてくれんのやったら絶交や」

黙ったきりの銀花にハッチーが痺れを切らした。早口で怒鳴るように言う。

なぜ、自分がこんな思いをしなければならないんだろう。なぜ、私は悪くないのに。私は悪くない。盗ったのは母だ。ちゃんと説明すればハッチーものりちゃんもわかってくれる。銀花ちゃんは悪くない、と言ってくれる。

「実は……お母さんが盗ってん……」

「お母さんが？　まさか」

二人とも口を半開きにして唖然《あぜん》とした顔をした。

「ほんと。実はお母さんは時々、手が勝手に動くことあるんやよ」

「あの人がそんなことするわけないやん。お母さんのせいにするなんて、卑怯《ひきょう》や」ハッチーが声を荒らげた。

「嘘つき。手が勝手に動くわけないやん。銀花ちゃん、見損なったわ」

のりちゃんはもう泣いてはいなかった。紅潮した顔にあるのは怒りだけだった。

二人は銀花がなにを言っても取り合わず、そのまま帰ってしまった。

急に身体の力が抜けて竹の落ち葉の上に座り込んでしまった。そのまましばらく動けない。親友に投げつけられた言葉が胸に刺さったまま抜けなかった。自分が信じてもらえなかったことが惨めでたまらない。今すぐ、父の胸に飛び込んで泣きじゃくりたかった。母のせいで友達に誤解された、と訴えたかった。でも、父の言うことはわかっていた。

――お母さんはかわいそうな人やから。

父は誰にも優しい。かわいそうな人には特に優しい。だから、私よりも母に優しくする。仕方ない。我慢するしかない。わかっているのに涙があふれてきた。

私はなにも悪いことをしていない。なのに、どうして泥棒扱いされなければいけないのだろう。私を泥棒にした母なんか大嫌いだ。信じてくれない友達も嫌いだ。母ばかり庇《かば》う父も嫌いだ。みんなみんな大嫌いだ。奈良になんか来なければよかった。大阪にいたほうがマシだった。いやだ、いやだ。なにもかもいやだ。思い切り叫びたい。でも、叫べない。歯を食いしばったまま泣き続けた。

翌日、学校で思い切ってのりちゃんとハッチーに声を掛けてみたが無視された。女の子が数人銀花を見てひそひそ話をしていた。昼休み、のりちゃんとハッチーから手紙を渡された。「絶交状」だった。

その日、いつもなら三人で帰る道を一人で帰った。よく晴れた秋の日で歩いているだけで汗を掻いた。家に着いてランドセルを部屋に置くともうどうしていいのかわからなかった。哀しいのか、腹が立つのか、悔しいのか、そのすべてなのか。なにも考えられず居ても立ってもいられない。自分はぺちゃんこだ、と思った。洗濯機の脱水ローラーに掛けられて絞られている。

しばらくすると桜子が帰ってきた。部屋に入るなりランドセルを放り出す音がした。続いて大きな音でラジオを流しはじめる。能天気なディスクジョッキーの喋りを聞いていると苛々してきた。気にするな、と宿題を取り出したがすこしも手につかない。

とうとう頭痛までしてきた。我慢できなくなって外の空気でも吸おうと庭に出た。もう夕方の風は冷たくなっていた。柿の木を見上げた。真っ赤に熟した実が夕陽に照り映えている様子はなぜだか禍々《まがまが》しく見える。いつも柿を食べに来る鳥が今日は一羽もいない。銀花は一つ深呼吸をした。

座敷童の神様、雀醬油の守り神様。心の中で叫んだ。お願いです。助けてください。もう私はどうしていいのかわからないのです。なにもかもうまく行くようにしてください。いえ、たった一つでもいい。うまく行くようにしてください。座敷童の神様、お願いします。

懸命に祈っていると次第に落ち着いてきた。すると、父の顔が見たくなった。絶交されたことを言うつもりはないがすこしでいいから話をしたい。父に笑いかけてもらいたい。できたら、ぽんと頭を叩いてほしい。

そっと蔵をのぞいたが中は薄暗くてしんと静まりかえっていた。誰もいないのだろうか。父も大原杜氏も事務所だろうか。

明かりを点《つ》けると蔵の隅でなにかが動いた。はっと息を呑《の》んだ瞬間、桶の陰から小さな人影が駆け出した。男の子だ。着物を着ている。暗がりに白い足の裏が浮かんだ。そして、あっという間に桶と桶との間の闇《やみ》に消えた。蔵の中には、ぱたぱたという足音だけが残った。

今の子供は誰だろう。近所の子かな、と考えて気付いた。

座敷童だ。

今、見た子は多鶴子の言っていた座敷童だ。間違いない。着物を着ていた。そして、あっという間に消えた。さっき一所懸命お祈りしたから姿を見せてくれたのだ。

蔵を飛び出し母屋へ向かった。すると、柿の木の前でこちらに向かってくる父と多鶴子と大原杜氏に出会った。思わず大声で叫んだ。

「お父さん、座敷童が出た。蔵で見た。着物を着た男の子。座敷童や」

父が驚いて眼を見開いた。呆然と銀花の顔を見つめている。

「座敷童やよ。蔵で見てん」

他の二人の顔を順繰りに見た。多鶴子の顔は真っ青で、大原はひどく慌てていた。

「まさか、そんなことがあるわけない。きっとお嬢さんの見間違いですよ」

「違う、私、本当に見た。着物を着てて、ぱたぱたって走って、あっという間に桶の奥に消えてん。見間違いやない。あれは座敷童やった」

興奮して声が裏返った。すると、多鶴子が険しい顔で訊《たず》ねた。

「銀花、本当のことを言いなさい。あんた、ほんとに座敷童を見たん？」

声は震えていたが、それでも懸命にいつもの厳しい口調を保とうとしていた。

「見ました。お父さんが言うてたまんま、格子柄《こうしがら》の着物やった」

「まさか、そんな……まさか……」

多鶴子は眉間《みけん》に皺を寄せなにかを堪える表情をした。大原は混乱したように落ち着かない様子だ。

騒ぎを聞きつけた桜子が二階の窓から顔を出した。

「みんな、どうしたん？」

多鶴子も父も大原も黙ったままなので、桜子が不思議そうな顔をした。窓から引っ込んだかと思うと階段を降りて庭へ出て来た。

「ねえ、なんかあったん？」

やっぱり誰もなにも言わない。仕方なしに銀花が答えた。

「私、さっき、蔵で座敷童を見てん」

「座敷童？　あんたが見たって？　まさか」

桜子も信じるつもりはないようだ。言い返そうとしたとき、大原が早口で言った。

「お嬢さん、それはきっと近所の子供ですよ。蔵へ勝手に入り込んで困ったもんや」

「でも、その子、着物着て、裸足《はだし》やった。今どき、あんな恰好《かっこう》してる子おれへん。あれは座敷童やった。足音まで聞こえた」

どうして信じてくれないのだろう。蔵にはちゃんと言い伝えがあるではないか。夢でもない。見間違いでもない。あの子は桶の影の中を走り抜けていった。

「そうか。銀花が見たんか」

ふいに頭の上から父の声がした。父を見上げてぎくりとした。父の顔はあの「老人と海」の絵のように濁って淀《よど》んだ色をしていた。

「尚孝さん、お嬢さんはなんか勘違いをされてるんです。お嬢さんに見えるはずありません。夢でも見たんでしょう」大原は懸命に父に語りかけた。

その言葉を聞いて怒りで身体が震えた。これではまるで自分が嘘をついているみたいではないか。また私は嘘つきにされるのか。

「嘘やない。本当に見たんです。あれは絶対に座敷童やった」

「お嬢さん、いい加減にしてください。今度は嘘までつくとは……」大原が苛立ちを隠さずに言った。

なにもかも誤解なのに悔しい。大原の言葉を遮るように叫んだ。

「ねえ、お父さん、信じて。私、見てん」

「ああ、信じるよ。銀花が見たんやな。銀花に資格があるというわけや。……僕やなくて」

父がどす黒い顔のまま歪《ゆが》んだ笑みを浮かべた。

「尚孝さん」大原が顔色を変えた。

父は大原を無視し多鶴子の顔を見据えて笑った。

「お母さんは僕のことを山尾家の直系とか長男とかいろいろ言うたけど、結局無意味なんやな。僕には資格がない」

「尚孝、それは違う。あんたは立派な山尾家の跡取りや」多鶴子が慌てて否定した。

「ええ、そうですよ、尚孝さん。資格がないなんてとんでもない」大原が焦《あせ》って言う。

「だったら、なぜ、銀花が座敷童を見たんや？　僕に資格がないからやろ」

「尚孝。この子に見えるわけがないやろ。だって……」

多鶴子が銀花をちらりと見た。すると、父がぴしゃりと言った。

「お母さん、やめてください」

多鶴子がはっと息を呑む。言いかけた言葉を呑み込んだように見えた。そこで口を開いたのは桜子だった。

「嘘つき。座敷童はね、当主にしか見えへんの。お母さんもお兄ちゃんもあたしも見たことないのに、あんたに見えるわけないやん」

桜子が真っ白な頬を紅潮させて銀花に食ってかかった。

「でも、見えたんやから仕方ないやんか」

「嘘。あんたは連れ子やんか。山尾家とは血がつながってないのに、見えるわけない」

「え？」

連れ子？　誰が？　一体なんのことだろう。わけがわからない。ぽかんとしてしまった。

「桜子。やめるんや」

父が桜子を叱りつけた。桜子は一瞬ひるんだが、すぐに言い返した。

「だって座敷童は当主にしか見えへんのよ。銀花に見えるわけないやない。なんで嘘つきを甘やかすん？　連れ子やから？　かわいそうやから？」

「桜子、それ以上言うたら本気で怒るぞ」父が大声を上げた。

銀花は一瞬わけがわからなかった。一体桜子はなにを言っているのだろう。連れ子？　私は連れ子なのか。父の子供ではないということか。私はかわいそうなのか。かわいそうなのは母だ。私じゃない。なにもかも嘘だ、デタラメだ。桜子の嫌がらせだ。でも、なぜ父はあんな怯《おび》えた顔をしてるんだろう。なぜ？　まさか。

混乱して言葉が出ない。ただみなの顔を眺めることしかできなかった。

「あんたがかわいそうやから黙ってただけ。でも、あんたはお兄ちゃんの子供やないの。赤ちゃんがいるのに男の人に捨てられた美乃里さんをかわいそうに思ってね、お兄ちゃんが結婚してあげたわけ」

なら、私の本当の父親は誰だろう。連れ子だということをみんな知っていたのか。知らないのは私だけなのか。やっぱり私はかわいそうなのか。

次から次へと疑問が膨らんでくる。頭が「はてなマーク」で膨れた「ふくら雀」になったみたいだ。

ころん、ころころ。

雀の土鈴が鳴る。あんな素敵なおみやげをくれる父が本当の父親ではなかったなんて。みんな私のことをかわいそうだと思っていたなんて。本当にかわいそうなのは母ではなくて私だったのか？

瞬間、土鈴がぷうっと膨らんでぱりんと割れた。乾いた音が頭の中に高く高く響いた。

「お父さん。私、お父さんの子供やないの？」

「なにを言うてるんや。銀花は僕の子供や」

父が笑った。でも、そのひきつった笑顔が答えだった。こんなに嘘をつくのが下手だったとは。すこし父がかわいそうになった。そう、みんなかわいそうだ。母もかわいそうだし、私もかわいそう。そして、父もかわいそう。

「お父さん、ほんとのこと言うて。私、お父さんのほんとの子供やないんやね」

父の顔を食い入るように見つめた。本当は否定してほしい。笑ってほしい。冗談だよ、といつもみたいに軽く笑って頭をぽんと叩いてほしい。だが、父は眼を逸らしてかすれた声で言った。

「銀花。僕は連れ子なんて意識したことはない。銀花は僕の子供や」

横を向いた父の顔は「老人と海」の老人よりもはるかに歳を取って見えた。

いろいろなことが一度に起こり、なにをどう感じていいのかわからない。これまで、自分は父親似だと思っていた。いつか、おみやげの才能を発揮できると信じていた。なのに、違った。私は父の子供ではない。手が勝手に動いて人の物を盗む母の子供だった。

父が銀花から眼を背けたまま大原に話しかけた。

「銀花は僕の子供や。だから、座敷童が見えても不思議はない。大原さん。僕を仕込むより銀花を仕込んだほうがいいんやないか？」

「尚孝さん、なにを言うんですか」

「当主ごっこなんかやめや。座敷童が教えてくれたんや。僕には当主の資格がないってことをね」

父が顔を歪めて笑うと、ううっと大原が低いうめき声を上げた。途方に暮れた顔で父を見つめる。その横で多鶴子は青い顔をして唇を嚙《か》んでいた。

「お母さん。そんな深刻に考えることやない。座敷童が銀花を選んだ。僕は選ばれへんかった。それだけのことや」

父は吐き捨てるように言うと乱暴に背を向け立ち去った。だれも、父を止めることができなかった。

父の背中を見送りながら銀花は立ち尽くしていた。頭は混乱していたがひとつだけわかることがあった。今、取り返しの付かないことが起こった。

「銀花。本当のことを言いなさい。座敷童を見たなんて嘘なんやろ」多鶴子が厳しい眼で銀花をにらんだ。

「嘘やありません。蔵で男の子を見たんです」

「いい加減にしなさい。座敷童なんか……見えるわけないんやから」

「私が連れ子やからですか?」銀花はムキになって言い返した。

「そういう意味やない。あれはただの言い伝えや」

「だったら、なんで信用してくれへんのですか？　別に私は当主とか興味ありません。でも、見たんです。嘘はつけません」

「もういい。黙りなさい」

「いえ、黙りません。私は見ました。着物を着た男の子です。桶の陰に消えたんです」

多鶴子は真っ青な顔で銀花を見ていたが、やがて大きなため息をついた。

「もうこの話は終わり。幽霊が出るなんて言われて、醬油が売れへんようになったら困る。誰にも言わんように」

「でも、あれは幽霊やない。座敷童です。神様なんです」

「蔵にとってはそうやけど、外の人はそうは思わない」

「絶対に誰にも言いません。でも、見たんです」

「黙りなさい。座敷童があんたに見えるわけがない」

多鶴子はそう言い切った。大原も横で鬼のような顔をしていた。

ずばん、と眼の前で大きな出刃包丁が振り下ろされたような気がした。身体が真っ二つになって怒りが噴き出してくる。どうして誰も信じてくれないのだろう。あれは夢なんかじゃない。たしかに見たのに。

もう我慢ができない。みなに背を向け駆け出した。蔵に飛び込み大きな木桶の前に足を踏ん張って立った。

「座敷童の神様、聞こえますか」

大声で叫んだ。だが、蔵は静まりかえったままだ。

「当主は父です。私やないんです。だから、父に姿を見せてください」

喉《のど》が裂けるほど叫んだ。なのに銀花の声は虚《むな》しく木桶の醤油に吸いこまれて消えた。

ああ、と天井を見上げる。黒々とした太い垂木《たるき》をにらみつけた。大きく息を吸い込んでもう一度叫ぶ。

「私は山尾家とは血がつながってないそうです。だから、私のところに出てもだめなんです。父の前に出て来てください。お願いします」

なぜ、座敷童は私の前に現れたのだろう。父だって見ていないのだ。私は座敷童など見たくなかった。当主の資格などすこしも欲しくなかった。

座敷童の神様。私はあなたを怨《うら》みます。なぜ、私の前に現れたのですか。なぜ、父の前に現れなかったのですか。なぜ、間違えたのですか。ちゃんと父の前に現れたらみな傷つかずに済んだのに。

こぽん、と桶の中で醬油の泡がはじけた。

ふいに足が震えた。神様を怨むなんてとんでもない。なんと罰当たりなことを思ってしまったのだろう。慌てて蔵を出て柿の木の前に立った。頭を下げてから乾いた土に膝《ひざ》を突いた。手を合わせて今度はきちんと頼む。

座敷童の神様、お願いします。父の前にも姿を見せてください。私のときよりもずっとずっとずっとはっきりと、長く、姿を見せてください。父が当主なのだとみなに知らせてください。お願いします。私は二度と柿を食べません。この柿の木以外の柿も食べません。私の柿はすべて座敷童の神様にあげます。だからお願いします。お願いします、と深く頭を下げたまま銀花は一心に祈り続けた。

やがて秋が深まり柿が熟した。誰も手を付けないから毎日鳥が来て柿を食べた。残った柿は地面に落ちてやがて腐った。

*

一九七〇年三月、大阪万博が開幕した。

テレビもラジオも新聞も雑誌もみなその話題で持ちきりだ。一九七〇年という切りのいい数字になっただけで新しい時代が来たかのように日本中が浮かれている。学校でも話すのは万博のことばかりだ。家族で行ったという子もいたし、地区で貸し切りバスを用意して団体で出かけた子もいた。

銀花は六年生になった。もう友達はいない。山尾銀花は嘘つきで泥棒だからだ。そこに「蔵のお嬢さん」へのやっかみも加わった。

――あの子、可愛《かわい》い小物を持ってるけど、あれもきっと盗んだ物やよ。

そんなふうに言われて父のおみやげまで盗んだ物にされた。悔しくてたまらなかったが懸命に堪えた。母のせいで仲間はずれにされているなどと父には言えなかった。だから、家では余計に明るく振る舞った。

「あんた、最近、友達連れてこんよね」

「うん。ちょっとケンカ中」

わざと軽く言うと、万博で頭がいっぱいの桜子はそれ以上は詮索《せんさく》してこなかった。銀花が仲間はずれにされていることを知らないようだ。桜子の取り巻きはご機嫌を損ねるのが怖くて銀花の悪い噂を口にしないようにしているのだろう。

それでも、銀花の噂は相当広まっているようだ。大原杜氏の息子と下駄箱ですれ違ったとき、向こうは慌てて眼を逸らして露骨に避けた。明らかに不自然だった。たぶん、と銀花は想像した。学校で銀花の悪い噂を聞いて父親に確かめたら、そう言えば昔から手癖が悪かった、などと言われたのだろう。

家でも学校でも気の休まることがない。そんなときに万博を思うとすこし心が躍る。月の石、銀色のパビリオン、宙に浮かぶ噴水などを実際に見てみたい。父は連れて行ってくれると約束したのだ。だが、もうそれを口に出すことができない。自分は連れ子だと思い出した瞬間に気持ちが萎《しぼ》んでしまう。

今、山尾家では「座敷童」と「連れ子」は口にしてはいけないようだ。父はこれまでと変わらず接してくれる。多鶴子も桜子も表面上はそうだ。だが、大原は恨みがましい眼で見てくる。銀花が座敷童を見たことがよほど許せないらしい。以前のように蔵のお手伝いがしにくくなった。父を助けると言ったのに約束が守れなくて辛い。

一度、母を問い詰めたことがある。

――私の本当のお父さんはどこの誰なん？

――わからへん。

――わからへん、ってなによ。

――銀花、それ以上言わんといて。お母さん、辛いから。

泣きだした母を見て激しい怒りを感じた。だが、それ以上はなにも訊《き》きだせなかった。本当の父親を知りたいという気持ちはある。でも、そんなことを考えてはいけないとも思う。銀花を本当の子供としてかわいがってくれる父に失礼だからだ。結局、もやもやが晴れることがない。

「ねえ、いつ万博に行くの？　他の子はみんな行ったのに。うちだけ遅れてる。恥ずかしいわ」

家の中がぴりぴりしているのに桜子は変わらない。「万博万博」と能天気に言い続けるので、うっとうしいけれどありがたかった。

「今度の日曜、みんなで万博に行っといで。私は残るから」

多鶴子は行かないと言い出した。蔵を完全に無人にするわけにはいかないと言うのだ。すると、母も同調した。

「私もちょっと……」

「美乃里さん、なんでや」父が不思議そうな顔をする。

「あの人混み見たらなんか怖くて……」

テレビのニュースでは開門と同時に駆け出す人々と、それを抑える警官の様子が報道されていた。人気のパビリオンにはすさまじい行列ができていて、どこもかしこも人があふれている。到底母には無理だった。

「そうやなあ。美乃里さんにはしんどいかもなあ」

父が母を気遣うと、桜子がさっと横から口を挟んだ。

「やったら、あたしとお兄ちゃんで行けばいいよね」

桜子がちらと銀花を見る。むっとしたが桜子に負けたくないので笑顔で父に言った。

「うん。私とお父さんと桜子さんで行こ」

ちゃんと桜子も誘って「いい子」のふりをした。桜子が悔しそうな顔をしたのですっきりした。

だが、その夜、父に呼ばれた。

「銀花の気持ちはわかる。でもな、桜子の気持ちもわかってやってくれ。銀花はお父さんがいてる。でも、桜子のお父さんは、もう死んでおれへんのや。それに、銀花には優しくて料理の上手なお母さんがいてる。だけど、桜子のお母さんはあの通り厳しい性格や。桜子は銀花がうらやましくて、つい意地悪してしまうんや」

「そんなん言うたら私も同じやし」

「銀花、それはどういう意味や。僕が本当の父親やないということを言いたいんか。血のつながりのない父親やから、自分も桜子と同じくらいかわいそうや、って言いたいんか」

しまった、と思った。父の顔は真っ青で怒ったというより傷ついたように見えた。

「何度も言うように僕は銀花のことを本当の子供やと思ってる。血はつながってないけど赤ん坊の頃から育てたんや。オムツも替えたしお風呂《ふろ》も入れた。たとえ今、本物の父親が現れても僕はこう言う。銀花は僕の娘や。渡さへん、て」

「お父さん、ごめんなさい」

慌てて謝ると、父が銀花の頭をぽんと叩いた。そして、ゆっくりと穏やかに、でも頼もしい声で言った。

「銀花、もしまた今みたいなことを言うたら、お父さん、絶対許さへんからな。銀花は僕と美乃里さんの子供や。ただそれだけのことや」

父の手は大きくて温かくて涙が出るほど気持ちよかった。こんなに素敵な手は世の中に一つしかない。父の子供でよかった。本当によかった。いじけていた自分が恥ずかしくなる。銀花は心の中で強く誓った。二度と拗《す》ねたりしない。二度と父を疑うまい、と。

翌週、父と桜子と三人で万博に行った。

アメリカ館は凄《すさ》まじい人で早々に「月の石」は諦めた。銀花が気に入ったのは宙に浮かぶ噴水だった。空に浮かんだ四角の箱から水がごうごうと落ちてくる。一体どうなっているのだろう。これが未来の風景か。蔵とは大違いだ、と眼が離せなかった。

桜子は展示物には興味を示さず、父に貸してもらったカメラで綺麗なコンパニオンの写真を撮りまくっている。お洒落の参考にする、と言ってずっと一人ではしゃいでいた。

「あたしが大人やったら、絶対にコンパニオンになったのに」

一方、父はすっかり冷めていた。各国や企業のパビリオンにも興味がないようでなにを見てもつまらなそうだ。それどころか、どこか腹を立てているようにも、傷ついているようにも見えた。

父がお祭り広場に集まる人を眺めながらかすかなため息をついた。

「お父さん、どうしたん？」

「いや」父はすこし黙ってから静かに言った。「世の中にはこんなにたくさん人がいるのに、僕の絵をわかってくれる人は一人もおれへんのや」

ずきんと胸が痛んだ。こんなときですら絵のことを考えていたのか。父がかわいそうになった。

「そんなことないよ。私もお母さんもわかってる。お父さんの絵はすごく素敵やよ。

いつか絶対に売れるよ」

「出版社から返事が来たんや。また断られた。絵は諦めたらどうですか、てな。残念ながら僕の絵は魅力がないらしい」

父は淡々と話すので余計に辛い。銀花は自分の身勝手が悔やまれた。母の盗みのこと、自分が連れ子だったことなどで頭がいっぱいで、父のことを気遣う暇がなかった。父はこんなにも苦しんでいたのだ。

「そんなことないよ。私、お父さんの絵、大好きや。素敵な絵やと思う。だから、必ず認めてもらえるよ。私は絶対に信じてる」

懸命に父を慰めた。だが返事はなかった。


万博見物から帰って来ても、桜子の万博熱は一向に冷めなかった。

コンパニオンに触発された桜子はいっそうお洒落に熱心になった。多鶴子にねだってベルト付きのミニワンピース、ショルダーバッグ、ロングブーツを買ってもらうと、首にスカーフを巻いて田舎町を颯爽《さっそう》と歩いた。蔵やら商家やらの建ち並ぶ狭い道を歩く最先端ファッションの美少女は未来映画のようだった。みなが振り向いて桜子を見た。

「あたし、こんな田舎町はいやや。絶対に東京に行く」

「じゃあ、もっと勉強し。都会の職業婦人は英語がペラペラらしいから」

「そんなん古いわ。今はOL言うんやよ。あたしはやりたいようにやる。お母さんは黙ってて」

桜子はぷいと家を出て行って遅くまで帰ってこない。多鶴子が叱るが平気な様子だ。毎日そんなことの繰り返しだった。

「お母さん、桜子を甘やかしすぎや」

たまりかねて父が文句を言うが、多鶴子は仕方ない、と首を振るだけだ。たしかに多鶴子は桜子に甘いときがある。日頃は口うるさくて厳しいのに、欲しい物はなんでも買い与えた。「恥かきっ子」だからかな、とぼんやり思ったりする。だが、どれだけ口うるさくて厳しくても人の物を盗む母親よりずっとマシだ。銀花は桜子が羨ましかった。

*

中学校に入っても銀花は一人ぼっちだった。

自分から人に話しかけることはない。のりちゃんとハッチーの絶交事件以来、友達を作るのが怖かった。あんな思いをするくらいなら友達なんていないほうがマシだ、と思うようになっていた。

桜子はいっそう意地悪になりいっそう美人になった。しょっちゅうラブレターをもらっていて、今ではこっそり男子高校生と遊んでいる。家の電話で連絡を取ると多鶴子にバレるので、夜に事務所の電話を使って長話をしていた。ときどき深夜に家を抜け出すこともあった。

父はこのところよく酒を飲むようになった。夕飯を済ませた後、仕事の付き合いだと言って家を出て行ってしまう。週一日が二日、三日になり、だんだんと帰りも遅くなって明け方近くになることもあった。だが、どれだけ遅くなっても父はおみやげを持って帰ってきてくれた。チョコレート一つキャンディ一つのときもあったが、大きな缶に入った外国のクッキーのときもあった。また、なにもなくてごめん、と道端で摘んだ四つ葉のクローバーのときもあった。

ある夜、父が千鳥足で帰ってきたときのことだ。父は赤い顔でずいぶんご機嫌だった。

「銀花。今日はこれで勘弁してくれ」

ポケットから取り出したのはどこで採ってきたのか熟して割れた無花果《いちじく》だった。

「お父さん、これ、どこの？　よそのお家《うち》のやないの？」

「塀から突き出してたんや。大丈夫、大丈夫」

その夜、蔵ではちょうど醤油麴を造っているところで大原杜氏が麴室で汗だくで働いていた。四十五時間、足かけ三日、眼が離せない大変な作業だ。

「尚孝。仕事もせんと飲み歩いて優雅なことやね。お大尽様かと思たよ」

出迎えた多鶴子が嫌みたっぷりに言うと、父が大きく肩をすくめた。

「醤油のことは大原さんがやってくれるよ。ほら、言うやろ。船頭多くして船山に上る、ってな。余計な口出しはかえって迷惑や」

「蔵のことができへんのやったら、せめて経理と営業はきっちりやりなさい。あんた、帳簿も嫌い、外回りも嫌いやなんて」

「無理やよ。お母さん。僕は商売なんか向いてへん」

父がよろめきながら風呂に向かおうとすると、多鶴子が引き留めた。

「尚孝、話はまだ終わってへんよ」

すると、父が振り返ってうっとうしそうに多鶴子をにらんだ。

「話やったら、とっくの昔に終わってる。親父《おやじ》が生きてるときに、きっぱり言うた。

僕は醤油蔵なんかに興味はない、て。それやのに無理矢理に家を継がせた。最初から失敗やったんです」

「じゃあ、あんたはなにができるん？　あんたの絵とやらは認めてもらえたん？」

さっと父の顔が強張《こわば》った。赤い顔が真っ白になったように見えた。父はしばらく悔しげに立ち尽くしていたが、結局なにも言わず行ってしまった。

父の絵はまだ売れない。お金を払って画廊に置いてもらったりいろんな雑誌社に送ったりしたが、芳《かんば》しい返事は一度も来なかった。公募展にも出したが入選の通知は届かないようだ。

どれだけ辛いだろう。父の気持ちを思うとたまらなくなる。一枚でいいから売れてほしい。父の絵を認める人が出て来てほしい。そうすれば、父も自信がついてきっとなにもかもうまく行くはずだ。

銀花は毎日、座敷童にお参りすることにした。柿の木の下で手を合わせて真剣に祈る。

――座敷童の神様。父の絵が売れるようにしてください。どうかお願いします。

剪定《せんてい》の済んだ柿の木は枝振りがすっきりし、混んでいた葉も摘んで風通しがよくなっていた。柿は座敷童の物だから誰も食べない。実がなってもほったらかしだ。それでも、きちんと多鶴子は手入れをする。年に数回家に来る植木屋に剪定を頼んでいるのだ。つまり、座敷童に食べさせるためにわざわざ手入れをしているということだ。

——母の手が二度と勝手に動かないようにお願いします。お願いします。

だが、そんな願いも虚しかった。とうとう恐れていたことが起こったのだ。

駅前の文房具屋から連絡が来て山尾家は大騒ぎになった。銀花は眼の前が暗くなるような気がした。ああ、なにもかもバレてしまった。母は手癖が悪いと知られてしまった。絶望しながらもわずかに安堵《あんど》する気もした。もうこれで私が疑われることもなくなる。悪いのは母だ、とみなに知ってもらえる。

熨斗《のし》袋《ぶくろ》を盗んだ母はいつものように泣きながら謝った。

「ごめんなさい。ごめんなさい。なんでこんなことになったのか……」

すると、父は母を懸命にかばった。

「美乃里さんに盗るつもりなんてなかった。手に取っててついカバンに入れてしもたんや。で、ぼんやりしててお金を払うのを忘れたんやろ。よくある話や」

たしかに父の言うことは正しい。母に「盗るつもり」などない。勝手に手が動くだけだ。そんな父の言い分を多鶴子は信じた。母に盗み癖があるなど想像もせず、たまたまうっかりしていただけだと思ったようだ。大きなため息をついて母を叱った。

「美乃里さん、家の中でぼんやりしてるのはまだええけど、外でぼんやりするのはやめて」

「はい、すみません……」

店の人も母を信じた。雀醤油という老舗の若奥様でこんなかわいらしくて大人しそうな人が万引きなどするはずがない。それに、あんなに泣いて反省している。責めるわけにはいかない、と。

「今度から気を付けてくださいね」

警察沙汰《ざた》にはせず母の万引きは内々で処理された。知っているのは山尾家の人間だけだった。

ほっとしつつも遣り場のない怒りを感じた。濡《ぬ》れ衣《ぎぬ》を晴らすことができなかったからだ。母の盗癖が世間に知られなかったのは喜ばしいが大原杜氏やハッチー、のりちゃんにとっては自分は泥棒のままだ。本当の泥棒は母なのに。だが、決してそんなことは口に出せない。喉の奥に泥が詰まっているようで苦しくてたまらなかった。

意外だったのは桜子が母に理解を示したことだ。さぞかし文句を言うだろうと思ったら、さらりと鼻で笑ってこう言った。

「ふうん。ま、よくあることやよね」

すぐさま多鶴子が目を三角にして問い詰めた。

「桜子、それ、どういう意味や」

「別に。万引きなんて珍しくないよ。やる子はやってる。でも、美乃里さんみたいにトロトロ鈍くさい人がするわけないやん」

酷《ひど》い言い方だったが、こんなところに援軍がいるとは思わなかったので嬉しかった。

だが、多鶴子は顔色を変えた。

「ちょっと、珍しくないって……まさか、あんた」

「あたしがするわけないやん。とにかく、警察呼ばれなくてよかった。家に泥棒がいるなんてみっともない。学校でなに言われるかと思たらぞっとする」

綺麗な顔を歪めて文句を言うとそのまま行ってしまった。多鶴子がきりきり眉を寄せ、口をへの字にする。母はまだすすり泣いていて父が懸命になだめていた。銀花はやっぱり喉に泥が詰まっているような気がした。

八月に入った頃、父がレコードを買ってきた。

「ポーリュシカ・ポーレ」仲雅美とある。普段、あまり音楽に興味のない父にしては珍しいことだった。元はロシアの歌で勇ましいのか寂しいのかよくわからない。父はこの曲が気に入ったと言って繰り返し聴くようになった。

父はレコードに針を落としてうっとりと眼を閉じた。そんな父を見ると不安になった。なんだかこのまま眼を開けないような気がしたからだ。だが、銀花の心配などよそに父は毎日「ポーリュシカ・ポーレ」を聴き続けた。

お盆が近づいたある夜、風呂上がりに縁側で涼んでいると、多鶴子が浴衣《ゆかた》を持ってやってきた。

「桜子のお古で悪いけど、どう？」

にこりともせずに言うと見覚えのある浴衣を見せた。去年作った物がもう着られなくなったという。桜子は最近目立って大人びた。背も伸びたし手足がすらりとしてモデルのようだった。

「一度しか袖《そで》を通してないんやよ。もったいないからね」

白地にしだれ桜が描かれた大人っぽい柄だ。服の上から当ててみる。スタイルのいい桜子にはよく似合っていたが、子供っぽい顔の銀花ではちぐはぐに見えた。

「なに？　気に入らへんの？」

「いいえ、すごく嬉しいです」

慌てて取り繕うが多鶴子の顔が険しい。もっとなにか言わなければと思ったとき二階から「ポーリュシカ・ポーレ」が流れてきた。

多鶴子が顔を上げて眉をしかめる。きりきり、と音が聞こえるような気がした。

「夜にあんな大きい音でレコード掛けるなんて」

銀花に話しかけたのか独り言なのかよくわからない。でも、黙っていると無視したようになるので返事をすることにした。

「あの曲、私も苦手です」

本当は曲そのものが苦手なのではない。あの曲を聴いている父が苦手だ。すると、多鶴子がにらんだ。やはり独り言だったのか。返事をしたのは間違いか。取り繕おうとして思わず言ってしまった。

「多鶴子さんは音楽、あまり好きやないんですか」

「なんでそう思うの？」

「昔、納戸にあるお箏をお父さんが弾きたいて言うたとき、多鶴子さんが反対した、て」

「尚孝がそんなことを言うたん？」

多鶴子の顔がぎくりと強張った。一瞬、血の気が引いたように見えた。

「え、ええ……まあ」

これは言ってはいけないことだったのだろうか。それほどお箏が嫌いなのだろうか。

これ以上なにも言わないほうがいい。黙っていると多鶴子が小さなため息をついた。

「別に音楽が嫌いなわけやない。あんた、苅萱道心《かるかやどうしん》って知ってる？」

「カルカヤドウシンですか？　いえ」

なんだろう。呪文のような言葉だ。カルカヤドウシン、カルカヤドウシン。お箏に関係ある言葉だろうか。妙に気になる。

「最近の子はほんまになんも知らんのやね」

多鶴子が今度は大きなため息をついて背を向けた。もう話しかけるな、ということだ。仕方ない。「カルカヤドウシン」については父に訊こう。もらった浴衣を抱えて階段を上った。

父と母の部屋の襖が開いている。のぞいてみると父が母をモデルにスケッチをしていた。母は麻の葉の浴衣を着て横座りになり物憂《ものう》げな顔で団扇《うちわ》を使っている。濡れたままの髪で化粧などしていなかったがやっぱりかわいらしかった。

「多鶴子さんに浴衣をもろてん。お母さんからも多鶴子さんに御礼を言うといて」

「銀花が言うたんでしょ。だったらもうええやん」のんびりとあおぎながら父に同意を求める。「ねえ、尚孝さん」

父はスケッチブックから顔を上げない。一心に鉛筆を動かしている。やがて、よし、と大きな声で言うと鉛筆を置いた。

「美乃里さん、はい、もういいよ。ありがとう」

できあがったスケッチを見せてもらった。地味な麻の葉の意匠がかえって母を美しく見せている。本物の美人は浴衣の柄になんか頼らなくても綺麗なのだ。

「お父さん、この浴衣、どう思う？　私にはちょっと大人っぽい？」もらった浴衣を肩に当てて見せた。

「そんなことはないよ。よう似合《にお》てる。銀花は嫌なんか」

「桜子さんは似合てたけど、私はなんか違う気がして」

「じゃあ、銀花は自分でどんなのが似合うと思う？」

「自分ではわからへん。お父さん、どう思う？」

「そうやな。銀花に似合うのは水玉やな。カルピス柄」

「真面目《まじめ》に訊いてるのに。もっとちゃんとした柄で言うてよ」

「カルピス柄の浴衣があったら似合うと思うよ。でも……」しばらく考えて言う。

「銀花には蛍がいい」

「蛍？　なんで？」

「蛍はぱっと光って、暗くなって、またぱっと光る。笑ったかと思うとしゅんとして、またぱっと笑う。銀花にそっくりや」

「私、そんなにしゅんとしてる？」

「してるよ。でも、その後に笑うからすごくかわいいんや。年がら年中笑《わろ》てたら、そんな笑顔に価値はあらへん。でも、銀花はすごく我慢強い。辛いことがあって落ち込んでも、またちゃんと笑う。だから、その顔がすごくかわいいんや」

父が頭をぽんと軽く叩いた。その拍子に涙がぽとっと落ちた。慌ててうつむく。嬉しくて、でも哀しくてたまらない。かわいい、と父に誉められたことは嬉しいが我慢強いなどと思われたくない。

そのとき「ポーリュシカ・ポーレ」が終わった。針がレコードの終わりで止まってザーザー言っている。

「美乃里さん、悪いけどカルピス作ってきてくれへんか。濃いやつ」

母が出て行くと、父はまた最初からレコードを掛けた。みーどーりもーえーる、と歌がはじまる。

「なあ、銀花。この曲を聴いて僕は思う。ここはロシアの草原や。広い広い草原に僕はただ一人きりや。見渡す限り、草と空と雲だけ。流れていく雲の影が地上に映るんや。やがて陽が傾いて地平線が真っ赤になる。赤い赤い草原や。そして、月が昇る。満月や。あたりは昼間のように明るい。陽が昇って落ちて、月が昇って落ちて。ひたすらそれの繰り返しや。鳥もいない。獣もいない。生きているのは僕だけ。そんな草原に僕はイーゼルを立ててカンバスを置く。そして絵を描くんや。ただ一人でずっとずっと絵を描くんや」

父がうっとりと言った。だが、その幸せな表情を見るとすうっと鳩尾《みぞおち》が冷たくなるような気がした。

父の思い描くロシアの草原には誰もいない。母もいない、銀花もいない。それが父の望み、父の夢見る世界なのだ。

ふっと草原に佇《たたず》む父の後ろ姿が浮かんだ。父は歩き出す。風で草が揺れる。父は歩みを止めない。たった一人で進んで行く。遠くへ、遠くへ。凄まじい速さで雲が流れていく。ときどき月が隠れて草原が真っ暗になり、また月が現れると明るくなる。ごおっと草が波打つ。父の後ろ姿が草原に消えていく。父は一人きりで歩いて行く。どこまでも、どこまでも。そして、二度と戻ってこない。

ぞくりと身体が震えた。全身が粟立《あわだ》って息が詰まる。父の横顔を見るとすこしも生きているように見えない。まるで父自身が絵のようだった。しかも失敗作の。

「ねえ、お父さん、ロシアの草原に行きたいん？」

「行きたいなあ」

父はもう一度、レコード針を落とした。再び歌がはじまった。

「お父さん。もし、ロシアの草原に行ったら、おみやげ、持って帰ってきてくれる？」

「ああ、行ったらな」

「絶対におみやげを持って帰ってきて。草原にあるものでいい。お花でもいいから」

「お花は持って帰ってくるまでに萎《しお》れそうやな」

「じゃあ、草の実でいい。ジュズダマみたいにネックレス作るから」

「銀花は食いしん坊なだけやなくて、欲張りな主人公やな。昔話やときっと罰が当たる。ほら、あれや。『舌切り雀』みたいに、大きなつづらを選んでお化けが出て来る」

「罰が当たってもいいから、おみやげが欲しいんやよ」父の顔を見ながら懸命に言った。「おみやげ持って、帰ってきて。絶対、絶対に」

「わかった、わかった。絶対に持って帰るから」

母がお盆にカルピスの入ったグラスを二つ載せて戻って来た。意味もなくにこにこしている。なんだかそれだけで苛々した。

濃い目のカルピスを受け取って階段を下りた。座敷に灯りが点いていて多鶴子が一人で本を読んでいた。

「あの……」

銀花が声を掛けると、多鶴子が顔を上げた。

「なに？」

声を掛けたものの今さら気後れしてしまった。父がロシアに行って帰ってこないような気がするんです。止めてください、などと言ったら多鶴子はどう思うだろう。バカなことを言うな、とまたきりきりするに違いない。

「なんやの？　はっきり言いなさい」

「あの……カルカヤドウシンってなんですか」

咄嗟に口に出たのはこれだった。多鶴子はバタンと乱暴に本を閉じて銀花をじっと見た。思わず首をすくめた。叱られているわけではないがやっぱり怖い。

「苅萱道心というのは、出家した父親を訪ねる男の子のお涙頂戴《ちょうだい》のお話や。昔々、ある男には正妻とお妾《めかけ》さんがいた。そして、ある夜、二人の女が筝合わせをした。表面上は仲よく弾いてたんやけど、障子に映った影では、お互いの髪の毛が蛇になって争ってたんや。それを見た男は世をはかなんで家族を捨てて出家する、という話や」

「え、蛇に？」

　普通に蛇がやってくるよりずっと怖い。なるほど、多鶴子がお箏を嫌うのはこの話のせいか。でも、なんで男が家族を捨ててまで出家する必要があるのだろう。よくわからない。

「他には？」厳しいのではない。今度は冷たい声だった。

「いえ、それだけです」

「立ったまま飲むなんて行儀悪い」多鶴子がにらむ。

「ごめんなさい」

　自分の部屋に戻ってカルピスを飲みながら、窓から空を見た。月の明るい夜だ。黒々とした夜空に柿の木の影がくっきりと浮かび上がっている。枝々がたわんで重たそうなのは、青い実がびっしりついているからだ。

　父の部屋からまた「ポーリュシカ・ポーレ」が聞こえてきた。全身がぞわぞわして粟立った。思わず自分の髪に触れてみる。大丈夫、蛇じゃない。ほっと安堵の息をついた。

＊

万博というお祭りが終わって三年後、石油ショックが起こって日本中が大騒ぎになった。トイレットペーパーがなくなると噂になって買い占めが起こった。あちこちの店で行列やら争奪戦があり、新聞もテレビも面白おかしく報道した。だが、多鶴子は冷静だった。あほらしい、の一言で片付けてまるで相手にしなかった。

さらに辛いニュースもあった。赤ん坊がコインロッカーに捨てられる事件が続いたのだ。銀花はつい自分の身の上と比べて怖くなった。もし、父と母が結婚しなかったら自分は生きていなかったかもしれない。母一人で赤ん坊を育てられるわけがないからだ。父がいなければロッカーの中で窒息してしまったかもしれないのだ。

だが、現実では父の影は薄くなる一方だった。

石油ショックの影響もあってなんでも値上がりし、蔵の経営は苦しくなる一方だった。醤油の材料は大豆だが脱脂加工大豆に変えれば安くなる。しかし、味は落ちてしまう。多鶴子と大原杜氏は大豆だけでやっていきたいのだが、やはり経営が苦しくて妥協しなくてはならなかった。仕方なしに脱脂加工大豆で安価な醤油を造って給食などの外食向けに売った。

だが、父は蔵の不振などまるで気にせずどこ吹く風だった。「ポーリュシカ・ポーレ」を家中に響かせて平気な顔をしていた。そんな父を見て日に日に多鶴子と大原の顔が険しくなった。

一方、桜子は相変わらず我が道を行っていた。桜子のテストの点を見た多鶴子は愕《がく》然《ぜん》とし、怒った。

「三十点？　なんやのこの点は」

「ちょっと失敗しただけやよ。今度は頑張る」

「今度今度、って……」そこで、多鶴子が驚いて眼を見開いた。「桜子、あんた、口紅塗ってるん？」

「うるさいなあ。これくらい普通やよ」

桜子の夜遊びはどんどん酷くなる。この前、あまり深夜ラジオがうるさいので文句を言いに行くと窓が開いていて誰もいなかった。ラジオはアリバイ作りだったらしい。まったく気付かなかったのでちょっと感心した。

父がふらふらしているせいで大原の機嫌もどんどん悪くなる。銀花はそのとばっちりだ。大原は銀花を見ると露骨に嫌な顔をする。忌々《いまいま》しげに舌打ちをすることもあった。その様子を見ていた桜子が訳知り顔で言った。

「大原さんが苛々してる理由、教えてあげよか？　剛《つよし》のせいやよ」

「剛？」

「あそこの一人息子やん。あんた、知らんの？」

桜子がばかにしたように言うのでむっとした。

「一つ下の男の子のこと？　いるのは知ってるけど付き合いないし」

「あ、そう。あたしは何回か集会で見かけたことがあるんやけど」

「集会？　なんの？」

「なんのって、知らんの？　暴走族やよ」桜子が顎《あご》をくいっと上げて得意気に言った。

「え、こんな田舎やのに暴走族があるん？」

世間ではカミナリ族から暴走族へと呼び名が変わった頃だった。「キャロル」に憧《あこが》れる革ジャンにリーゼント、サングラスの男たちだ。

「ショボいけどあるよ。あたし、一応、マスコットやってあげてるから」

「マスコットって？」

「チームのシンボルみたいなもの。綺麗な女の子をお飾りにしたら箔《はく》がつくからね。でも、マスコットやるのもそれなりの努力が要るんやよ。暴走族好みのファッションてあるから。正直言ってダサいけど、まあ、持ちつ持たれつって感じ」

十人ほどのグループで、このあたりの高校生が集まってくるという。集合場所は街道沿いで深夜営業している喫茶店らしい。週末は大阪まで遠征に行くことが多く、連れていってもらうそうだ。

「大阪行ってなにするん?」

「ミナミとか阿倍野とかでお酒奢《おご》ってもらったりとか」桜子はふふん、と鼻で笑う。「スカウトしてくる男もいるけど、そんな手にひっかかるわけないやん」

割り切って利用してるねん、とうそぶく桜子に呆れながらも感心しているとふいに話が変わった。

「そうそう、大原剛やけど、この前、補導されたんやよ。ちょっと他のグループと揉《も》めて抗争ってほどやないけどケンカになって、一番下っ端やから逃げるときに置いてかれたんやって」

「置いてくなんてひどいやん」

「しゃあないやん。みんな、自分のことで必死やねんから」

桜子は長い髪をなびかせ、彼氏に買ってもらったというネックレスを銀花に見せびらかす。付き合う男はしょっちゅう替わった。その度に写真を見せてピンクの口紅を塗った唇で自慢する。カッコいいでしょ、ハンサムでしょ、と。みな、桜子よりずっと年上の男ばかりだった。


秋が来て、竹の葉も青々としてきた。「竹の春」だ。

朝食の席での出来事だった。銀花と桜子は席に着いて食べはじめ、母はその横で嬉しそうに見守っていた。多鶴子は玄関前に打ち水をしている。父の姿は見えない。まだ寝ているのだろうかと思っていたら上機嫌で現れた。食パンと銀色のトースター、それに大きな箱を抱えている。

「僕は今日からパンや。御飯と味噌汁はもう飽きた。朝はやっぱりパンがいい」

そう言って嬉しそうにトースターを食卓の上に据えた。

父に味噌汁を注ごうとしていた母が驚いて手を止めた。銀花は海苔に醤油を付けて御飯を巻こうとしていたところだった。やっぱり思わず手が止まった。

「えー、お兄ちゃんだけずるい」桜子が箸《はし》を置いて言った。

「桜子もパンにするか？」

「うん」桜子は味噌汁と御飯を押しやった。

「銀花はどうする？」父がにこにこしながら言った。

うん、と言いたい。朝はずっと御飯だったからパンが食べたくて食べたくて仕方がなかったのだ。でも、醤油蔵なのにパンはおかしいという多鶴子の気持ちもわかる。

「でも、もう御飯食べてるし……」

「なんや、食いしん坊のくせに。両方食べたらどうや」

父が箱を開けると中には赤紫のカトレアを描いたティーカップのセットが入っていた。一瞬ぎくりとした。前に母が盗んだやつだ。さりげなく数を勘定したが全部揃《そろ》っていたのでほっとした。

「綺麗なカップ。お兄ちゃん、これ、どうしたん？」

「納戸にあった。美乃里さん、今日からこれで紅茶を淹れてくれるか？」

「はい」母が嬉しそうにうなずいた。

父が慣れた手つきで食パンを焼いた。絶妙のタイミングでレバーを上げる。ばしゅん、ときつね色のパンが飛び出した。桜子が歓声を上げる。

そこへ母が紅茶を運んできた。パンとバターと蜂蜜《はちみつ》と紅茶の匂い。懐かしくて涙が出そうだ。

なのに、鳩尾が詰まって苦しくなるような気がした。こんなこと多鶴子が許すはずがない。絶対に父と諍《いさか》いになる。自分はどうすればいいだろう、と混乱していたら打ち水を終えた多鶴子がやってきた。食卓の上のトースターを見てぎょっとする。

「美乃里さん。朝は御飯にする、ていう約束やったでしょ」

いきなり咎《とが》める口調だった。母が泣きそうな顔をすると、すぐさま父が強い口調で言った。

「お母さん、僕はこれからパンにする。朝はパンと紅茶や。決めた」

「あたしも」桜子も続いた。

「醤油蔵の当主がパンやなんて」そこでカトレアのカップに気付くと多鶴子の顔色が変わった。「あんた、このカップ、勝手に出してきたんか」

「悪いか。僕は当主や。それに、あんなとこにしまい込んでたらもったいない」

そっと多鶴子の顔をうかがうと、懸命に怒りを堪えているのがわかった。だが、今にも爆発しそうだ。

多鶴子を無視して父は澄ました顔でパンを食べた。紅茶にパンの耳を浸して崩れる直前で口に運ぶ。やっぱり見事な仕草だ。あんまり見事なままだから余計に怖くなった。

「尚孝、いい加減にしなさい。まともに仕事もせんくせに、一体なんやの」

多鶴子が厳しい声で叱った。父は多鶴子をにらみ返した。

「お母さんはどこまで横暴なんや。朝に好きな物を食べるのも許さんのか」

「ここは醬油蔵や。毎日、自分の作った醬油の味を確かめる。当たり前のことや」

「醬油、醬油、醬油。蔵、蔵、蔵。お母さんの頭の中はそれだけや。蔵の仕事なんか僕にはできへん。それがまだわからんのか」

「できんのやったら努力しなさい。あんたは努力もせんと怠けてるだけや」

その言葉を聞くと、父の顔が強張った。ぎらぎら光る眼で多鶴子をにらみつけると低い軋《きし》るような声で言った。

「努力してもできんのや。できんことを無理にする必要はない。僕は僕にできることをする。諸味なんか搾ってたら手が震えて筆を持たれへんのや」

「できることって、じゃ、なにをするんやよ」多鶴子が即座に言い返した。

「いろいろ考えたけど、芸術的な角度から蔵を助けていこうと思うんや」

父が大真面目に言うと、多鶴子が一瞬絶望的な表情をした。

「尚孝。聞きなさい。まずは地に足の付いたことをやるんやよ。蔵の仕事がきちんとできるようになるのが先や。芸術はそれからの話やよ」

だが、父は大きなため息をついて首を横に振った。

「お母さん、話し合っても無駄や。僕はここへ帰ってきて思い知らされた。やっぱり僕の本分は芸術や。実業やない。いつになったら僕のことを理解してくれるんや」

「尚孝。おまえは……」多鶴子が信じられないという表情で父を見ていた。

「お母さん、蔵を継ぐと言うて戻っておきながら、こんなことを言うのは本当に申し訳ない。でも、お母さんや蔵のことを見捨てるわけやない。僕も山尾家のことを考えてる。支えていきたいと思ってる。でも、それは醬油造りでというわけやない。僕の才能を生かしたやり方があるはずや」

黙りこくった多鶴子をなだめるように父は話しつづけた。

「ねえ、お母さん。人間には向き不向きがある。僕には醬油造りは向いてない。わかって欲しいんや」

二人の話を聞いているといたたまれなくなった。父には思う存分絵を描いてもらいたい。でも、多鶴子の気持ちもわかる。ここは由緒《ゆいしょ》ある醬油蔵だ。父の代で潰すわけにはいかない。

「尚孝、じゃあ、あんたの才能を生かしたやり方てなに？」

多鶴子がすこし疲れたような口調で訊ねると、父は黙って立ち上がり部屋を出ていった。すこしすると、醬油の一升瓶とスケッチブックを抱えて戻ってきた。ほら、と一升瓶のラベルを示す。雀醬油の商標はふくら雀だ。丸々と太った雀を真正面から描いている。土鈴の雀と同じだ。図案化されてごく簡単な線で描かれた雀はフグに似ていた。

「うちの醬油のラベル、昔から思ってたんや。古臭いデザインやなあって」

父がスケッチブックを開くとさらさらと鉛筆を走らせた。

「僕ならこう描く。ほら、スマートやろ」

横向きの雀が描かれていた。商標の「ふくら雀」よりもずっと恰好よく見えた。だが、なにかぴんとこなかった。

「スマートなんてあほらしい。雀がふっくらしているのと『福』と掛けてる縁起物やのに」多鶴子はもう呆れ顔を隠すつもりはないようだ。

「そんなの現代的やない。万博もこう言うてたやないか。人類の進歩と調和、て。未来に眼を向けるんや」

ムキになって自分の絵を擁護する父に戸惑った。そもそも、父は万博が嫌いではなかったか。騒々しくて埃《ほこり》っぽくて薄っぺらいお祭りだと言っていなかったか。銀花は思わず口を挟んだ。

「ねえ、お父さん、私、ふくら雀って好きやよ。ほら、昔、お父さんがおみやげに雀の土鈴をくれたやん。あれ、お気に入りやの」

「ああ。でも、所詮、ただのみやげものや」

さもつまらない、というふうに言い捨てた。その言葉に思わず涙が出そうになった。あの土鈴をもらったときどれだけ嬉しかっただろう。ころん、ころん、と手の中で鳴ったとき、どれだけ心が温かくなっただろう。

おみやげの天才だった父がおみやげを否定するなんて信じられない。あの優しかった父はどこへ行ってしまったのだろう。

「じゃあ、今度はどうや」

次に父が描いたのは髪の長い女の人の横顔だった。眼を伏せて物憂げな表情をしたはっとするほどの美人だ。父の得意な、かわいくてかわいそうな女の人だ。だが、その絵のどこにも雀はいなかった。

「お父さん、この絵はすごくいい。でも、醤油っぽくない気がする」

「銀花は知らへんやろうけど、昔あった赤玉ポートワインのポスターに、それは綺麗な女の人が描かれてたんや」

すると、多鶴子がうんざりした顔でため息を吐《つ》いた。

「あれは大昔のポスターやよ。それにワインと醤油は違う」

「お母さん、時代は変わってるんや。醤油かてスマートに売らんと」

「じゃあ、おまえがスマートに売ってご覧」

「無理や。僕はスマートに絵を描くだけ。誰かがスマートに売ってくれんと」

「尚孝」

多鶴子の堪忍袋の緒が切れたようだ。だが、父は無視した。父はスケッチブックから女の人を描いたページを破りとると銀花に渡した。

「銀花、あげるよ」

受け取ってもう一度よく眺めた。今までに見た父のスケッチの中で、一番よくできていた。だが、哀しくてたまらなかった。どんなに素敵な絵でも、この世の中では「役に立たない」ことがわかったからだ。古臭い醬油蔵でも、子供向けの少女雑誌でも父の絵は必要ない。それはどんなに哀しいことだろう。

銀花は涙を堪えながら懸命に笑った。

「お父さん、ありがとう」

「どういたしまして」

父がぽんと軽く頭を叩いた。頭を叩かれても嬉しくなかったのはこれがはじめてだった。

「尚孝、話は終わってないよ」

父が真っ直ぐ多鶴子を見つめ、ぞっとするような声で言った。

「あんたに指図されたない」

驚いて父を見た。父が多鶴子を「あんた」呼ばわりするのをはじめて聞いた。多鶴子も唖然とした表情で父の顔を見ていた。

「僕は知ってるんや」

父が多鶴子の顔を見ながらゆっくりと言った。朝なのに深夜のような、ぬるりと鬼気迫る顔だった。

母は黙ってうつむいているだけだ。桜子はすこし怯えた表情で多鶴子と父を見守っていた。

「あんたが欲しかったのは蔵の跡継ぎだけや。そのために僕を産んだ。でも、当てが外れたというわけや」

「尚孝、なにを言うてるん……」

多鶴子の顔は真っ青だった。父が多鶴子をにらみつけてもう一度繰り返した。

「あんたは最低の母親や。いや、母親ですらない。ちょっとでも期待した僕が阿呆《あほ》やった」

「尚孝、いい加減にし」

「うるさい」

父が怒鳴った。多鶴子がはっと息を呑んで後退《あとずさ》った。銀花も驚きと恐ろしさのあまり身体がびくんと跳ねた。父がまるで別人に見えた。ちりちりと全身の毛が逆立っていた。心臓が壊れそうな気がした。

はっきりわかった。今、この瞬間、父は完全に変わってしまった。もう元の父に戻ることはない。たとえ、銀花の頭を軽く叩いて笑いかけてくれても、おみやげを買ってきてくれてもそれはもう以前の父ではない。父の真ん中、一番深いところにある大切なものが傷ついてダメになってしまった。大好きな父がダメになってしまった——。

父は嵐の海のような顔をして肩で息をしている。絞り滓《かす》のような声で言った。

「……こんな家、戻ってくるんやなかった」

父は食堂を出て行った。荒々しく廊下を踏みならす音が聞こえなくなるまで誰も動くことができなかった。多鶴子は土気色の顔で震えていたし、桜子は恐怖映画のヒロインのようだった。母はカトレアのカップを抱えたままおろおろしていた。

その夕、父は一人で出かけて行き夜になっても帰ってこなかった。母は心配していたが、多鶴子は呆れ果てたという顔でもうなにも言わなかった。

風の強い夜だった。竹林がざわざわと揺れて心をかき乱した。

銀花はずっと父を待っていたが帰ってこないので諦めて布団に入った。だが、竹の音が耳に付いて眠ることができない。起き上がって窓から外を眺めた。青々とした竹林の上に綺麗な月が出ている。あたりは真昼のように明るかった。

翌朝になっても父は帰ってこなかった。なぜか大原杜氏も蔵に来ない。福子に連絡すると、昨夜父に誘われて出て行ったまま戻らないという。二人そろって行方不明だった。多鶴子がきりきりと眉を寄せた。

「どこかで酔い潰れてるんやろうね。みっともない真似《まね》をせんかったらええけど」

母は今にも泣き出しそうな顔で震えている。桜子も学校をサボって部屋に閉じこもっていた。

銀花も不安でなにも手に付かないので、学校を休んで父の代わりに蔵の仕事をすることにした。多鶴子はいい顔をしないだろうが父も大原もいない緊急事態だから許してくれるだろう。木桶で熟成を待つ諸味を櫂棒で突く。久しぶりなのですぐに腕が疲れた。ずらりと並んだ木桶を端から混ぜていると多鶴子がきた。

「銀花。あんた、なにしてるん？」

「じっとしてたら落ち着かんから、手を動かそうかと」

多鶴子はしばらくこちらを見ていた。やがて、なにも言わずに一緒に諸味を混ぜはじめた。なるほど、昔、福子の言ったとおりだ。血はつながっていないが自分と多鶴子は似た者同士かもしれない。銀花と多鶴子は黙って蔵の仕事をしながら一日を過ごした。

父は元気で帰ってくる。ちょっと飲み過ぎただけだ。きっと帰ってくる。そして、笑いながら銀花の頭をぽんと叩いて言うだろう。

――銀花、心配掛けてごめんな。

父はきっと帰ってくる。何度も自分に言い聞かせた。

夕方になっても父も大原も帰ってこなかった。もしかしたら、ふらりと写生旅行に出たのかもしれない。銀花は念のため父の部屋を確認した。すると、父の旅行用の鞄《かばん》もスケッチブックも絵の具もみんな残されていた。写生旅行ではない。

他になにか手がかりは、と部屋の中をぐるっと見渡すと、ゴミ箱の中にぐしゃぐしゃの封筒が見えた。気になって拾って開いてみると雑誌社からだった。封は切ってあった。

はっと気付いた。そうだ、父の絵が売れたのだ。きっと雑誌社の人に会いに東京に行ったのだ。言えば多鶴子さんに反対されるから父はこっそり行ったのだ。そうだ、そうに違いない。

他人の手紙を勝手に読んではいけない。でも、今は非常事態だ。お父さん、ごめんなさい、と詫《わ》びながら手紙を読んだ。そこにはこうあった。

再検討したが、やはり貴殿の絵には見込みがない。今の時代、世間が求めるものではない。だが、技術はあるのだから、流行りの絵を描けば売れる可能性がある。「高橋真琴風」の絵ならいくらでも欲しい。業界では筆の速い人を求めている。是非、もう一度検討してほしい、と。

最後に、いかにも付け足しといったふうにこう記されていた。少女画で名を売ってから、自分の描きたい絵を描けばいい。みな、そうしている、と。

さっと血の気が引いた。瞬間、最悪の想像が頭に浮かんだ。

「やっぱりお父さんを捜してきます」

銀花は父に買ってもらった青い自転車に乗って家を飛び出した。ペダルを必死に踏んで自転車を漕《こ》いだ。息を切らして商店街を、駅前を、国道沿いを、土手の道を走る。父の行きそうなところをひたすら捜した。お父さん、お父さん、お願い。帰って来て。

父はあの雑誌社からの手紙を読んでどれだけ絶望しただろう。お願いだからバカなことを考えないでほしい。お願いだから早まったことはしないでほしい。お父さん、お願いだから。父の姿を捜して自転車で町を走り続けた。

夜が更《ふ》けても、父と大原の消息はわからないままだった。その夜も眠れなかった。ざわざわという竹林の音が耳について寝返りばかり打っていた。頭の中でも胸の中でも恐ろしくて腹が立って吐きそうな気がした。

翌朝、母はいつも通りの食事の支度をした。父の席にはきちんとパンとバターと蜂蜜が用意されていた。銀花はまるで食欲がなく御飯と味噌汁をただ眺めていた。桜子も同じようだ。手を付けようとしない。すると、多鶴子が厳しい声で言った。

「二人とも、すこしでも食べるんやよ」

仕方なしに味噌汁を一口飲んだときだった。廊下の電話が鳴った。みな、はっと顔を上げた。

「私が出る」

多鶴子が立ち上がって電話を取った。廊下から声が漏れ聞こえてくる。銀花は耳を澄ませた。

「……はい、わかりました。すぐに行きます。……ありがとうございました」

すぐに行く、とは父の居場所がわかったからか。父が無事見つかったということだろうか。きっとそうだ。よかった、よかった。どきどきしながら多鶴子が帰ってくるのを待った。

電話を終えた多鶴子が食堂に戻ってきた。だが、その表情は普段通りの厳しい顔だった。多鶴子はみなを見渡して落ち着いた声で言った。

「尚孝と大原さんが川で見つかったそうや」

「川で?」銀花は思わず問い返した。

「ああ。川で見つかった。すこし下流の葦《あし》の茂みに浮いていたそうや。それで……」

一瞬、多鶴子の声が途切れた。みな多鶴子の顔を見守ったまま次の言葉を待った。

「二人とも、もう息はなかったそうや……」

食堂が静まりかえった。みな、黙っていた。母はほんのすこし不思議そうな顔をしていた。銀花は呆然と多鶴子の顔を見つめていた。どういうことだろう。父が浮いていた? 川に? 息はない? そんな、わけがわからない。

最初に沈黙を破ったのは桜子だった。

「まさか、嘘や。そんなん嘘や」嚙みつくように早口で言った。

そうだ、嘘だ。嘘に違いない。父は川にいる。私が助けに行くのを待っているんだ。だって、私が助ける、って約束したのだから。

「私、父を助けてきます……」

立ち上がろうとしてふいに身体から力が抜けた。銀花はそのままへたへたと座り込んだ。わかっている。父は死んだ。死んで川に浮いていたのだ。

声も出ない。涙も出ない。どうすればいいのかわからない。もう父に会えないのだ。

二度と会えない。頭を叩いてもらえない。もう二度と名前を呼んでもらえない。

父は死んでしまった。もうこの世に父はいないのだ。

「銀花」

多鶴子に呼ばれてはっとした。のろのろと顔を上げて多鶴子を見る。血の気のない真っ白な顔をしていたが眼にはいつも通りの厳しさがあった。

「美乃里さんは役に立たたん。弔いは私とあんたでやるしかない」それから、一瞬宙をにらんできっぱりと言った。「泣いてる暇はないんやからね」

多鶴子の言葉を聞いた瞬間、理解した。父の葬式を出さなければならない。でも、母は役に立たない。自分がやるしかない。黙ってうなずいて立ち上がった。

父の葬儀の間、意外なことに母は泣かなかった。かといって、気丈に振る舞っているというわけでもない。銀花から見れば、ただいつものように、ふわふわとどこか夢見心地だった。それでも、他の人には「茫然《ぼうぜん》自失」の未亡人に見えたようだから不思議だ。桜子はずっと泣いていた。美少女がセーラー服姿で泣き崩れる様は、みなの涙を誘った。桜子を娘と間違える人も多かった。かわいい、綺麗、というのは得だ。

多鶴子と銀花は涙も浮かべずひたすら働き続けた。多鶴子が弔問客の相手をし、銀花はお茶を出したり履き物を揃えたり細かな雑用をした。それと同時に母を見張らねばならなかった。こんなときに母の手が勝手に動いたら困る。香典でも盗ったりすれば大変だ。だが、その心配は多鶴子には言えない。一人で気を付けるしかなかった。

「泣かへんの？　お兄ちゃんはあんたを自分の娘として育てたのに。お兄ちゃんがかわいそう」

桜子が真っ赤な眼で突っかかってきたが相手をする暇も余裕もなかった。

歯を食いしばって参列者をぐるりと見渡す。なにも知らない喪服の群れがこう言っているような気がした。あの子は連れ子だから泣かないんだよ、と。見知らぬ人の視線が悔しくて腹立たしくてたまらなかった。本当は哀しくてたまらない。大好きだった父を亡くして辛くてたまらない。でも、泣けない。母を見張らなければならないからだ。母がいる限り自分は泣きたくても泣けないのだ。

葬儀が終わり一段落した頃、大原杜氏の家にもお悔やみに行くことになった。母には一応声を掛けたが渋ったので置いてきた。予想されたことだったので多鶴子もなにも言わなかった。

多鶴子がお悔やみを述べたが、福子はうつむいたままほとんど返事をしなかった。

震える肩から福子の心の声が聞こえるようだった。

——尚孝さんのせいで。あんたらのせいで。雀醤油のせいで。

娘はすすり泣いていた。その横で眉を寄せて唇を噛みしめているのが息子の剛だった。銀花の一つ下、中学二年生だ。顔は知っているが学年が違うので話したことがない。昔、桜子が「チビ」とバカにしていた通り中学二年生にしては小柄だ。こんな子が暴走族なのかと思うと不思議な気がした。

多鶴子に続いて祭壇に手を合わせた。下がろうとしたとき鋭い視線を感じた。はっと顔を上げると、剛がこちらをじっとにらんでいた。思わず声が出そうになった。剛の眼は真っ黒な刃《やいば》のようで触れただけで切り裂かれそうだった。

剛はすぐに眼を逸らした。眼が合った時間はほんの一瞬だったが胸が押し潰されたように痛んだ。動悸が激しくなって眼の前がくらくらとした。暴走族で補導されたことがあるのがわかる気がした。剛には他の男子にはないどろりと暗く淀んだところがあった。

多鶴子はきっちりとお悔やみを述べると長居はせず席を立った。銀花も黙って続いた。剛は見送りには立たなかった。

父と大原の死因はどちらも溺死《できし》で事故ということになった。だが、単なる事故とは思えなかった。「ポーリュシカ・ポーレ」を聴きはじめたときから父はおかしかった。あの頃からゆっくりと死への道を歩いて行ったような気がした。

葬儀の半月後、雑誌社からまた手紙が来た。銀花は母からその手紙を見せられた。

あなたは昭和の竹久夢二を目指すと言っておられますが、もうすでにそういう絵を描いている人がいます。林静一氏をご存知ですか。若者に大変人気があります。高橋真琴風の絵がダメなら、林静一風はどうですか、と。

父に求められたのは、結局、誰かの真似だった。やりきれない思いで銀花は手紙を破り捨てた。

母はため息をついた。

「尚孝さん、かわいそうに」

「やめてや。お父さんのこと、かわいそうなんて言わんといて」

「でも、あの人は、夢を一つも叶《かな》えることができへんかったの。かわいそうでしょ」

「そうやったとしても、かわいそうなんて言わんといて。そんなこと、お父さんは絶対に言われたないよ」

父は優しかった。血のつながらない銀花をかわいがってくれた。絵と醬油造りの才能はなかったけれどおみやげの才能はあった。だから、かわいそうなんて言葉で片付けてほしくない。父を思い出すとき、かわいそう、という言葉を道連れにしたくない。

「銀花、なに怒ってるん？　かわいそうって言うのは悪いことやないよ。尚孝さんはね、いつもお母さんに言ってくれた。かわいそう、かわいそう、って。本当に優しい人やったんやよ」

母が不思議そうな顔をした。父の苦しみなどまるでなにもわかっていなかったのだ。

雑誌社からの手紙には絵も同封されていた。父の絵を送り返してきたらしい。浴衣を着た女の子の絵だった。高橋真琴風のお姫様でもなく竹久夢二風の憂《うれ》いのある美女でもない。整った美少女ではなく愛嬌《あいきょう》のあるごく普通の女の子だった。蛍の浴衣を着た女の子は手に雀の土鈴を持ち大きな口を開けて笑っていた。本当に幸せそうに笑っていた。

めくってみると、絵の裏にはこうあった。

「食いしん坊の女の子」

その瞬間、涙があふれた。父が死んで以来はじめての涙だった。

月が煌々《こうこう》と輝く草原を歩いて行く父の後ろ姿が見えた。父は大股《おおまた》でざくざくと草を踏みしめ進んで行く。真っ直ぐに、ただ真っ直ぐに自分の絵を描くために歩いて行く。

父はかわいそうなんかじゃない。父はかわいそうだなんて私は絶対に言わない。父はこんな素敵な絵を描いた。こんな幸せな女の子の絵を描ける人がかわいそうなわけがない。たとえ、誰一人父の絵を認めなくても私は父の絵が大好きだ。父の描いてくれた女の子が大好きだ。こんな女の子になりたい。こんなふうに笑っていたい。

だから、お父さん、もっともっと絵を描いてください。蔵の仕事なんかしなくていい。全部、私がやります。だから、また私に絵を描いてください。本当の父親なんかいりません。私はもっともっとお父さんに頭を叩いて欲しいんです。

座敷童の神様、お願いです。どうか父を生き返らせてください。もう一度、絵を描けるようにしてあげてください。どうか、どうかお願いします。

食いしん坊の女の子の絵を抱きしめ、銀花は号泣した。

3　一九七四年～一九七六年

銀花が高校一年生になった春、「モナ・リザ」が日本に来た。上野の東京国立博物館には大勢の人が詰めかけて長い列を作る様子がニュースになった。人々はガラスケースの中の絵を見ようと押し合いへし合いしている。普段は絵に興味のないような人たちが興奮して「素晴らしかった」と眼を輝かせていた。苦々しい思いがしてすぐさまチャンネルを変えた。

「あんな絵のどこがいいんやろうねえ。尚孝さんの絵のほうがよっぽど素敵やのに」

えんどう豆の実を莢《さや》から外しながら母が他人事《ひとごと》のように言う。

夕食は豆御飯だ。ザルには綺麗《きれい》な青緑色の豆がこんもりと山盛りになっている。母は一つ一つ丁寧に豆を剝《む》いていた。丁寧な仕草は、まるで翡翠《ひすい》の珠《たま》でも扱っているかのようだ。豆の下ごしらえをする母は満ち足りて本当に美しかった。父が夢中になるはずだ。きっと、「聖母」とは母のような雰囲気の女性だろう。

「あんな古臭い絵やなくて、尚孝さんの絵を飾ってくれたらいいのにねえ」

レオナルド・ダ・ヴィンチは五百年前の人だ。父の絵だってもしかしたら五百年後に評価されるかも知れない。ゴッホだって評価されたのは死んでからだ。

そのとき、母の指から豆がこぼれて食卓の上に転がった。ころころ、と小さな丸い豆が銀花の前にやってくる。黙って豆をザルに入れて立ち上がった。

階段を上って自分の部屋に入った。正面の壁には父の絵が飾ってある。あの「食いしん坊の女の子」の絵だ。お小遣いで額縁を買って部屋の一番目立つ場所に掛けた。

蛍の浴衣《ゆかた》を着た女の子は大きな口を開けて幸せそうに笑っている。その絵を見るたび思う。この女の子のようになろう、と。

――笑ったかと思うとしゅんとして、またぱっと笑う。辛《つら》いことがあって落ち込んでも、またちゃんと笑う。だから、その顔がすごくかわいいんや。

あのときの父の言葉はどれだけ嬉《うれ》しかっただろう。その気持ちを忘れたくないから思う。できる限り食べてできる限り笑っていよう、と。

雀醤油《すずめしょうゆ》には女が四人いる。いつも厳しい顔をした「きりきり」の多鶴子と、夢見がちの「ふわふわ」の母、女王様のように気位が高い「つんつん」の桜子、そして、能天気な「へらへら」の銀花だった。

父と大原杜氏《とうじ》が死んで蔵は多鶴子一人になった。手伝いを申し出たがきっぱりと断られた。

「これは私の仕事や。あんたの仕事やない」

「でも、多鶴子さん一人やったら……」

「一人でも私がやる。あんたは自分のことをしなさい」

よそ者は手出しをするな、と言うかのようだった。たしかに、醬油造りは手間は掛かるが作業そのものは一人でもできる。造る量を思い切って減らせば多鶴子一人でもやっていけないことはない。だが、それでは先がない。それに、多鶴子の身体《からだ》だって心配だ。いつかきっと無理が出る。今、多鶴子が倒れたらこの蔵は終わりだ。

「じゃあ、蔵の中には入りません。瓶と搾《しぼ》り袋を洗ったり外の仕事をやります」

強く言うと多鶴子が渋々手伝いを認めてくれた。銀花はラベル貼《は》り、箱詰め、自転車での配達など醸造以外の雑用を引き受けることにした。

多鶴子は自分の息子が死んでも泣かなかった。私が蔵を守るのだ、という気負いで生きているように見えた。もし、うかつに手を出したら多鶴子の誇りを打ち砕いてしまうだろう。「きりきり」はゼンマイ人形だ。きりきり巻いてあるうちは、なにがあってもきりきりきりと動く。でも、ゼンマイは巻きすぎたら壊れてしまう。そんな危なっかしさを多鶴子は感じさせた。

だが、多鶴子の「きりきり」は父のせいでもあった。父の死後に借金が見つかったのだ。もちろん、これまでも家と蔵の建つ土地を担保に銀行や信金からの融資は受けていた。だが、父は後先を考えずおだてられるままに額を増やしていたらしい。その上、父は「雀醬油」の当主として、あちこちで「ツケ」で飲み歩いていた。それらも積もり積もって結構な額になっているという。蔵は倒産寸前だった。

一方、母の「ふわふわ」はいっそうひどくなったようだ。父の死を哀《かな》しむ素振りも見せず毎日ぼんやりしている。一人だけ別の世界に住む人のように見えた。そこは喜怒哀楽のない、ある意味幸せな世界だ。そんな母は家の中を漂いながらいつも通りに家事をした。父がいないからと言って手抜きなどしない。鼻歌を歌いながら洗濯をしてアイロンを掛け、節約しつつも美味《おい》しい料理を作った。

そして、家事をしていないときは父の遺《のこ》した絵をにこにこしながらずっと眺めていた。母はとても幸せそうで若やいで見えた。いや、若やいで見えるというよりは幼く見えるようになった、というのが正しいようだった。銀花は昔から思っていた。母の頭の中は自分よりもずっと子供だ、と。だが、今では頭の中身だけではない。もしかしたら見た目も子供なのかもしれない。

父が死んで以来母の持ち物はなに一つ増えていない。これまで母の持ち物はすべて父が買い与えていた。母は自分でなに一つ選んだことはないが、それに疑問や不満を感じていなかった。たぶんこの先一生、母が自分で自分の物を買うことはないような気がする。まるでペットだ。綺麗な籠《かご》の鳥、もしくは不自然なまでに改良された愛玩《あいがん》犬《けん》だ。人間に世話されるから生きていける。かわいがられる以外のことはできない。

一周忌の法要でも母はかわいらしかった。なにもせず静かに座っていた。多鶴子や桜子が苛立《いらだ》つのがわかったが、銀花は怒りよりも恐怖のほうが大きかった。父という支えを失った母は紙風船のようなものだった。風船だけど自分で浮くことはできない。誰かが遊んでくれるのを待っている。きれいだけど中は空っぽ。いずれは萎《しぼ》んでいく。雀の土鈴ならころころと転がっていけるが、風船は萎んだらそれきりだ。萎んだ風船はどうなるのだろう。父にかわいがってもらえなくなった母はどうなってしまうのだろう。

「美乃里さん、普段はあれだけめそめそしてたくせに、お兄ちゃんが死んだら全然泣けへんのやね」

「つんつん」の桜子が嫌みたっぷりに言う。最近、八つ当たりがひどい。多鶴子もなにも言わないがきっと同じ気持ちだろう。言い返さずに黙っていると、桜子は肩すかしを食らったのかむっとした顔をした。

「あんたも泣けへんよね。いつもへらへらして」

法要が終わって庭の柿《かき》の木を見上げた。今年は裏年なので枝が寂しい。いつもはやかましいくらいに鳥が来て食べるのに庭は静かだ。座敷童《ざしきわらし》もさぞ残念がっているだろう。

去年のことを思い出す。父が死んだ年は表年で柿は鈴なりだった。ひっきりなしに鳥が来て食べた。葬儀の日はよく晴れて、秋の陽に熟した柿が照り輝いていた。あのとき不思議な気持ちがした。人が死んだというのにこんなに秋は綺麗だ。陽だまりは暖かく、柿が実って、空が高くて、風が澄んで心地よい。父が死んだというのに世界は美しいまま、なにひとつ変わらない。これが父に対する世界の仕打ちなのか。

もう一度柿の木を見上げた。表、裏。表、裏。枝が折れそうなほど実る年もあれば今年のように隙間《すきま》だらけで実りの悪い年もある。いいことがあるなら悪いことだってあるのだろう。きっと今は悪いことが起こるときだ。ふくら雀の土鈴と同じだ。ころころと転がって行けば、きっと今度はいいことがあるに違いない。

ころころ、と心の中で呟《つぶや》いた。私はこれからどこへ転がって行くのだろう。

高校を卒業したらどこかで働くことになる。でも、どんな仕事をしたいのか、まだなにも浮かばない。一体自分になにができるのだろう。自分にはなんの才能もない。絵の才能もお土産の才能もない。もしあるとしたら食いしん坊の才能だけなのだ。

事件は一周忌の法要が終わって一週間ほどした頃に起きた。近所の食料品店から電話があった。受話器を握る多鶴子の顔色が見る見る変わっていった。

「申し訳ありません。ご迷惑をおかけしました。今すぐお伺いしますので」

一瞬で血の気が引いた。「ジェットモグラ」のときと同じだ。振り向いた多鶴子に反射的に言ってしまった。

「すみません」

多鶴子はまじまじと銀花を見ていたが、やがてその眼に激しい怒りが浮かんだ。

「銀花、あんたは今、なんで私に謝ったん？　私はなにも言ってない。なのに、あんたは私に謝った。電話の内容に心当たりがあったからやろ。美乃里さんのしたことに見当がついたからやろ」

「いえ、そういうわけやなくて……」

「前にも熨斗袋《のしぶくろ》を盗《と》ったことがあった。あれはただの間違いやなかったんか」

多鶴子の眼も口も音を立てて軋《きし》んでいた。きりきりではなくてぎりぎりだ。銀花は観念した。もう隠し通せない。正直に話すしかなかった。

「すみません。あの、母はときどき勝手に手が動いて……物を盗ってしまうことがあるんです」

「勝手に？　そんなしょうもない言い訳、誰が信じるん」

「ほんとです。お父さんも言ってました」

「あほらしい」多鶴子が吐き捨てるように言った。「で、美乃里さんは前にも人の物を盗ることがあったんやね」

「はい。でも、たまにです」

「たとえ一回盗っただけでも立派な泥棒や。とにかく、お店に謝りに行かな」

風の強い日だった。法要の日はあれほど晴れていたのにたった一週間で秋が終わって冬が来たようだ。冷たい北風が土手の上を吹き抜けて頬が凍りそうだった。

ああ、そうだ、と思い出す。一年前もこうやって多鶴子と二人で歩いた。大原杜氏の家にお悔やみに行ったときだ。

「で、いつからやの？　その美乃里さんの手が勝手に動くのは」

「昔からやと思います。私が小さいときにも何回かあって……」

「なんでそんな大事なことを黙ってたん？」

「すみません」

「大原さんのところ、明日くらいにお参りに行こうと思てたんやけどそれどころやないわ」

多鶴子が忌々《いまいま》しげに言って足を速めた。慌《あわ》てて後を追う。風が急に強くなって多鶴子のコートの裾《すそ》が翻《ひるがえ》った。地味な灰色のコートの裏地はずしんと重い焦茶色《こげちゃいろ》だった。蔵の暗がりで見る諸味《もろみ》の色、桶の底に溜《た》まる澱《おり》の色だ。

多鶴子は来年還暦だ。夫と息子に先立たれ、娘は綺麗だが遊ぶことしか考えていなくて、息子の嫁は泥棒で、たった一人の孫は血がつながっていない。

「情けない」

ぼそりと呟き、多鶴子がさらに足を速めた。母に向けられた言葉か、それとも多鶴子自身に向けられた言葉なのかわからなかった。

店に着くと母が泣きはらした眼で待っていた。多鶴子と歳《とし》の変わらない女の人がうんざりした顔で立っていた。話を聞くと、母は他の客の眼の前でハムの塊を一つ無造作に買い物籠に入れた。そのまま出ていこうとしたので慌てて呼び止めると途端に泣き出したという。

「雀醤油の若奥さんやからびっくりしました。別にキツいことは言うてないのに泣いてばっかりで」

白い前掛けで手を拭《ふ》きながら店の人が渋面を作った。

「うちの嫁が本当に申し訳ない」

多鶴子が深々と頭を下げた。銀花も頭を下げた。母がまた泣き出すのが聞こえた。

多鶴子と銀花は二人でひたすら詫《わ》び続けた。

ハムの代金を払って店を出た。しばらく三人で黙って歩く。人気のない土手の道まで来ると多鶴子が母を問い質《ただ》した。

「美乃里さん、なんでこんなことをしたん？」

「すみません。わかりません」

「わかりません、ってなに？　ちゃんとお金持ってたんやろ」

「すみません」

「なんであんなことをしたか、って訊《き》いてるんやよ」

「わかりません。すみません」母は同じ言葉を繰り返すだけだ。

「美乃里さん、あんた、私を虚仮《こけ》にしてるん？　理由があるんやったらちゃんと答えて」

多鶴子が声を荒らげると母がまためそめそ泣き出した。多鶴子の怒りは手に取るようにわかった。これまでに銀花が何度も経験してきたものだ。悔しくて恥ずかしくて情けなくて逃げ出したくなる。これなら自分が万引きして叱《しか》られたほうがマシだと思うくらいに。

だが、母が多鶴子に責められるのを見ていると胸が苦しくなっていた。母が悪いのだとわかっている。自業自得《じごうじとく》だと思えばいい。なのに、いたたまれない。もうやめて、と叫びたくなる。

――美乃里さんはかわいそうな人やから。

父の声が聞こえたような気がした。父なら迷わず母を庇《かば》うだろう。なにがあっても母を守るに違いない。

「多鶴子さん、お母さんは本当にわからへんのです。嘘《うそ》やありません」

「そんなことあるわけない。自分で自分のしたことがわからへんなんておかしい」

「ええ、母はおかしいんです。自分でもどうすることもできないんです。盗ってはいけないってわかってても、勝手に手が動いてしまうんです」

「尚孝はそう言って甘やかしたのかもしれへんけど、私は無理や」

先に帰る、と多鶴子は背筋を真っ直《まっす》ぐ伸ばしてすたすたと歩いていった。銀花は母と二人で土手の上に取り残された。

「ごめんね。ごめんね、銀花」母が銀花の後ろで泣き続ける。

二人きりになると突然なにもかも我慢できなくなった。わかっている。母は本当に嘘をついていない。盗るつもりはないのに盗ってしまう。そして、たぶん一生このまだ。自分は一生母の尻《しり》ぬぐいをさせられる。

突然涙が溢《あふ》れた。銀花は慌てて空を仰いだ。

お父さん、私はお父さんみたいに優しくなれない。お母さんに優しくできそうにありません。そして、もう笑うこともできません。それでも私は笑わなければいけないんですか。食いしん坊の女の子のように笑わなければいけないんですか。でも、もう笑う自信がないんです。

ねえ、お父さん。銀花は空をにらんだまま顔をぐちゃぐちゃにして泣き続けた。

その夜、多鶴子に呼ばれた。座敷を閉め切って二人だけで話をした。銀花は問われるままに子供の頃からのことを語った。

「じゃあ、あの人はここに来る前から、こんなことをやってたんやね。前に熨斗袋盗ったこともあったね。それ以外にもなにかあるん?」

「大原さんの帽子とか、鉛筆とか……あとは私の友達のキーホルダーとか、それから納戸《なんど》から勝手にカップを持ち出して自分の部屋に隠したり……」

「納戸のカップ? そんなん一声掛けてくれたらいいだけやのに。勝手に手が動くいうのは本当なんか」

「そうです。母に悪気はないんです」

「でも、外ではその言い訳は絶対にしたらあかんよ。勝手に手が動くなんて言うたら、頭がおかしくなったと思われるから」

多鶴子が母に「買い物禁止令」を出したので、銀花が日々の買い物をすることになった。石油ショック以来の物価高でなんでもうんざりするほど値上がりしている。だが、値上がりよりももっと怖いのは人の眼だった。母の万引きは商店街で知れ渡っていた。行く先々で冷ややかな視線を浴びせられ、ぐっと歯を食いしばる癖がついた。歩くときは自然とうつむき急ぎ足になった。

こんなの平気だ。いつものことだ。子供の頃から慣れている。母は夾竹桃《きょうちくとう》。毒花だ。とっくにわかっていたはずだ。なのに惨《みじ》めでたまらない。風が吹くだけで責められているような気がする。人の目を避けるように家に逃げ帰っても気の休まることはない。

桜子は怒り心頭だった。頬を真っ赤にして罵《のの》った。

「あたし、学校で恥かいたんやよ。どうしてくれるん？　身内に泥棒がいてるなんて堪えられへん。近所の人も絶対に噂《うわさ》してる。みんな美乃里さんのせいやん。お兄ちゃんはなんであんな人と結婚したんやろ？　お兄ちゃんは優しいから、美乃里さんにだまされたんやわ。かわいそう。きっと、今頃、お兄ちゃんもあの世で泣いてるわ」

「ごめん」

「あんたが謝っても仕方ないやん。あーあ。こんな家、もういやや。東京行きたい。銀座行きたい。原宿行きたい」

桜子は文句を言うだけ言うと家を出て行った。また、今夜も帰りが遅いのだろう。多鶴子が不機嫌になる。夕食の席を思ってうんざりした。

台所へ行くと、母はなにか口ずさみながら夕食の支度をしていた。銀花に気付くと嬉しそうに言った。

「銀花、今晩はね、尚孝さんが好きやった鶏肉《とりにく》の……」

「いい加減にしてや」

我慢ができず思わず手近にあったジャガイモを摑《つか》んで壁に向かって投げつけた。ジャガイモは床に落ちて転がった。母は呆気《あっけ》にとられた顔で銀花を見ている。そこで、我に返った。食べ物を粗末にして八つ当たりするなど最低だ。こんなみっともない姿を見たら父はなんと言うだろう。

なにも言わずに台所を出た。自分の部屋に入って食いしん坊の女の子の絵を見る。頑張って笑わなければ、と懸命に大きな口を開けた。すこし涙が出て来たので乱暴に拭《ぬぐ》ってさらに笑う。大丈夫。私は笑える。笑えばかわいい。お父さんはそう言ってた。銀花は懸命に笑い続けた。

母の事件のせいで大原杜氏への一周忌の挨拶《あいさつ》が遅れた。蔵の仕事で手の離せない多鶴子に言いつかって、銀花は一人で大原家に出かけた。

大原の死後、妻の福子は外へ働きに出るようになった。だが、長年主婦をやっていて一度も働いたことのない福子が稼ぐのは困難だったようだ。知り合いの飲食店を手伝いながら靴下工場で検品作業をしているという。以前は名の通り福々しかったが今は痩《や》せてぎすぎすして見えた。

挨拶をしたがひどく素っ気ない態度だった。夫が亡《な》くなった以上、もう雀醤油に頭を下げる理由はないというふうだった。

「そっちも大変みたいやね」

銀花をお嬢さん、とはもう呼ばなかった。皮肉めいた口調に胃が痛むような気がした。

「若奥さんのこと、噂になってますよ。なにせ、美人で評判やったから、みんなびっくりしてるみたいやね」

「……そうですか」

「尚孝さんはうちの亭主を誘って川で死ぬし、若奥さんは万引きするし。悪いことが続きはってお気の毒なことやよ」

もう皮肉どころではなく明らかな悪意が感じられた。銀花はなにも言い返せず頭を下げた。

母のことが噂になってから駅前でハッチーとのりちゃんとばったり会った。二人とも気まずそうにこちらを見たが、話しかけては来ない。銀花も声を掛けようとは思わなかった。

＊

年が明け、春が来た。

母は例年のようにタケノコ料理を作った。父がいないだけでなにも変わらない毎日のようだが、母の「ふわふわ」はすこしずつひどくなっているように思われた。

父の絵を眺めながらぼんやりしているかと思うと、急に父の革靴を磨いたりコートやら帽子に風を通したりする。張り切って父のシャツにアイロンを掛けることもあった。

　もうそれを身に着ける人はいない。父は死んだのだ。だが、それを母には言えなかった。母は買い物禁止だ。この上、父の形見まで取り上げたらどうなるだろう。母はもうなにもやることがなくなってしまう。それは母に死ねというのと同じだ。

　一方、桜子は高校三年生だというのに受験勉強も就職活動もしない。毎日「つんつん」しながら男たちと遊び回っていた。服装も化粧もどんどん派手になって香水の匂《にお》いもキツい。多鶴子が怒ってもどこ吹く風だ。

　父の三回忌が終わって数日経《た》った頃だ。夕食の後、銀花が自分の部屋で宿題をしていると、階下から桜子の甲高い声が聞こえてきた。

「嫌、そんなの絶対に嫌。あたしは好きな人と結婚する。婿《むこ》養子なんか取らん。醬油蔵なんて継がん。そんなん興味ない」

　行儀が悪いとは思いつつも、宿題の手を止めて耳を澄ませた。多鶴子の声も聞こえてくる。

「仕方がないやろ。尚孝があんなことになったんやから。あんたは婿養子を取って、この蔵を守って行かんと」

「そんなん古い。時代遅れや。あたしは絶対に蔵なんか継がんから」桜子が大声ではっきりと言い切った。

「桜子、今すぐていうわけやない。先の話や」

「婿養子なんかお断りや。死んだお父さんはずっと言うてた。婿養子やから頭が上がらんのや、って。そんなカッコ悪い亭主なんか持ちたない」

どんどんと乱暴に廊下を歩いていく音が聞こえた。音は玄関のほうに向かう。

「桜子」

多鶴子が呼ぶが桜子の返事はない。玄関戸が開いてすぐに大きな音を立てて閉まった。はめ込みの磨《す》りガラスが割れたのではないか、と心配になるくらいの勢いだった。思わず身をすくめた。

それきり家の中が静かになった。桜子は出て行ったらしい。宿題をする気が削《そ》がれてつくねんとしていると多鶴子が階段を上がってきた。

「銀花、入るよ」

襖《ふすま》が開いて多鶴子が疲れた顔で部屋に入ってきた。まさか婿養子の話が回ってきたか、と思わず身構えた。

「尚孝が死んで、あんたたちがここにいなあかん理由はなくなった。三回忌も済んだし、美乃里さんはまだ若い。いくら手癖が悪くても、きれいな顔をしてるからね。また尚孝みたいな変わり者が現れて結婚したいと言うかもしれん」

ここを出て行けということなのか。傷ついたが、心のどこかで当然かと思った。だれが泥棒と一緒に暮らしたいだろう。多鶴子の言い分はもっともだ。

だが、多鶴子はさらに言葉を続けた。

「でも、ここにいたければいてもかまわへん。美乃里さんは長男の嫁やし、あんたは長男の娘やからね。とにかく、あんたたちの好きなようにしなさい」

ここを出て行っても、母ならいずれまた新しい夫をみつけるかもしれない。かわいそう、と言ってくれる優しい男だ。でも、その男は父ではない。自分の父はたとえ血がつながっていなくても山尾尚孝だ。ふくら雀の土鈴をくれた父だ。

「銀花、あんたはどうしたいんや」

今、ここを出たなら母と二人きりで暮らすことになる。

――ごめんね。銀花。またね、お母さんの手が勝手に動いて。

母の尻ぬぐいをさせられて近所の人に白い目で見られるだろう。想像するだけでぞっとする。母はふわふわめそめそするだけだ。そんなの絶対に嫌だ。

「私はできたら、ここで暮らしたいです」

「そう。じゃ、ここにいなさい。美乃里さんにもそう伝えて」

あんまりあっさり言うので驚いた。

「いいんですか？　私は連れ子やし、母はまた物を盗むかもしれません」

「じゃあ、あんたは出て行きたいんか？」多鶴子がじろりと見た。

「いえ、ここにいたいです」

「じゃあ、いたらいい」

　多鶴子がうんざりした顔で言い捨てると部屋を出て行った。こんな簡単に決まっていいのか、としばらく呆然《ぼうぜん》としていると今度はいきなり襖が開いた。

「あれ、桜子さん、出て行ったんやないの」

　玄関が開く音はしなかった、いつ戻ってきたのだろう。

「ちょっと時間が早いから戻って来た」

　桜子は後ろ手にぴしゃりと襖を閉めると銀花の横にあぐらをかいた。行儀が悪かったが美少女がすると様になった。

「婿養子なんか絶対カッコ悪いやん。だから、親に結婚相手を決められる前に、自分で見つけようと思うんやよ」桜子はポケットから煙草《たばこ》を出した。「ほら、あんた、吸う？」

「ちょっと、桜子さん、煙草吸うん？」

「まあね。十八歳やったら普通やよ」

桜子は器用にマッチを擦って煙草に火を点《つ》けた。人差し指と中指で煙草を挟んで軽く下唇に乗せる。しばらくじっとしていたが、それからゆっくりと煙草を離すと煙を吐いた。思わず感心するほど格好よくて洋画の女優のようだった。きっと鏡を見て何度も練習したのだろう。

「煙草吸うんやったら自分の部屋で吸って。私、煙草、苦手やねん」

「ああ、ごめんごめん。あんた、男も煙草も経験ないもんねえ」

鼻で笑われてむかむかした。だが、言い返す言葉が咄嗟《とっさ》に出てこない。窓を全開にし、桜子をにらみつけた。

「その灰、どうするんよ。灰皿ないとこで吸わんといて」

すると、桜子はふふんと笑ってポケットから小さなブリキ缶を取り出し、銀花の机の上に置いた。わざわざ持ってきたらしい。他人の部屋に押しかけて不良を気取って得意そうに煙草を吸って、でも、ちゃんと灰皿は用意している。なんだか間抜けな感じがして思わず笑ってしまった。

「なんか文句でもあんの」

「別に」

ノートに挟んでいた下敷きを手に取る。わざとバタバタと大きくあおいで煙草の煙を窓のほうに吹き飛ばした。

「ねえ、桜子さん。私が多鶴子さんに告げ口したらどうするん？」

「好きにしたら？　お母さんがなに言うてもあたしは平気やし」

桜子が下敷きめがけて派手に煙を吐いた。思い切りあおいで、今度は窓ではなくて桜子に煙を押し返した。桜子は眉《まゆ》を吊《つ》り上げ乱暴に煙草の煙を吹きかけてくる。素早く下敷きであおいで煙を散らした。

すこしの間二人は真剣に戦った。だが、とうとう煙草が短くなると桜子は悔しそうにブリキ缶で揉《も》み消した。そして、思い出したように言う。

「ねえ、大原剛がさ、久しぶりに見たら背が伸びてたんよ。あれは相当のワルやわ。カッコいいんやなくて、暗くて怖いワル」

大原剛といえば杜氏のお悔やみに行ったときの印象しかない。小柄で黒い刃《やいば》のような眼をしていた。銀花の一つ下だから今は高校一年生か。たしかにあのときから荒《すさ》んだ雰囲気があった。あまり学校に来ていないのか。校内で見た記憶がない。まだ暴走族をやっているのだろうか。ジェットモグラをあげた子が不良になったかと思うとすこし胸が痛い。

「高校卒業したら短大行って、花嫁修業して、婿養子を取って蔵を継げ、って言うんやよ」

「え、なに」

大原剛のことを考えていたらいきなり話が戻ったので戸惑った。桜子は髪をかきあげ露骨にバカにした口調で言った。

「だーかーらー婿養子の話。あたしは絶対、お母さんの言いなりにはならん。無理矢理結婚させられるくらいやったら、死んだほうがマシやよ」

「やめてや。死んだほうがマシとか簡単に言わんといて」

思わず本気で言い返すと、桜子が呆《あき》れた顔をした。

「冗談も通じんの？　あんた、もうちょっと遊んだら？　家の手伝いばっかりやから年寄り臭くなるんやよ」

「ほっといて」

「ねえ、男の人、紹介したげよか？　遊びに連れてってくれるし、全部奢《おご》ってくれるよ」

「いいから。もう出てって。私、宿題するから」

ブリキ缶を押しつけ桜子を追い出した。音を立てて襖を閉める。一人になったので再び机に向かうが一向に集中できない。どれだけ数式をにらんでもすこしも解法が浮かばないのだ。諦《あきら》めてノートを閉じた。

ふくら雀の土鈴を掌《てのひら》に載せてころんころんと鳴らしていると、また襖が開いた。

「ちょっとあんたに頼みがあるんやけど」桜子はさっきより化粧が派手になっていた。

「家ではできん話やねん。相手がいるから」

「相手って？」

「あたし、困ってるんやよ。とにかくお母さんには内緒やねん。あんたやないと」

銀花の質問には答えず桜子が真面目《まじめ》な顔で言った。多鶴子に言えない相手とは彼氏だろうか。ケンカでもしたのか。別れ話がこじれたのか。

「私が行って役に立つん？」

「立つ立つ。頼むから一緒に来て」

仕方がない。行くことにした。玄関から出たら見つかるから、と桜子は靴を持ってきてこっそり二階の窓から屋根に出た。

「裏の竹林に下りられるようになってるんやよ」

突き出した庇《ひさし》の先で竹林が小高くなっている。飛び降りることもよじ登ることもできる高さだ。なるほど、ここから出入りしていたのか。玄関を開け閉めする音が聞こえなかった理由がわかった。

桜子に続いて庇から飛び降りた。二人で夜の真っ暗な竹林を抜けていく。足許《あしもと》に積もった竹の葉を踏むたびざくざくと音がした。銀花はその音ですら怖くてたまらないのに、桜子は平気で歩いていく。よほど慣れているらしかった。

「いつもは迎えに来てもらうんやよ。今日はあんたがいるから」

三十分ほど歩いて連れて行かれたのは街道沿いの「マッハ」という深夜営業の喫茶店だった。駐車場には何台もバイクが駐《と》まっている。バイクの周りには革ジャンを着た男たちが五人ほどいた。嘘みたいなリーゼントにしている者もいてみな煙草を吸っていた。

そこでようやく気付いた。この男たちは以前、桜子が話していた暴走族だ。思わず立ちすくんでしまった。ふん、と鼻で笑うと桜子がいきなり銀花の手をつかんだ。

「大丈夫。こっち来てや」

無理矢理にみなのほうに引きずっていかれた。暴走族の集会はニュースやドラマなどで知っているが、実際に見るのははじめてだった。ニュースでは年々、悪質、凶暴化している、と言っていた。マスコットをしていると言っていたが桜子は本当にこんな連中と付き合っているのか。もしかしたら、この連中に嫌がらせをされているのか。

それで助けを求めてきたのだろうか。どうしよう。こんな不良と話をつけられるだろうか。

「桜子さん、説明してよ。どういうこと？」

精一杯落ち着いているふりをしようとしたがやっぱり声が震えた。すると、突然桜子が大声で笑い出した。

「あはは、ごめん。あんたに誰か彼氏を紹介したげようと思て」

桜子の高飛車な笑い声を聞いた瞬間かっと頭に血が上った。こっちは真剣に心配していたのだ。それなのに、こんなだまし討ちのような真似《まね》は酷《ひど》い。

「帰る」

背を向け歩き出そうとすると、後で男が笑った。

「桜子の妹っていうからすげえ美人かと思てたら、なんやねん。がっかりやな」

続けてみなが笑う。男たちの嘲笑《ちょうしょう》が胸に刺さった。自分の容姿が桜子とは比べものにならないことくらいわかっている。惨めで悔しい。でも、それよりも腹が立つ。他人を嘲笑《あざわら》う人間が許せなかった。

「仕方ないやん。血はつながってないし」さらりと桜子が言う。

「それ先に言えや」

げらげらと男たちが笑った。たしかに血はつながっていない。でも、妹ではなくて「姪《めい》」だ。桜子は「叔母さん」だ。

恥かきっ子の叔母さんのくせに、と怒鳴ろうとしてなんとか言葉を呑《の》み込んだ。嫌がるとわかっていることを口にするなんてできない。たとえそれが真実であっても、嫌がらせをして満足する人間にはなりたくない。

「なに言うてんねん。そもそも妹ちゃうやろ」

隅っこにしゃがんでいた男が言った。はっと顔を見ると大原剛だった。剛はみなの顔を見渡して面倒臭そうに言った。

「オバサンやろ。桜子オバサン」

オバサン、というところをわざとらしく強調する。みなは驚いた顔で桜子と銀花の顔を交互に見ていた。

途端に桜子の眼が吊り上がった。加賀まりこみたいな眼で剛をにらみつける。

「バイクも持ってないくせに。生意気やよ」

「なんやと」

剛が立ち上がって桜子をじろりと見る。息を呑むほど暗い眼だった。他の男たちとは明らかに違っていた。剛がそこにいるだけで周りの空気がざらざら削られていくようだった。

「どっちでもええから仲よくしようや」

突然、大柄でリーゼントの男に腕をつかまれた。悲鳴を上げそうになったが堪《こら》えて冷静に言い返した。

「やめてや」

「ええやろ？　な」

腰に手を回され乱暴に抱きよせられる。たまらず男を突き飛ばした。

「なにすんねん」

男が怒鳴って銀花を捕まえようとした。逃げなければ、と思うが恐怖で一瞬足がすくんだ。そのとき桜子の鋭い声がした。腕組みして仁王立ちで怒鳴る。

「マサル、乱暴はやめてや。この子はあたしの連れや。無理矢理迫るような男に紹介できんわ」

マサルと呼ばれた大柄な男がしまった、という顔で桜子を見た。桜子はマサルに食ってかかった。

「あたしはこの子にいい男を紹介したげる、って言うて連れて来てんよ。それがなんやの。あたしに恥かかしたいん？」

桜子は本気で怒っている。桜子の気まぐれには慣れているがさすがに呆気にとられた。笑いものにするために連れてきたのかと思ったら、本気で「いい男」を紹介するつもりだったのか。敵か味方か。本当にわけがわからない。

「すまん、桜子」

マサルはすぐに桜子に詫びた。桜子は腕組みのまま微笑《ほほえ》んで許しを与えた。まるで女王様だ。本当に男を手玉に取っている。感心して見とれた。

「ありがとう」

桜子に礼を言ったが無視された。だが、すこしも腹は立たなかった。

桜子のおかげで助かったが一秒でも早く逃げ出したい。だが、マサルや他の男たちが追い掛けてきたりしないだろうか。一人になってから襲われたら、と思うと恐ろしい。ぐずぐずしていると、剛が苛々と怒鳴った。

「なにしてんねん。さっさと帰れや」

剛の眼はやすりのように荒々しくて見られるだけで身体がすり切れそうだ。たまらなくなって駆け出したとき桜子に呼び止められた。

「銀花、ちょっと待ちや」

え、と振り返ると、桜子は今度は剛に声を掛けた。

「あんた、この子を家まで送ってや」

剛が無言で桜子をにらんだ。桜子は気にするふうもない。

「一人で帰す気？　家、知ってるやろ」次に、マサルの方を向いて言う。「マサル、剛にバイク貸したげて」

「ええけど……」マサルが渋々剛にキーを渡した。「おい、事故ってバイクに傷つけたりしたら殺すからな。送ったらさっさと戻ってこいや」

物騒な言葉にぞっとする。バイクになんか乗りたくなかった。だが、桜子は銀花を押しやった。

「ほら、さっさと乗り」

剛がバイクにまたがって待っている。何ccあるのかはわからないが大きなバイクだ。新聞配達の人が乗っているものとはまったく違う。だが、こんな夜中に一人で歩いて帰るのは怖い。諦めて後ろに乗った。

そこではっと気付いた。剛は一つ年下、今年の春に高校に入ったばかりだ。十五歳か、十六歳か。不安になって確かめてみる。

「ねえ、ちゃんと免許あるよね」

「まさか」

降りる、と言う前にバイクが走り出した。今さら降りられない。怖いけれど必死でしがみつくしかなかった。桜子や不良はこんなことが面白いのだろうか。自分には無理だ。

汗と油と排気ガスの臭《にお》いがする。お尻が痛い。カーブのたびに左右に振られて吐きそうになる。もうダメだ、死ぬかもしれない。お父さん、と叫びそうになった瞬間ふっと気持ちよくなった。

風が耳許でうなって鼓膜がびりびり震える。自転車とは比べものにならない。こんなに速く走れるならどこへでも行けるような気がする。ここからずっと遠いどこか、母のいないどこかへだ。

今までバイクなんかやかましいだけだと思っていた。でも、今、乗せてもらってわかった。大きなエンジンの音、油の臭い、お尻から直接伝わってくる力強い振動は身体の中から厭《いや》な物を問答無用で吹き飛ばす。自分の中に詰まっている汚くてドロドロしたものを強制的に、暴力的に根こそぎ抉《えぐ》りとってくれる。まるで骨だけになったようだ。なんて気持ちがいいんだろう。

走り出したときはあれほど怖かったのに竹林が見えてきたときにはがっかりした。もう降りなくてはいけないのだ。結局どこへも行けなかった。また、この蔵での生活がはじまる。

なにも言わなくても剛は家からすこし離れたところでバイクを止めてくれた。礼を言って裏の竹林に向かうと、剛が後ろから慌てて呼び止めた。

「どこ行くんや」

「竹林抜けたら、家の人に見つからんと部屋に戻れるんやよ」

二人で竹林を見上げた。月が雲に隠れてあたりは真っ暗だ。竹林は黒々とした塊にしか見えない。ざわざわとかすかに揺れ動いている様はまるで生きているようだ。ここを一人で抜けていくのか、と思うと急に足がすくんだ。

しゅぽん、と音がした。横でぽっと明かりが灯《とも》った。剛の手の先に火が燃えている。ライターの火だ。

「ほら」

ライターを持つ手を真っ直ぐ前に突き出して剛が面倒臭そうに言う。

「ありがとう」

剛の照らすライターの火を頼りに恐る恐る竹林に足を踏み入れた。慣れた竹林だ。眼をつぶっても歩けるような気がしていた。なのに、実際は全然違った。暗闇《くらやみ》の恐ろしさは理屈ではない。

ふいに煙草の匂いが流れてきた。見ると宙に小さな灯りが浮いている。ライターの細長い火とは違い煙草の火は丸くて赤い。蛍みたいだ、と思った瞬間勝手に口が動いた。

「私、蛍の浴衣を持ってるんやよ」

言ってから自分でも驚いた。本当は持っていない。あれは絵だ。剛は黙っている。反応がないと嘘を見抜かれたようでいたたまれなくなった。

「今のは嘘。本当は持ってない。お父さんが蛍の浴衣を着た私の絵を描いてくれただけ」

やっぱり返事がない。二度目も無視されてすこしだけむっとした。なにか一言くらい返事してくれてもいいではないか。くだらない嘘をついた自分にも愛想のない剛にも腹が立つ。もういい、と思った。この男には二度と話しかけない。

それでも、暗闇の中では剛のライターと煙草の火だけが頼りだ。小さな火だから離れると届かない。剛の横をぴったり歩くしかないのだ。寄り添ったまましばらく無言で歩いた。

「よかったな」剛がぼそりと言った。

一瞬わけがわからず戸惑った。だが、さっきの絵のことを言っているとわかると急にどきりと心臓が跳ね上がった。

「ありがとう」

横に蛍の火がある。ほんの小さな火なのに身体中が暖かい。心も身体もふわふわ軽くなったような気がする。なんだか頼りない足で積もった竹の葉を踏みながら歩いた。竹の根につまずかないようそろそろと足を運ぶ。銀花の足音はかさこそと小さくて剛の足音はぐしゃぐしゃと大きい。

「もうちょっと静かに歩いてよ。多鶴子さんに気付かれる」

小声で言った。返事はないが剛の足音が小さくなった。また、黙って歩き続ける。やがて、竹林を抜けた。すぐ先に庇がある。

「あそこから屋根伝いに部屋へ戻るんやよ」

返事はなかった。剛はあっという間に行ってしまった。

「ありがとう」

真っ暗な竹林に向かって小声で言った。聞こえていないのはわかっていたがそれでもやっぱり言うべきだと思った。

部屋に戻っても灯りを点ける気がせずしばらく暗闇でじっとしていた。やがて、雲が切れて月がのぞいた。かすかな月の光で壁の父の絵が見えた。

「あんた、誉《ほ》められたよ」

絵の中の食いしん坊の女の子が嬉しそうに笑った。

布団《ふとん》に入ったものの眼が冴《さ》えて眠れなかった。まだすぐそこに小さな赤い火が見えるような気がした。剛は今夜、何度も何度も銀花を助けてくれた。

——よかったな。

剛の言葉が忘れられない。ただの相槌《あいづち》なのに嬉しくてたまらない。まるで父の絵が誉められて認められたかのような気がする。布団の中でごろごろ転がりながら剛の言葉を反芻《はんすう》し続けた。

翌朝、顔を洗っていると、桜子があくびをしながら起きてきた。いつの間に帰って来たのだろう。

「剛、ちゃんと送ってくれた?」何食わぬ顔で訊いてくる。

「うん」

「で?」

「で、って?」

訊き返すと、桜子が呆れたような顔をした。

「まさか送ってもらっただけ? キスもしてないん?」

「そんなんするわけないやん」

思わず大きな声で言い返すと、桜子がニヤニヤしながら銀花の顔をのぞき込んだ。

「どうしたん？　急に顔、真っ赤やん」

慌てて鏡を見る。たしかに赤い。頬に手を当てると自分でびっくりするほど熱かった。昨日のことを思い出しただけなのに一体どうしたのだろう。すると、桜子がさもおかしそうに笑った。

「バイク乗せてもらったくらいで赤くなってるん？　カッコワル」

やっぱり意地悪だ。むかっときた。言い返したいが頬の熱さが桜子の正しさを証明している。

「ほっといて」

もう一度顔を洗った。冷たい水を顔に叩《たた》きつける。気がつくといつの間にか鼓動も激しくなっていた。やけになってばしゃばしゃ水を飛び散らせて顔を洗っていると、ふいに美味しそうな匂いがした。

朝からなんだろう、と洗面所を出てはっとした。これはニンニクだ。ニンニクを油で炒《いた》めたときの匂いだ。桜子も廊下で怪訝《けげん》な顔をしている。

「朝っぱらからなんやの？　美乃里さん、こんな早くからお料理の仕込み？」

厭な予感がした。桜子を押しのけ食堂へ急ぐと、食卓にはもうご馳走《ちそう》が並んでいた。ベーコンとジャガイモとキャベツとパセリのサラダ、それに、紅茶で茹《ゆ》でた豚肉だ。銀花は絶句して食堂の入口で立ち尽くした。後から来た桜子も驚いたように大きな声を上げた。

「え？　朝から？　今日、なんかあるん？」

二人で呆然としていると、背後で声がした。

「あら、二人とも起きたん？　おはよう」

母がニンニクの匂いのする皿を運んできた。湯気の立っているアサリとベーコンの蒸し物だった。

「お母さん、これ……」

「美味しそうでしょ？　ほら、早く席について」

母がにっこりと微笑んだ。普段となにひとつ変わらない笑みだった。そこへ、多鶴子がやってきた。そして、食卓を一目見て顔色を変えた。

「美乃里さん、これは……」

「おはようございます。冷めないうちにどうぞ」

母は相変わらずにこにこしている。だが、みなの顔はひきつっていた。一目でわかったからだ。今、食卓に並んでいるのは全部父の大好物だったものだ。しばらく誰もなにも言わなかった。最初に口を開いたのは桜子だった。

「あたし、ニンニクはちょっと。学校あるし」

「そう？　残念。じゃあ、他のをたくさん食べてね。今、スープを持って来るから」

多鶴子が無言で席に着いた。銀花も桜子もそれに倣《なら》った。やがて、母がトマトと玉ねぎのスープを運んできた。思い切って訊いてみる。

「お母さん。朝からこんなご馳走作ってどうしたん？」

「これね、みんなね、尚孝さんの大好物やねんよ」

「うん。それは知ってる。でも、なんで？」

「なんで、って……だって、尚孝さんが好きやから……」母が困った顔をした。みな、まじまじと母の顔を見た。多鶴子も桜子も顔から血の気が引いていた。母は大真面目な顔で続けた。

「だって、死んだから作らへんなんて、尚孝さんがかわいそうでしょ」

それを聞いてすこしほっとした。よかった、母は父が死んだことはわかっているらしい。そっと多鶴子の顔を見た。わずかだが安堵《あんど》の色がうかがえた。多鶴子も同じ考えのようだ。

「美乃里さん。尚孝の好物は結構やけど……」多鶴子が歯切れの悪い声で言った。「朝御飯にしてはちょっと大層やよ。こういうのは晩御飯にして」

母がしゅんと下を向いた。ここでめそめそされては困る。大きな声で「いただきます」を言って紅茶豚に手を伸ばした。その勢いに釣られて桜子も手を伸ばす。紅茶豚は父だけの好物ではない。本当はみんな大好きなのだ。仕方ない、といったふうに多鶴子も箸《はし》を取った。それからは、みな、黙々と食べた。味は申し分なかった。微笑みながらそれを見守る母は本当にかわいらしく見えた。

朝から満腹になった。かなりの量のご馳走だったがだれも残すことができなかった。結局、文句を言いながらも桜子はニンニク風味のアサリを食べた。紅茶を淹《い》れましょうね、と母が食堂を出て行くと、多鶴子が低い声で呟いた。

「泣き喚《わめ》いてくれたほうがマシやわ。一体あの人、なに考えてるん？」

「美味しいけど、こんなん朝から食べてたら太るわ」さすがの桜子も困惑を隠せないようだった。

多鶴子の言うとおり泣き叫んで哀しんでくれるほうがマシだ。でも、母は見た目はかわいらしい夾竹桃のまま腐っていっている。まるで、自分で自分の毒に冒されていくようだ。毒が完全に回ったらどうなる？　母はどうなってしまうのだろう。

念入りに歯磨きをして、桜子と二人で家を出た。歩きながら、桜子は何度も口に手を当て息を確かめている。

「どう？ やっぱりニンニクの匂いする？」

「さあ？ 私も食べたからわからん」

「ニンニク臭い女やと思われたらどうしよ」桜子がすこし困った顔をした。

「あれ？ 珍しいよねえ。桜子さんが男の眼を気にするなんて」

「別に気にしてるわけやないし。ま、年上の男とお金目当てで付き合ってるだけやから」

桜子は早口で言うとさっさと行ってしまった。

一人になると竹林を見上げた。朝陽が差し込んで竹がきらきらと輝いている。やっぱり夾竹桃よりも竹が好きだ。竹はピンクのかわいい花など咲かせない。でも、毒もない。夾竹桃のように真夏にふてぶてしい花を誇らずひっそりと涼しい陰を与えてくれる。

ニンニク料理が今朝でよかった、と思った。もし昨日の夜だったらニンニク臭いまま剛に会うことになっていた。ニンニク臭い口で背中にしがみついたり並んで歩いたりなど想像するだけで恥ずかしくて顔が熱くなった。

その日、桜子は学校から帰ってこなかった。遅くなるのはいつものことだと心配しなかったが日付が変わる頃になるとさすがに多鶴子も慌てた。桜子の部屋を見ると手紙が残されていた。

お母さんへ。私は自由な女です。好きな男と暮らします。捜さないでください。

手紙を読んだ多鶴子は真っ青になり銀花を捕まえて怖い顔で訊いた。

「銀花、あんた、なにか心当たりは？」

「詳しいことはなにも。でも、年上の男の人と付き合ってる、って言ってました。お金持ちらしいです」

「お金のことなんか口にしてみっともない。ほんとにあの子は……」

多鶴子は捜索願を出して心当たりをあちこち捜した。なにか手がかりはないかと銀花は桜子の部屋を調べた。すると、身の回りの物はほとんど残されていた。なくなっていたのは桜子が「よそ行き」と決めていたワンピース、コート、バッグ、靴といったものだった。「普段使いの安物」はすべて置いて行ったとわかると多鶴子がげんなりした顔で言った。

「きっちりしてるのか、だらしないのか、さっぱりわからんわ」

一向に桜子の行方はわからなかった。暴走族と付き合っていたことは警察に伝えた。警察は桜子のことを訊きに行ったが、彼らはなにも喋《しゃべ》らなかったという。

心配する多鶴子を見ていると居ても立ってもいられなくなった。なんとか手がかりを見つけたい。やはり怪しいのは暴走族だ。たとえ、彼らがなにか知っていたとしても警察が訊いたのでは警戒して喋るわけがない。

翌日、高校の帰りに大原剛の家を訪れた。留守だったので家の前で帰りを待った。遅くなってようやく剛が帰ってきた。銀花に気付くと一瞬足を止めてじろりとにらんだ。刺すような眼だ。思わず足がすくんだ。

「あの、頼みがあるんやけど」

無視して家へ入ろうとするので腕をつかんで引き留めた。剛は露骨にうっとうしそうな顔をした。

「桜子さんが家出してん。男の人と一緒やと思う。暴走族の人らがなにか知ってるかもと思って、訊きに行こうと思うんやけど一人で行くのが怖くて。ついてきて欲しいんやよ」

一息に言った。自分でも厚かましいと思う。でも、剛しか頼る相手がいなかった。

「ほっとけや。男と別れたら帰ってくるやろ」

「そうかもしれへんけど、なにかあったら困るし。多鶴子さんも心配してるんやよ」

「俺は忙しいんや。さっさと帰ってくれ」

乱暴に腕を振り払われて思わずよろけた。剛がしまった、という顔をする。

「お願い」

「断る。帰れ」

剛が怒鳴った。一瞬、身がすくんだがここで負けるわけにはいかない。足を踏ん張って剛をじっと見た。剛は舌打ちしてポケットから煙草を取り出した。セブンスターだった。銀花をにらみながら火を点ける。

「ねえ、学校に煙草を持っていっているん？　見つかったらどうするん？」

「ほっとけ」

横を向いて煙を吐いた。その様子がわざと悪ぶっているように見えた。

「お願い。今夜だけでいいから。他に頼める人がおらへんのよ」

懸命に頼んだ。剛は鬼のような形相でにらんでいたが大きな舌打ちをした。

「今回だけや」

「ありがとう」

その夜、剛と一緒に集会に行った。ポケットに小さな懐中電灯を忍ばせていく。夜中に竹林を歩くときのためだ。ほら、と剛に示すと鼻で笑われた。

剛はバイクを持っていないので二人で歩いて「マッハ」に向かった。黙っていると気詰まりなので話しかけてみる。

「お姉さんは？　高校卒業してどうしはったん？」

「大阪で就職した。寮に入って働いてる」

返事はあったもののとりつく島のない口調だったので、それ以上なにか訊くことはできなかった。仕方なしにずっと無言でひたすら歩き続けた。

ようやく「マッハ」の駐車場に着いた。駐車場にはバイクが並んでいる。リーゼントの男たちが一斉に銀花を見て駆け寄ってきた。銀花はあっという間に囲まれてしまった。みな殺気立っている。

「おい、桜子はどうしたんや」

「桜子さんは家出したんです。相手を知ってたら教えてください。たぶん、みなさんのお仲間やと思うんですが」

逃げ出したいのを我慢して口を開いた。すると、男たちが口々に叫んだ。

「お仲間？　俺らのか？　まさか」

「桜子には腹が立ってるんや」

「ばかにしやがって」

男たちの怒りは尋常ではない。一体桜子はなにをやらかしたのだろう。落ち着け、と自分に言い聞かせた。

「あの、なにかあったんですか」

「なにかやない。さんざん奢らせて消えたんや。あいつの被害者、何人いると思てるねん」

マスコットには手を出さないというルールを逆手に取り、桜子は思わせぶりな態度で裏でこっそり男たちに貢《みつ》がせていたという。なにも知らない男たちはみな、桜子は自分だけのものだと信じていた。だが、桜子は貢がせるだけ貢がせて消えた。男たちはだれも桜子の本命を知らなかった。

「このままやったら気が治まらへん。おまえでええわ」

桜子に虚仮にされたことを知って怒りはすさまじかった。男たちの眼が嫌な色に光った。慌てて逃げようとしたら腕をつかまれた。この前のマサルとかいう男だ。

「おい、やめろや。しょうもないことすんなや」剛が怒鳴った。

「うるさい、おまえは黙っとけ」マサルが嘲笑った。

「離してや」

男の手を振り払おうとしたが力では敵《かな》わない。なんとか身をよじって逃げようとした。すると、剛がいきなりマサルの顔を殴りつけた。不意を突かれたマサルはよろめいて尻餅《しりもち》をついた。

「なにすんねん」

マサルが起き上がり剛に殴りかかった。他の連中も剛を取り囲んで殴ったり蹴《け》ったりしはじめた。

「なにしてんねん。早よ行け」剛が叫んだ。

弾《はじ》かれたように駆けだした。このままでは剛が危ない。途中の公衆電話で一一〇番通報をし、自販機の陰に隠れて待った。しばらくするとパトカーの音が聞こえてきた。眼の前を何台も通過していく。その直後、遠くでバイクのエンジン音がした。散り散りばらばらに遠ざかって行く。みな、逃げ出したようだ。

剛は逃げられただろうか。前みたいに取り残されていたらどうしよう。剛だけが補導されるようなことになったらどうすればいいのか。

自販機の陰から飛び出すと「マッハ」の駐車場を目指して駆けた。もし、剛だけが捕まっていたら事情を説明するつもりだった。自分が頼んで連れて行ってもらったこと。自分を助けるためにケンカになったこと。剛はなにも悪くないということを警官にわかってもらわなければならない。

息を切らせて「マッハ」まで戻った。だが、駐車場は無人だった。バイクも車も一台もない。念のため店をのぞいた。太った矢沢永吉のような男がカウンターの中にいた。

「あの、さっきまでここにいた人たちは……」

「ああ、みんな逃げたで。今夜は戻ってこんやろ」

「そうですか。ありがとうございました」

今度はきちんと逃げられたらしい。ほっとして家に戻った。懐中電灯で竹林を照らしながら歩く。無事に窓から部屋に入ると思わず大きな息を吐いて座り込んでしまった。

今日はいろいろなことがあった。剛の家に押しかけ、暴走族に襲われかけ、生まれてはじめての一一〇番をした。まだドキドキしているような気がする。桜子なら平気だろうが自分は無理だ。やっぱり向いていない。

剛にはまた迷惑を掛けてしまった。明日、謝らなければ、と窓から外を見ていると竹林の中に赤いものが光った。まさか、と心臓が跳ね上がる。慌てて窓から抜け出した。今度は懐中電灯を持つのも忘れていた。裸足《はだし》のまま屋根伝いに竹林に向かう。冷たい竹の葉を踏みながら赤い灯を目指した。

「大丈夫やった？　怪我《けが》は？　うまく逃げられた？」早口で訊いた。

「いっぺんに訊くなや」剛の声だ。

近寄って剛の顔を見る。煙草の火でぼんやりと見えるだけだが、すこし頰が腫《は》れていて鼻血の跡があった。

「ごめんなさい。私があんなこと頼んだから」

「関係ない。抜ける抜けんで前から揉めてたんや」

「え、ほんと？　絶対に抜けたほうがいいよ。あんなとこおっても、一つもええことないって」

勢い込んで言うと、剛が舌打ちして横を向いた。

「ごめん、偉そうに」

あんなとこ、は言い過ぎだ。素直に詫びた。だが、返事をせずに剛はあっという間に行ってしまった。竹林に残ったのはセブンスターの匂いだけだった。

桜子がいなくなって一ヶ月が過ぎたが、行き先はわからないままだ。多鶴子と銀花はキタやミナミ、天王寺界隈《かいわい》の盛り場を捜し回ったが手がかりはなかった。多鶴子はため息の数が増え眼に見えて痩せた。

母は相変わらずのふわふわだった。毎回、父の好物やら手の込んだ洋食やらを作り続ける。今では毎日、朝食はパンだった。「尚孝さんが好きやったから」と母が繰り返すので、とうとう多鶴子は諦めた。食卓に熱い紅茶とパンとバターと蜂蜜《はちみつ》が並ぶと、多鶴子はなんとも言えない顔をした。

桜子のいなくなった食卓は妙に侘《わび》しかった。今になってわかる。桜子は我《わ》が儘《まま》な女王だったが場を華やかにしていた。銀花や多鶴子は白黒テレビだが桜子はカラーテレビだった。母はどちらだろうと考えてどちらでもないという結論になった。母はテレビではない。綺麗で寂しい幻灯機か、おもちゃの脆《もろ》い万華鏡《まんげきょう》だ。

桜子のいない生活にすこし慣れてきた頃になって、突然手紙が来た。消印は東京だった。

元気でやってます。心配しないでください。毎日楽しくてとても幸せです。

多鶴子は眉を寄せ、じっと手紙を見つめていた。

「とりあえず生きてるみたいやね」

赤い眼で言う。手紙を封筒に戻しテーブルの上に置いた。老眼鏡を外す手が一瞬震えた。

多鶴子は早速警察に相談に行った。だが、消印は東京駅前の郵便局なので居場所の手がかりにはならないと言われただけだったらしい。

疲れ切った顔で戻ってきた多鶴子に熱いお茶を淹れた。

「今頃どこでなにしてるんやら。どうせ、浮かれて遊んでるんやろうけど」

「お金には困ってないみたいですね」

「金持ちの男を捕まえたんやろうね。我が子ながら情けない」多鶴子は額に深い皺《しわ》を寄せたままお茶を飲んだ。湯呑みを持つ手はやっぱり震えていた。「今から思えば、みんな私のせいなんやろね。子供を二人とも甘やかしすぎた」

「桜子さんは甘やかしてたかもしれませんが、父に対しては違うのでは?」

桜子に対しては文句を言いつつも甘かった。服やら自転車やら、欲しがる物をなんでも買い与えていた。しかし、父に対してはいつも小言ばっかりだった。

「尚孝は優しいけど、生活力はすこしもなかった。絵を描くと家を飛び出したはいいけど、暮らせるはずもない。月に一度はお金の無心に来てた」

「そんな話、はじめて聞きました」

「そらそうやろうね。尚孝は見栄《みえ》っ張りやから、絵で食べていけんから親に助けてもらってるなんて顔に出さん。美乃里さんは家計なんかまるで興味がないやろうし」

父母と三人で暮らしていた頃を思い出した。父はふらりと旅に出かけ、そのたびにおみやげを持って帰ってきた。住んでいたのは小さな文化住宅で特段の贅沢《ぜいたく》をしていたわけではない。だが、父の絵が一枚も売れた様子はないのに、母は働きにも行かずいつも手の込んだ料理を作っていた。

「じゃあ、お金は全部、多鶴子さんが出してたんですか」

「私やない。こっそりと死んだ亭主が出してた。私は薄々気付いてたけど知らんぷりやった。婿養子に来てもらったという引け目があったからね。あのとき、きっちり意見をしてたら、と今になって思うんや。いずれは蔵を継いでもらわなあかんから、と尚孝を甘やかしたのが間違いやった」

「すみません」

「あんたが謝ることやない」

「でも、母も私も、なんも知らんと好き勝手に暮らしてて」

「お金の心配は親がするものや。子供がすることやない」

二煎《せん》目のお茶を淹れた。多鶴子に勧める。

「お金の無心やから手ぶらではまずいと思ったんやろうねえ。尚孝はこっちに帰ってくるときは手みやげを持ってきた。お菓子のときもあったり、桜子に小物を買ってくることも多かったね。この辺では売ってない気の利《き》いた洒落《しゃれ》た小物やったから、桜子は大喜びしてた」

「学校でも自慢してたそうです。ハンサムで優しい兄がいてる、って」

「本当の父親は年寄りやったからね。尚孝みたいな父親が欲しかったんやろ」

なるほど、銀花が山尾家に来た当初、桜子がやたらと突っかかってきた理由がわかった。桜子は兄を盗られたように感じていたのだ。盗った相手はそれほどかわいくもなく、しかも兄の実の子供ではなかった。赤の他人のくせに兄にかわいがられている、と嫉妬《しっと》したのだろう。

「多鶴子さん。桜子さんなら大丈夫やと思います。こんな言い方したら悪いけど、男にだまされて泣くタイプやない。男をだまして泣かせるタイプです」

「あんた、ずいぶんズケズケ言うんやね」

「すみません。でも、本当にそう思うんです。文句も多いし自分勝手やけど自分の始末は自分でつける人です」

「誉めてるわけやないね」

「けなしてるわけでもないです」

多鶴子の渋面がほんの一瞬緩んだ。それから、おもむろに茶を飲んだ。今度は手は震えていなかった。

「あんたの言うとおりやね。心配しても仕方ない」そこで、じっと銀花の顔を見た。

「で、あんたは？　駆け落ちの予定は？」

「ありません」

「それで、あんたはこの先どうするん、来年は高三やろ。将来のことを考える必要がある。美乃里さんはあんなやから頼りにならんよ」

「私は高校を出たらここを出て働きます。この家に迷惑を掛けることはしません」

「違う。誰も迷惑やなんて言うてない。ちゃんと私の話を聞きなさい。この先どうしたいか、っていうあんたの気持ちを訊いてるんやよ」多鶴子がぴしりと言った。

「自立したいです」

「自立ねえ。最近は女の自立が流行《はや》ってるみたいやけど、自立ってなんやの」

ちょっとバカにしたような口調だった。

「自分でお金を稼いで生活していくことやと思います」

「たしかにそれは大事。でも、当たり前のこと。どんなふうに自立するかが大事なんやよ」

　高校を出て働くとは言ったがどんな仕事に就きたいかはっきりしない。自分にはなにができるのだろう。大抵のことは人並みにこなせるとは思うが、それは人並み以上の物がなにもないということだ。

「大学出ても尚孝みたいになる子もいるしね。あの子は弱い人間やった。責任を取ることが怖くて、挙げ句お酒に逃げた」

「違います。お父さんは弱い人やない。血のつながってない私を育ててくれたんです。責任感が強かったからです」

　むっとして強い口調で言い返した。父を悪く言われることは我慢できなかった。多鶴子は眼を丸くして銀花を見た。

「あんたには悪いけど、それは責任やない。ただ流されただけ。結局、蔵の仕事は投げ出した。辛抱のできんかった子やよ」

「そんな言い方せんといてください。お父さんはちゃんと私をかわいがってくれたんです。お醤油造りはできへんかったけど、おみやげの才能があったんです。それに、食パンの耳を紅茶に浸《つ》ける才能もありました。誰にも負けない才能があったんです」

思わず声を荒らげた。激しい口調に多鶴子はすこし気圧《けお》されたようだった。だが、ひとつため息をついて、気を取り直した風に言葉を続けた。

「ここは醬油蔵や。この家に生まれた以上、醬油造りができんかったら意味がない」

「意味がない？　そんなひどいこと言わんといて。お父さんがかわいそうです」

「私はほんとのことを言うてるだけや」

眼の前がにじんだ。わかっている。多鶴子の言うことは正しい。たしかに父は逃げた。絵の才能がないことなんて自分でもわかっていたのに、それでもロシアの草原を夢見た。

でも、私は知っている。たとえ才能がなくても父は絵が好きだった。父がどれだけ絵を描きたかったか私はよく知っている。だから、父が心置きなく絵が描けるよう、もっともっと醬油造りを手伝ってあげればよかった。そうすれば、父だっていつかは思うような絵が描けたかもしれない。

――銀花、お父さんを助けてくれるか。

――うん。お父さんを助ける。

ああ、と心の中で呻《うめ》いた。昔、父と約束した。醬油造りを手伝って父を助ける、と。でも、その約束を守れなかった。結果、父は緩慢な自殺を遂げた。

そのとき、ころん、ころん、と頭の中で音がした。ふくら雀の土鈴の音だ。

自分が転がり出すのがわかった。そうだ、醤油だ。醤油を造ればいい。なぜ今まで気付かなかったのだろう。今度こそ約束を守ろう。これが私のやるべきことだ。父が投げ出したのなら私がやり遂げる。私は山尾尚孝の娘なのだ。雀醤油の当主の娘だ。

「じゃあ、お父さんができなかったぶん、私が醤油を造ります」

「あんたが？」多鶴子が呆気にとられた顔をした。

「はい。私は山尾家の血筋やありません。資格がないのはわかってます。でも、蔵をやります。お父さんの代わりにちゃんと造ってみせます」

「なんで、いきなりそんなことを言うんや」

「思い出したんです。昔、私はお父さんと約束したんです。お父さんを助ける、って。醤油造りを手伝う約束をしたんです」

「そんなん子供の約束やろ」

「子供の約束でも約束は約束です。私はこれ以上お父さんとの約束を破りたくないんです。お父さんが死んだからと言って、約束を破るような卑怯《ひきょう》な人間にはなりたくないんです」

多鶴子は険しい顔で銀花をにらんでいる。口許の皺が震えていた。

「お願いします。多鶴子さん。私に醤油を造らせてください」

だが、多鶴子は答えない。

「血がつながってないからですか？」

すると、多鶴子が小さなため息をついた。それから、すこし疲れた口調で言う。

「はっきり言うと、そうやね。あんたは尚孝がかわいがってた娘やけど、私とはなんの血のつながりもない、よそ者や。これまで山尾家の血が入ってない人が蔵を継いだことはない。無理や」

よそ者扱いにずきっと胸が痛んだが、無理と言われてそれ以上に頭に血が上った。

「今まで私もそう思てました。私は山尾家とは血のつながりがないから、醤油造りを仕事にするなんて考えもしなかった。でも、わかった。私はよそ者で結構です。そんなことは蔵の仕事には関係ない。それに、私、座敷童を見たんです。よそ者でも見たんです。それって資格になりませんか？　私かて醤油を造っていい、て座敷童が言うてくれたんやと思います」

「座敷童の話はやめて」多鶴子が血相を変えて声を荒らげた。

「見たんです、私」負けじと大声で言い返した。

「あんたは自分の不幸を逆恨みしてる。別に醬油が造りたいわけやない。かわいそうな子やと言われたない、尚孝の仇討《あだ》ちがしたい、と意地を張ってるだけや」

「じゃあ、多鶴子さんはなんで醬油を造ってるんですか」

「そんなもの理由はない。私はこの蔵に生まれた。それが家業というものや」

「血がつながってなくても私はお父さんの娘です。よそ者の私の家業も醬油造りです」

銀花は腹の底から怒鳴った。生まれてから出した一番大きな声だった。多鶴子が一瞬気圧されてひるんだがすぐにキリキリ唇を嚙《か》みしめた。

黙ってしばらく二人でにらみ合った。多鶴子はため息をついて眼を庭に向けた。黙って柿の木を見ている。

「どんなに言うても、あんたの決心は変わらんみたいやね」

「はい、変わりません」

多鶴子がじっと銀花を見た。腹を立てているようで、諦めているようで、でも、なにか怯《おび》えているようにも見えた。多鶴子はもう一度柿の木に眼を遣《や》った。そのまま、銀花を見ずに言う。

「じゃあ、尚孝の代わりにやってごらん」

「はい、ありがとうございます。あと、もう一つ、いいですか」

「今度はなんやの」

「蔵の仕事は責任を持ってやります。でも、婿養子を取るのは嫌です」

「あんた、もう他に当てがあるん？」

多鶴子が眉をひそめて咎《とが》めるような口振りで言った。

「いえ、当てなんかありません。ただ、蔵のために結婚する気はありません。相手に失礼やと思うんです」

すると、多鶴子が思わず腰を浮かせた。銀花を上からにらみつけた。思わずびくりとした。凄《すさ》まじい眼だった。ぎらぎらと憎しみと怒りに燃えている。

「失礼って……なんも知らんくせに生意気言わんといて。私は蔵のために婿養子を取ったんや」

ぶるぶると震えながら多鶴子が叫んだ。その形相に思わず息を呑んだ。いつも厳しい人だがこんなにも怒りをあらわにするのははじめてだ。

「すみません。多鶴子さんを否定してるんやないです。でも、私は蔵のためとか同情とかで結婚したくないんです」

多鶴子はすこしの間銀花をにらみつけていたがやがて腰を下ろした。ふうーっと大きな息を吐いてから口を開く。

「尚孝が同情で美乃里さんと結婚したから、今のあんたがいるんやけど」

「お父さんには本当に感謝してます」

父が願っているのは私が幸せになることだ。蔵のために犠牲になることでもなく好きでもない相手と結婚することでもない。

多鶴子はしばらく黙って考えていたが、やれやれと言ったふうにため息をついた。

「あんたも桜子と同じことを言う。でも、それが、今どきの考え方なんやろね。私にはさっぱり理解できへんけど」

「生意気言ってすみません。でも、蔵の仕事と結婚は別です」

「あんた、ヒッピーみたいなこと言うて。もう、好きなようにし。その代わり自分の人生は自分で責任取るんやよ」

「わかりました」

自分が嘘をついたことに気付いていた。他に当てがあるのか、と訊かれたとき大原剛の顔が浮かんで自分でも驚いた。それはまったく根拠のない当てだった。

助けてもらった、バイクに乗せてもらったというだけで結婚を当てにするなんて、あまりにも浅はかだ。桜子が聞いたらさぞかしバカにするだろう。鼻で笑う桜子を想像すると恥ずかしくなった。たった二回話しただけの男を当てにするなんてバカにされても仕方ない。

座敷を出て庭へ降りた。柿の木の真下に立って見上げると色づきはじめた小さな実が葉の陰に見え隠れしていた。今年は表年のはずだがすこし実が少ない。食いしん坊の座敷童はがっかりするだろう。

多鶴子には大見得《おおみえ》を切ったものの不安でたまらなかった。柿の木に向かって手を合わせて眼を閉じた。

「座敷童の神様、ちゃんと醬油が造れますように見守ってください。どうかお願いします」

多鶴子はせめて短大に行けと言ったが、銀花は断った。蔵を継ぐならさっさと蔵の勉強をしたほうがいい。すこしでも早く仕事を憶《おぼ》えたい。受験勉強など無駄に思えた。日に日に風と水が冷たくなり雪の舞う日が増えた。雀醬油では坦々《たんたん》と日々が過ぎて行った。

多鶴子と母と銀花で過ごす年の暮れは静かなものだった。母の作ったおせちは一の重も二の重も三の重もすべて父の好物がぎっしり詰まっていた。

「尚孝さん、好きやったから」

母がにっこり笑った。きっと、母は死ぬまでこのままだ。父の好物を作りながら歳を取って行くだけだ。

「美乃里さんが料理上手でよかった。あれで、不味《まず》かったらどうしようもないからね」

多鶴子の言うとおりだと思った。

その年の大晦日《おおみそか》、「シクラメンのかほり」がレコード大賞を取った。作詞作曲の小椋佳は「東大卒業の銀行員」と「フォーク歌手」との二足の草鞋《わらじ》だという。才能とはなんだろう、と思いながら一九七五年は暮れた。

＊

年が明け、春が来て銀花は高校三年生になった。

多鶴子が母に出した「買い物禁止令」は続いていたので、銀花は学校帰りに夕食の買い物をした。母は銀花の買って来た食材で「尚孝さんの好物」を作った。銀花は受験勉強をする必要がないので、手が空けば多鶴子に付いて蔵仕事を憶えた。三時になるとお八つ休憩《きゅうけい》をして母の作ったお菓子を食べた。醤油饅頭《まんじゅう》に醤油カステラ、醤油団子などだ。女三人の生活は一見なんの問題もなく回っていた。

五月の連休が終わって柿の若葉も日に日に色が濃くなってきた頃だ。銀花は買い物袋を提げて学校から戻った。食材を台所に運んだが母の姿は見えなかった。多鶴子は新調したばかりの老眼鏡を掛けて座敷で夕刊を読んでいた。

そのとき、サイレンの音が聞こえてきた。救急車とパトカーの両方の音が近づいてくる。交通事故でもあったのだろうか。ふっと心配になった。

「物騒ですね。あの、母は？」

「郵便局に小包出しに行ったけど」多鶴子もすこし不安げな顔をした。「大丈夫やろか。あの人、ふわふわ歩いてるから」

紙風船のように頼りない母だ。父のことを考えながら歩いていたら、車にはねられたのかもしれない。

「私、ちょっと見てきます」

そう言って座敷を出ようとしたとき玄関の戸が開く音がした。無事に帰ってきたのか。ほっとして迎えに出た。

「よかった。サイレンが聞こえたから、なにかあったんかと思って」

だが、母はただいま、も言わなかった。銀花はぎょっとした。三和土《たたき》に立ち尽くす母の顔は真っ青だった。

「お母さん、どうしたん？」

母は黙ったきり震えている。見ると手には小さな靴が片方だけ握られていた。

さっと血の気が引いて母の手から靴を引ったくるようにして取り上げた。エナメルにリボンの付いた女の子用の靴だった。履いた形跡がない。新品だ。

「お母さん、これ、なんやの」右足だけの靴を握り締めて母に詰め寄った。「もう片方は？　盗ったのはこれだけ？」

母はなにも言わない。震えているだけだ。その強張《こわば》った顔を見るとかわいそうで、腹が立って、情けなくて、悔しくて、惨めになって、ぐるぐると眼の前が回った。

ふわふわふわふわふわ、いつもあれほど好き勝手にやっているのになにが不満なのだろう。父の好物を作るだけでは満足出来ないのだろうか。

「お母さん、なんとか言うてよ」

「ごめんなさい、ごめんなさい」

突然、母が泣き出した。立ったまま泣きじゃくる。その様子はいつもとは違っていた。めそめそではない。怯え、混乱し、わけがわからなくなっているように見えた。

ふいに恐ろしくなった。もしかしたらいつもの「手が動いた」だけではないのか。

母はもっと重大な罪を犯してしまったのだろうか。

「お母さん、なにかあったん？　ねえ、泣いてんと、ちゃんと言うてよ」

母が悲鳴のような声を上げて三和土に座り込んだ。明らかに普通ではなかった。騒ぎを聞きつけて多鶴子がやってきた。うずくまって泣きじゃくる母と上がり框《かまち》に立ち尽くす銀花を見て顔色を変える。

「銀花、一体なにがあったん？」

「わかりません。でも……」

二人で途方に暮れるしかなかった。

その夜、山尾家に男が二人やってきた。二人は警察手帳を示して母に話を訊きたい、と言った。それは万引きの件ではなかった。大原剛がマサルを殺した事件についてだった。

母は混乱しきっていてまともに話ができる状態ではなかった。

警察は時間を掛けて根気強く母から話を聞いた。だが、肝心なところになると母は泣き出してしまった。剛の話、それに目撃者の話を突き合わせてようやく事件の詳細がわかった。

その日の夕方、母は郵便局の帰りに商店街を歩いていた。靴屋には高齢の店主が一人、ほかに孫を連れた近所の女がいた。店主は近所の女とのおしゃべりに夢中だった。母は店先に並べてあった女児用の靴を無造作につかむとそのまま立ち去った。

それを見ていた男たちがいた。大原剛と死んだ「マサル」こと木下勝《きのしたまさる》、それに暴走族仲間数人だ。みなは母の後をつけていった。そして、商店街の外れで母を捕まえると剛がこう言ったのだという。

――あんた、山尾銀花の母親やろ。なんでこんなことするんや?

――ごめんなさい。ごめんなさい。

――慣れてるふうに見えたけど、いつもあんなことしてるんか?

――ごめんなさい、もうしませんから見逃して。

――質問に答えてくれや。なあ、あんた、しょっちゅうこんなことやってんのか?

剛は母を問い詰めた。母は震えながらうなずいた。それを見ると剛はすこしの間呆然としていたという。それを見ていたマサルが言った。

――雀醤油なら金を持ってるやろ。万引きの件は黙ってたるから俺らに金持ってこい。

――やめとけ。アホなことするな。

剛が止めたがマサルは聞かなかった。

——桜子に貢がされたぶんを回収するんや。なにが悪いねん。

激しい言い合いになった。もともと揉《も》めていた二人だ。マサルがナイフを出した。だが、剛は相手にしなかった。すると、マサルがかっとしてナイフを振り回した。二人はもみ合いになり剛はマサルを突き飛ばした。転倒したマサルは頭を激しく地面に打ちつけそのまま動かなくなった。

母はその場から逃げ出した。その際に、万引きした靴を片方落としてきた。その靴には値札が付いたままだった。すぐに靴屋に連絡が行って靴が万引きされたことがわかった。そして、以前ハムを万引きした「雀醤油の若奥さん」のことも知れた。さらにその昔に文房具屋で熨斗袋を盗んだことまで警察は調べていた。

剛は暴走族を抜けようとしてずっと揉めていた。桜子の件もありマサルとは何度もいさかいがあったそうだ。事件の数日前も激しく争っていたという。

剛には補導歴があった。また、最近は暴走族の抗争が社会問題になっていた。厳しい処分が予想される、と刑事が顔をしかめた。だが、その一方で母に対してはこんな風に言った。

「でも、お母さんの万引きはきっかけにすぎへんと思います。あの二人はずっと前から仲が悪かったそうやし。あまり気にせんほうがいいですよ」

かわいらしい見た目にだまされたのか、まるで刑事は母に同情しているかのようだった。

銀花は大原家のことが心配だった。剛が捕まって福子はどうしているだろう。一人息子が逮捕されてどれだけ辛い思いをしているだろうか。

大原杜氏が亡くなって以降も毎年タケノコのお裾分けに行っている。福子は口に出してこそ言わないものの夫の死の責任は雀醤油にあると思っているふうだった。あの夜、父が誘い出さなければ大原は死ななかった。そして、今度も同じだ。母が盗みをしなければ剛は人殺しにならなかった。

「多鶴子さん、私、大原さんのところに行って来ます。母のことでお詫びをしようと思って」

「じゃあ、私も一緒に行こうか」

「いえ、いいです。これはあくまで私の母のやったことです。蔵が責任をとることやない」

多鶴子はそれ以上は言わなかった。覚悟を決めて大原の家に向かった。

大原家は雨戸を閉めきっていて外からは中の様子がわからなかった。呼び鈴を押したが返事がない。二階の窓を見上げた。やはり雨戸が閉まっている。

はじめてタケノコを持って大原家を訪れたとき、あの窓から幼い剛がのぞいていた。眼が合ったら隠れてしまった。あの頃剛は自分よりもずっと小さくていつも恥ずかしそうにしていた。

また涙が出そうになった。慌てて拭ってもう一度呼び鈴を鳴らすと、ようやく玄関戸が細く開いた。

「あの、山尾銀花です。あの、お詫びに……」

そうっと顔を出した福子を見て息を呑んだ。痩せこけて髪もぼさぼさで化粧気もない。福子はいきなり強く銀花を突き飛ばした。銀花は尻餅をつき驚いて福子を見上げた。

「あんたらのせいや」福子はしゃがれた声で叫んだ。「あんたらが蔵に来てから碌《ろく》なことがない」

母が、ではない。あんたらが、だ。自分と母の二人とも責められている。

「すみません」慌てて立ち上がった。ひたすら頭を下げる。

「尚孝さんが帰ってきてから、主人はおかしなった。あんなのが当主やったら蔵は潰《つぶ》れる、て心配してた。毎日苛々して当たり散らして……挙げ句、尚孝さんのせいで死んだ。殺されたようなもんや」

「申し訳ありません」

「その次が剛や。あんたの母親、泥棒なんやろ。そのとばっちりで剛は人を死なせてもうた。少年院行くんや」

「本当に申し訳ありません」深く頭を下げた。

「死んだマサルいう子の親が泣いて私を責めるんや。あんたの息子に子供を殺された、言うて……。どんなに謝っても許してもらわれへん……」

「すみません。本当にすみません」

「あんたらさえ帰ってこんかったら、あんたらのせいで、なにもかもメチャクチャや……」

隣の家から年配の女が出て来た。銀花と福子をちらと見てまたすぐ家に引っ込んでいった。福子はそれを見て声を落とした。

「帰って。さっさと帰って。二度と来んといて。あんたらは……疫病神《やくびょうがみ》なんや」

「すみません。失礼します」

深く頭を下げて背を向けた。古い家並みの続く細い道を歩く。角を曲がったところで我慢ができなくなって駆け出した。一秒でも早くここを逃げ出したかった。福子の言う通り自分たちは疫病神だ。何人もの人生をメチャクチャにした。

蔵に戻ると真っ直ぐに台所に向かった。母は新ジャガを洗っているところだった。今日はベーコンとパセリのたっぷり入ったサラダだろう。父の大好物だ、と思った瞬間思わず怒鳴った。

「お母さんのせいで、人が死んでんよ。剛は人殺しになってしもたんよ」

「ごめんなさい、ごめんなさい」母の手から新ジャガが転がった。

「剛はお母さんをかばってくれたのに。剛はいい子やのに」

叫びすぎて喉《のど》が痛い。ぼろぼろ涙が溢れてくる。どうしてだろう。哀しいときよりも怒ったときのほうが涙が出るようだ。

「なんで？　なんで、いつもみんなに迷惑かけるん？　いい加減にしてや」

「ごめん、ごめんね、銀花」母が顔を覆《おお》って泣き出した。

「子供の頃からずっとやよ。勝手に手が動いたとか言って泣いてごまかして。お母さんが盗ったのに、私のせいにされたこともあったし」

「ごめんなさい」

「今度は他の人にも迷惑かけて。剛がかわいそうや。あの子は人を殺して少年院に行くんやよ」

「銀花、もうそれ以上言わんといて。お母さんも辛いから」

　その言葉を聞くと我慢ができなくなった。なんて勝手なのだろう。母に辛いなんて言う資格はない。剛はもっと辛い。福子だって辛い。そして、死んだマサルはどうなる？　マサルの家族は？　これほど母を憎いと思ったのは生まれてはじめてだった。

「お母さんが捕まったらよかったのに。刑務所に入って一生、出てけえへんかったらよかったのに。刑務所やったら、なにも盗まんで済むでしょ？　ねえ、刑務所行ってよ。ねえ、ほら、早く」

　涙と鼻水で顔がぐちゃぐちゃだ。頭の中もぐちゃぐちゃだ。自分でもなにを言っているのかわからない。怒りで頭がおかしくなっている。たとえ母が刑務所に行ったって、死んだマサルは生き返らない。剛の罪が消えることはない。マサルの母の哀しみも剛の母の苦しみもなくなるわけではない。もうすべて取り返しがつかない。母のせいだ。なにもかも母のせいだ。

　しかし、それは銀花のせいでもある。「かわいくて、かわいそう」と母を甘やかしてきたせいだ。この蔵に来た当初、多鶴子が父に言った。

　――美乃里さんを甘やかしすぎや。

　あの言葉は正しかった。あのとき、もし、きちんと母に向き合っていればこんなことにはならなかったかもしれない。でも、父も銀花も母をただ諦めただけだった。母をこのままにしておけば、また同じことが繰り返されるかもしれない。誰かがどこかで責任を取らなければ。

そうだ。それしかない。歯を食いしばって涙を拭いた。自分と母にできることがたったひとつだけあるではないか。

「ねえ、お母さん。私と一緒に死んで」

「え？」

「辛いんやろ？　それやったら、私と一緒に死のうや？　お父さんのところに行こ。それやったら文句ないやろ」

覚悟を決めたはずなのに声が震えた。

「銀花……」

「もうこれしかないんやよ。ねえ、死んだ人は絶対に生き返らん。罪なんか償われん。できることは、自分も死ぬことだけなんやよ。お母さんが自分で死なれんのやったら、私が殺したげる。大丈夫、私も一緒に死ぬから」

母が呆然と銀花を見返した。青ざめた顔は怯えていたが、どこかほっとしたようにも見えた。

「そう、そうやね。銀花がそう言うんやったら……それがええかもね」母がこくりとうなずいた。すっかり落ち着いたようだった。「尚孝さんに会えるんやよね」

そうだ。死ねばいいんだ。人が死んだのだから死ぬことでしかお詫びできない。マサルも剛も、みんなみんなごめんなさい。私はこんな形でしかお詫びができません。お母さんを殺して一緒に死にます。だから許してください。

「そうやよ。死んでお詫びするしかない……」

そのとき、襖がばしんと開いた。はっとして見ると多鶴子が鬼のような形相で立っていた。無言で入ってきていきなり銀花の頰を叩いた。

驚いて多鶴子を見上げる。多鶴子は真っ青な顔でもう一度銀花の頰を叩いた。

「さっきから、なに阿呆《あほ》なこと言うてるんや」

「だって、取り返しのつかんことをしたんです。もうどうしようもないんです」

また多鶴子が銀花を叩いた。頰がじんじん痛む。さすがに三度も叩かれると腹が立ってきた。

「じゃあ、どうしろと?」怒りと痛みでまた涙が出て来た。「私、剛には助けてもろたことがあるんです。そやのに、人殺しにしてもうて……剛に申し訳なくて……」

泣きじゃくりながら叫ぶと、多鶴子が冷たい声で言い放った。

「それくらいのことで死ぬ気？　甘えるのもいい加減にし」

「私のどこが甘えてるんですか」

母と一緒にされて怒りで身体が震えた。多鶴子をにらみ返した。

「あんた、尚孝との約束を守る、と言うたやないか。醬油を造る、と言うたんは嘘か」

「嘘やない。でも……」

「でも、なに？　なら言うけどね、あんたが美乃里さんを殺して死んだと知ったら、尚孝はどう思うやろうね」

はっとした。父はなんと思うだろう。かわいくてかわいそうな母を殺した銀花をどう思うだろう。そんなこと決まっている。父は母の味方だ。母を殺した銀花を許すわけがない。

ふっと眼の前が暗くなる。私の味方は誰もいない。私を必要とする人はだれもいない。どうして、どうしてなのだろう。

「じゃあ、私、どうすればいいんですか？　なんで、私だけいつも……」

最後はほとんど言葉にならなかった。口から出たのは腹の底から突き上げてくるドロドロの汚物だった。

母のせいだ。母のせいで私はいつも大切な人を奪われる。ハッチーものりちゃんも、剛もだ。私の好きだった人はみんな母のせいで私の前から去って行く。

「あんただけやない」

多鶴子がぞっとするような声で言った。その顔は冷えた赤土で作った人形のようでまるで表情がなかった。もう人の顔ではない。目鼻もない。熟して地面に落ちた柿だ。皺だらけで崩れている。

「銀花、こらえるんや。なにもかも済んだことや」

「済んだことなんて、そんなのあんまりです。剛がかわいそうや……」

剛は私と母を助けてくれたのに、人殺しになってしまった。剛はなにも悪くない。剛が人殺しになるなんてあまりにも酷い。

「それでも、済んだことなんや」

多鶴子が顔を背けたまま、ぼそりと念押しのように呟いた。なぜ、今になって多鶴子は母をかばうのだろう。

「ごめんなさい、ごめんなさい」

母は泣き続けている。怒りの遣り場がない。破裂しそうだ。家を飛び出し柿の木の横を走り抜けて竹林へ向かった。

五月の竹林はしんと静まり返っていた。はらはら音も立てずに葉が舞い落ちる。足許はふかふかの絨毯《じゅうたん》だ。明るいのに寂しい竹の秋だ。

もう一度、あの夜の蛍が見たい。ぽつんと浮かんだ丸くて赤い火、ずっと私の横にいてくれた優しい灯りだ。

ごめんなさい、ごめんなさい。母のせいでごめんなさい。いえ、自分たちのせいでごめんなさい。

剛に一目会って謝りたい。土下座でもなんでもする。だが、わかっている。どんなに謝っても取り返しがつかない。自分たちは剛の人生をメチャクチャにしてしまった。

竹は天に向かって真っすぐ伸びている。でも、自分の心はねじくれて渦を巻いている。

母が憎くてたまらない。心の底から母がいなくなってほしいと思う。でも、そんなことを考えてはいけないとわかっている。母はかわいそうな人なのだから。

こんなときこそ父に頭を軽くぽんと叩いてもらいたい。そして、こう言ってほしい。銀花は食いしん坊だな、かわいいな、我慢強いな、と。

でも、もう父はいない。剛もいない。誰もいない。

竹林を後にして柿の木の前まで戻ってきた。銀花は膝《ひざ》を突き、眼を閉じ手を合わせて祈った。

座敷童の神様、お願いです。剛を助けてあげてください。剛はなにも悪くないんです。どうかどうかお願いします。

4　一九七七年〜一九八二年

春が来て、銀花は高校を卒業した。蔵ではたった二人、女だけでの醬油《しょうゆ》造りがはじまった。

醬油造りには、大きく分けて三つの工程がある。「麴《こうじ》」に「櫂《かい》」そして「火入れ」だ。一つ目の「麴」は醬油麴を造る工程だ。蒸した大豆に炒《い》って砕いた小麦を合わせ、それに種麴を加えて造る。麴が働くためには湿度と酸素が必要で、暖かくて風を送ることのできる「麴室《こうじむろ》」という場所での作業だった。

雀《すずめ》醬油には細長い麴室があった。空気を取り入れるため、壁にも天井にも窓がある。ここは暑い。室温が三十度あって、湿度は百パーセント近い。種麴は数時間で芽を出し、発育しはじめる。半日も経《た》つと表面が白っぽくなり、三日経てば黄色っぽくなる。これで醬油麴の完成だ。

二つ目の工程が「櫂」だ。醬油麴に食塩水を加えて諸味《もろみ》を造る。それを桶《おけ》に入れ二年から二年半かけて発酵させるのだが、毎日櫂棒でかき混ぜる。酸素を行き渡らせ、酵母がよく働くようにするためだ。

蔵の桶は銀花の背丈よりも大きい。桶には木の梯子《はしご》を掛け、そこへ登って攪拌《かくはん》するのだ。一番上の段に立つと、ぶつぶつとした諸味が見下ろせる。最初はなんだか怖いと思ったものだ。

三つ目が「火入れ」だ。発酵熟成させた諸味を搾《しぼ》る。これは重労働だった。どろりとした諸味を布の袋に入れ、圧搾機《あっさくき》で押して搾る。布から生の醬油が浸《し》み出て来ると、釜《かま》に移して熱を加える。これが「火入れ」だ。温度は八十五度。火を入れることによって、殺菌したり、酵素の働きを止めたりするためだ。風味を損なわないよう、温度には細心の注意を払う。この最後の工程が醬油の味を決める。火を入れることによって、醬油らしい香りが立つ。はじめて間近でその匂《にお》いに触れ、銀花は驚いた。こんなにも「火香《ひが》」は豊かなものなのか。香ばしくて、ふくよかで、食欲をそそる。

火入れの後は数日掛けて、澱《おり》を沈殿させる。上澄みがようやく「醬油」になるのだ。

多鶴子は言葉少なだが的確に教えてくれる師匠だった。余計なことは言わず指示は簡潔で、疑問には丁寧に答えてくれた。そして、口だけでなく多鶴子自身もきびきびと身体《からだ》を動かした。あの細い腕でどうやって、と思うのだが、器用に櫂棒を操り諸味を混ぜ、重たい搾り袋を運び、諸味を搾った。

酒蔵なら酒の仕込みは年に一回だ。しかし、醬油蔵は違う。真夏を除き、春秋冬はほぼ隔月で仕込みをした。とにかく毎日眼が回るほど忙しかった。

辛《つら》かったのは麴室での作業だった。菌を育てるためには温度管理が一番大切だ。

「銀花。慣れるまでは眼を離したらあかん。昔の蔵人らはみんな蔵に寝泊まりして、二十四時間、麴の様子を見たもんや」

種麴は手で混ぜる。長さが五メートル近くある台の上に麴を広げ、全身を使って上下を返すようにする。多鶴子がやると簡単に上下が返って満遍なく混ざるのに、銀花がやるとムラができる。汗だくになって混ぜてもすこしも上手《うま》く行かない。

「尚孝は下手やったね。すぐに音を上げた」多鶴子がぼそりと言う。

銀花は歯を食いしばって麴を混ぜた。父のぶんまで、と思って混ぜた。多鶴子はそんな銀花の様子を黙って見ていた。

はじめて自分の手で造った醬油が完成した日のことは決して忘れない。一本一本丁寧に瓶に詰め、一枚一枚丁寧にラベルを貼《は》った。感動と興奮で手が震えた。

子供の頃から諸味を混ぜたりという手伝いはしてきた。だが、それはあくまでも「一工程のお手伝い」にしか過ぎなかった。今は違う。仕上げのラベルを貼るのは、醬油を自分の手で造り上げた証明で、その醬油に責任を持つということだ。あんまり嬉《うれ》しくてへらへら笑いながらラベルを貼っていると、多鶴子が呆《あき》れた顔をした。

「あんたみたいに嬉しそうに醬油を造る子ははじめて見たよ」

「そうですか」

また嬉しくなって笑ってしまった。自分には醬油造りの才能なんてないけど、もしかしたら天職かもしれない。蔵を継ぎたい、という我《わ》が儘《まま》を聞いてくれた多鶴子には感謝だ。

しかし、醬油蔵を継ぐというのは、ただ醬油造りをしていればいいわけではなかった。事務所には帳簿がどっさりあった。雀醬油は近隣の家々、小売店、飲食店などを相手に商売を続けてきた。全国展開の大手メーカーとはまったく違う。昔ながらの「量り売り」はまだ残っていたし、売掛金の回収は、半年、一年先だった。

父の遺《のこ》した借金を清算したせいで蔵はギリギリの状態だった。銀花は蔵の仕事をしながら運転免許を取って営業に出た。醬油瓶を持参して飲食店や小売店を回って置いてくれと頼む。それでも、新規の開拓はなかなか思うように行かなかった。

母は相変わらず買い物禁止だ。もし、また問題を起こされたら今度こそ蔵は終わりだ。銀花は週に一度、車で買い出しに出かけて大量の食材を買い込んだ。母の作る「尚孝さんの好物」を食べ、風呂《ふろ》に入って、それから一人で部屋にこもる。日に何度も壁の絵を眺めた。蛍の浴衣《ゆかた》を着て笑う「食いしん坊の女の子」の絵だ。見ていると、すこし元気になる。

——よかったな。

剛の言葉を思い出すと途端に胸が苦しくなった。剛が少年院に入った後、何度も手紙を書こうとしたが書けなかった。母のせいでごめんなさいと詫《わ》びたいがそんな手紙を剛が喜ぶとは思えなかった。かといって、知らぬふりで世間話もできない。結局、便箋《びんせん》を前に逡巡するうちに夜が更《ふ》けた。諦《あきら》めて布団《ふとん》に入るが今度は竹藪《たけやぶ》に浮いた煙草《たばこ》の火を思い出してしまう。小さな赤い火が蛍のように眼の裏でちかちかして心臓がどきどきしてくる。やっぱり眼が冴《さ》えて、仕方なく起き上がり窓から竹林を眺めてため息をつく。毎夜その繰り返しだった。

手紙が書けないので、代わりに時間を見つけて剛のいる奈良少年院を何度も訪れた。営業の途中、車を駐《と》めてただ外から眺めるだけだった。

福子のことも心配だった。あれから繰り返し大原家を訪れたが一度も家に上げてはもらえなかった。改めて謝罪もできぬまま結局いつの間にか空き家になっていた。近所の人に訊《き》くと、どこかへ越していった、行き先は知らないとのことだった。

「そらそうやろうね。家族に人殺しがいて平気でいられるわけがない」

多鶴子が投げやりに呟《つぶや》いた。まるで他人事《ひとごと》のようにも、疲れ切った末の愚痴にも、どちらにも聞こえた。

配達で川の土手を走ることがよくある。父と大原杜氏《とうじ》の見つかった近くまで来たときには、必ず車を止めて手を合わせた。

川を見ていてふっと思うことがある。自分がいなければ父は母と結婚しなかったかもしれない。なぜなら、父は「小さな赤ん坊を抱えて苦労している母」を見てかわいそうに思ったから結婚したのだ。父は母のようなふわふわではなく、もっとしっかりした女の人と結婚していれば真面目《まじめ》に仕事をしたかもしれない。父が真面目に仕事をすれば大原杜氏も家で荒れなかったかもしれない。杜氏が家で荒れなければ剛も不良にならなかったかもしれない。剛が不良にならなければ暴走族にも入らずマサルともめることもなかった。人殺しになることもなかった。

「もし、私が座敷童《ざしきわらし》を見なかったら……」

だが、もうそれは言っても仕方のないことだった。

すこし前、大手メーカーが小さな「さしみしょうゆ」を出した。通常の三倍以上の値段で全国のスーパーに置かれて評判になった。だが、雀醤油が突然、値段三倍の醤油を出したらどうなるだろう。売れないに決まっている。そもそも、全国のスーパーに置いてもらえるわけがない。

よい材料で丁寧に造る。そうすればよい醬油ができる。とはいえ、よいからといって売れるわけではない。宣伝しなければ雀醬油という醬油があることすら知ってもらえない。だが、テレビコマーシャルを流すお金なんてどこにもない。

かと思うと、大手スーパーが「プライベートブランド商品」というものをはじめた。そこでは味噌《みそ》や醬油といった食料品が通常よりも三割ほど安い価格で売られていた。雀醬油が価格を三割下げたらどうなる。すぐに蔵は潰《つぶ》れてしまうだろう。

八方ふさがりだ。それでも諦めるわけにはいかない。銀花は地道に商店やスーパーを回って雀醬油を置いてくれるように頼んだ。もちろん簡単なことではなかった。相手にされないのは当たり前で若い女というだけで軽く見られた。露骨に銀花自身による見返りを要求されることもあった。悔しかったがひたすら堪えた。父と約束したのだ。醬油が売れるのならいくらだって我慢する。頭を下げるのはタダだ。

とにかく売り込まねば、と思い切って新しい前掛けと名刺を作った。前掛けは藍染《あいぞ》めの特注で、ふくら雀の意匠を大きく染め抜いて「雀醬油一八一四年創業」と大きく書いた。一方、名刺には大きく「雀醬油　第十代当主　山尾銀花」と書いた。

その上で銀花は身なりを改めた。まずは、きちんと化粧をした。それから、今までは蔵仕事のできる動きやすい恰好《かっこう》で営業に出ていたが多鶴子に借りて着物を着ることにした。多鶴子が若い頃に着ていた銘仙は渋さとかわいらしさがちょうどいい具合だ。そこに鮮やかな藍地の前掛けをつけると人目を引いた。その恰好で営業に出かけると、今まで相手にされなかったところでも話を聞いてもらえる確率が上がった。

「へえ、お嬢さん、ほんまにあんたが当主なんか」

着物を着ただけで「お嬢さん」だ。男なんかちょろい、と言っていた桜子を思い出した。

綺麗《きれい》な着物にぱりっとした前掛け、髪を整え上品な化粧をして軽トラで得意先を回る。雀醤油の当主として、銀花はたくさんの人に顔を憶《おぼ》えてもらった。しかし、醤油造りと営業をこなすのは相当な負担だった。おまけに家のこともある。母は料理、掃除、洗濯はできるが買い物はできない。

「銀花。買い物は私がやる。あんたは蔵の仕事に専念し」

多鶴子が食料品の買い出しを引き受けてくれてずいぶん楽になった。それでも、手は足りない。あと一人いればどれだけ楽だろう。昔のように人を雇うことも考えたが金銭的に厳しい。

いろいろ悩んだ末、多鶴子の反対を押し切って母に雑用を手伝ってもらうことにした。ラベル貼りと搾り袋の洗濯、瓶洗いを頼むと、母は嬉しそうに仕事をした。時間は掛かったがラベルは真《ま》っ直《す》ぐに皺《しわ》もなく貼ってあった。また、母は大量の空き瓶を見ても厭《いや》な顔一つしなかった。今まで洗い場にはいつも汚れた空き瓶が散らばっていたが、母が手伝うようになるとすっきり片付いて作業がしやすくなった。

銀花は驚いた。母は家事しかできないと思い込んでいた自分を恥じ、それから嬉しくなった。

「へえ、あの人、料理洗濯掃除以外もできるんや」多鶴子は意外だという顔をし、それからぼそりと付け加えた。「これで悪い癖さえなかったらほんまにええ人やのにねえ」

「私もそう思います」

大真面目に答えると、すこしだけ多鶴子が笑った。

お金と時間、そして心に余裕のない日々はあっという間に過ぎて行く。働いて食べて寝る。それだけだ。老齢の多鶴子は夜が早いし、疲れ切った銀花もさっさと布団に入る。テレビを見る暇もない。いつの間にか母が一番の夜更かしになっていた。

だが、そんな日々にも利点はある。あまり余計なことを考えずに済むからだ。それが逃避だとわかっていても銀花は頭を空っぽにして働き続けた。

二十歳になっても成人式には出なかった。誰も友達がいないのに出席する気にはなれず普段通りに仕事をした。すると、母はいつものようにふわふわと銀花の心を逆撫《さかな》でした。

「もったいない。せっかく綺麗な着物を着られる機会やのにねえ。尚孝さんやったら『絶対行くべきや』って言いはると思うわ」

母は一升瓶にラベルを貼りながら本当に残念そうな顔をした。銀花は黙って蔵に戻った。

一方、桜子は音信不通のままで電話の一本もよこさない。生きているのかもわからない。

「年頃の女が二人もいても誰も振袖《ふりそで》を着ないなんてねえ」

多鶴子がため息をついた。母に言われたときはむっとしたが、多鶴子に言われるとすこしこたえた。

節分が過ぎた頃、銀花に病院から連絡があった。大原福子という人を知っているか、と言う。

「連絡のつくお身内の方が一人もいらっしゃらなくて」

急いで病院に駆けつけると、そこには痩《や》せ細った福子がいた。じっと銀花をにらんで黙っている福子の顔には明らかに死相が出ていた。

「急にお引っ越しされて……どこへ行かれたか心配してたんです」

「私は癌《がん》でもう長くない。そのことで話があるんです」

福子の眼には憎悪《ぞうお》と懇願が入り混じっていた。かすれた声は刺々《とげとげ》しい。いたたまれなくて逃げ出したくなる。落ち着け、と自分に言い聞かせて椅子《いす》に腰を下ろした。

「なんでも言うてください」

「正直に言います。私は雀醬油を怨《うら》んでる」

「はい」

「あの蔵のせいでうちの家はメチャクチャになった。でも、もう頼る相手はあんたしかおらへんのです」

「ええ、私にできることならなんでもします」

「剛のことや。あの子は少年院を出て工場で働いてた。だけど、いつの間にか辞めてしまって、どこにいるのかわかれへんのです」

「なにかあったんですか」

「あの子はね、真面目に働いてたんやよ。ただ、誰とも口をきかへんかったそうや。一度も笑《わろ》たことがなくて、ずっと辛気くさい顔をしてて……」

想像すると、胸が締め付けられるように痛んだ。剛は黙ってうつむいている。その眼は暗い。大原杜氏のお悔やみに行ったときに見た、触れただけで血が出そうな真っ黒な刃《やいば》のような眼だ。

「人を殺して少年院に入ってた、いうのがばれて、それからいじめられて……」

福子が涙を流した。剛のことを思うと銀花も涙が出そうになった。せっかく剛が真面目に働いていたのに足を引っ張るやつらが憎くてたまらなかった。

「でも、剛君なら大丈夫ですよ。だって、工場で仕事はちゃんとやってたんでしょ？きっとどこかで働いてますよ。落ち着いたら連絡がありますから」

福子を安心させるために、わざと明るく言った。だが、福子は首をかすかに横に振った。

「私がこのまま死ぬのはしょうがないと思てる。でも、剛のことが気がかりなんや。あの子は世渡りが下手や。いつか、また悪いことをしてしまうんやないかと思て……」

世渡りが下手、と言われると納得するしかなかった。不良になって暴走族に入ったはいいが結局馴染《なじ》めなかった。工場でも仕事はしていたが友達はいなかった。剛自身は人の嫌がることをしたり傷つけたりするわけではない。銀花を助けてくれたこともあった。根はいい子なのだ。なのに上手く行かない。どこにいても独りぼっちだ。

見舞いの帰り、川沿いの土手を一人で歩いた。河原を覆《おお》い隠すようにジュズダマが茂っている。父と大原杜氏が見つかったところまでくるといつものように手を合わせた。月が真っ直ぐに川面《かわも》を照らしていた。

やがて、福子は腹水が溜《た》まってひどく苦しむようになった。それでも、自分の病状を長女に伝えないでほしいと言った。縁を切った以上、死ぬまで会わない覚悟を決めたという。

「娘はね、うちと縁を切ることを条件に結婚したんや。身内に人殺しがいると世間に知れたら、あちらの家に迷惑がかかる。それにね、あの子は今、お腹《なか》が大きいらしい。面倒は掛けられへん」

「でも、本当にいいんですか」

「ええよ。あんたも結婚すればわかる。自分ではどうしようもない、しがらみができるんや」

結婚しなくてもわかる。この世のすべての人間関係はしがらみだ。父は母と結婚し血のつながらない銀花を育てた。そして、多鶴子は気に入らない嫁と血のつながらない孫と暮らさなければならなくなった。望んでしたことではない。

「もし、剛が帰って来たら伝えてほしい。身体に気を付けて真面目に暮らすように。これから、我慢せなあかんこともいっぱいあるやろうけど、しっかり生きていってほしい。そうしたら、きっといいことがあるから、て」

「わかりました。絶対に伝えます」

蔵の仕事が終わると、毎夜のように病室に通った。見舞いに来るのは銀花だけだった。

春の終わり、福子は大部屋から看護婦詰所に近い個室に移された。もうあまり長くない証拠だった。福子はほとんど聞き取れないような声で言った。

「あの子が仕事がなくて困ってたら……蔵で使ってやってくれませんか」

「剛君をうちの蔵で？」

「あの子の父親と祖父は熱心な杜氏やった。あの子も、きっと筋は、いいと思う」

もう息の続かない福子は途切れ途切れに話した。剛が橿原に戻ってくることはないだろう。たぶん、福子もそれをわかっていて頼んでいる。だから、大きくうなずいた。

「ええ。剛君もきっといい杜氏になります」

「お嬢さん、お願い、します」

その言葉の三日後、福子は痩せ細って死んだ。最期《さいご》まで剛の心配をしていた。

福子の死後、九州に住む長女に電話で連絡した。雀醤油が後片付けを引き受けると言うと、泣きながら何度も礼を言った。

――お嬢さん、お願い、します。

福子の声が耳についていつまでも離れなかった。

*

八月、福子の新盆と納骨を済ませた。秋になると父と大原杜氏の七回忌が来た。

風は冷たいがよく晴れた秋の日だった。法事を済ませ、多鶴子と母と三人で墓参りに出かけた。まずは父の墓参りをした。水を掛けて綺麗に磨き花を取り替える。母は父の好物を詰めた弁当を作っていた。神妙な顔で墓に供えて女三人、押し黙って手を合わせた。

それから大原家の墓に向かった。すると、墓は綺麗で一升瓶と煙草が供えられていた。

「あら、遠いところから娘さんが来はったみたいやね。掃除は済んでるわ」多鶴子がほっとしたような顔で言った。「銀花、お花だけ供えていこか」

真新しい煙草にはちゃんと使い捨てライターが添えられている。丁寧なことだ、とよくよく見ると銘柄はセブンスターだ。剛が吸っていた煙草だ。

どきりと心臓が跳ね上がった。まさか剛が来たのだろうか。慌《あわ》ててあたりを見回したがどこにも姿は見えない。もしかしたら墓参りを終えて自分の家に行ったのかもしれない。だが、あの家にはもう別の人が住んでいる。

「多鶴子さん、ごめんなさい。私、ちょっと用事を思い出して」花を母に押しつけた。「お母さん、この花、お願い」

呆気《あっけ》にとられる二人を置いて駆け出した。走り続けてふらふらになりながら元の大原家までやってきた。大きな息をしながら、あたりを見回す。しかし、家の周りには誰もいなかった。

がっかりして再び墓地まで引き返した。多鶴子も母も帰ったようで誰もいなかった。

もう一度お供え物の煙草とお酒を見る。セブンスターは人気の煙草だ。剛が供えたという証拠にはならない。お酒だって春鹿《はるしか》だ。奈良では有名なお酒でどこでだって売っている。だが、命日に来るのはよほど近しい人間だ。多鶴子の言うとおり福子の娘が来た可能性もある。ただ、わざわざ九州から出て来たのなら一言うちに声を掛けるように思えた。

なにか手がかりはないだろうか。銀花は墓地を見回した。そして、出口にあるゴミ箱に気付いた。もし、剛がお酒を供えたのだとしたら一升瓶を剝《む》き出しで持ち運んだはずはない。年配の人なら風呂敷で包むだろうが剛はそんな気の利《き》いたことはしないだろう。だったらスーパーの袋か百貨店の紙袋か、なにか包んできたものがあるはずだ。

ゴミ箱をのぞくとくしゃくしゃに丸められた紙ゴミが入っていた。取り出して丁寧に皺を伸ばして広げる。包装紙には中村酒店と印刷されていた。住所は大阪市西区とある。九州住まいの福子の娘が大阪で酒を買ったとは思えない。やはり、この酒を供えたのは剛なのではないか。

急に胸が騒いで息苦しくなった。やっと見つけた。剛の手がかりだ。杜氏の墓に供えてあった酒はここで買ったものに違いない。剛はこの店の近くに住んでいるか、勤め先があるかだ。

次の日曜、朝の蔵仕事を終えると家を出た。そして、まっすぐ中村酒店に向かった。住所を頼りに訪ねると、店は道頓堀川の近くでアパートやら工場やら材木倉庫が建ち並ぶごちゃごちゃした一角にあった。

中村酒店は昔ながらの商家のような構えで煤《すす》けた看板が上がっていた。表にはビールケースや空の一升瓶を積んだ軽トラが駐まっている。店も車も年代物だった。

ミシミシ鳴るガラス戸を開けて店に入ると中はひんやりと薄暗かった。奥に初老で角刈りの男とその妻らしい強めのパーマ頭の女がいた。男は酒屋の主人というよりは寿司《すし》屋の板前のように見えた。

「すみません、ここにお酒を買いに来る人で、大原剛というお客さんはいませんか？　二十歳くらいの男の人です。最近、春鹿を買ったと思うんです」

「さあ、ちょっとその名前には憶えがないが」

写真を見せた。福子の遺品のアルバムから抜いてきたものだ。中学三年生のときの写真で、やたらと荒《すさ》んだ近寄りがたい顔をしている。今はもう面変わりしているかもしれないが、これより新しい写真はなかった。

「わからんなあ……」

角刈りが首をひねる。横からのぞき込んだパーマ頭の女があぁ、と声を上げた。

「これは『弟よ』の人と違う？　たしかこの前、春鹿を買《こ》うて行きはったわ。無口でちょっと辛気くさい人やろ」

「ああ、あの『弟よ』の人か」角刈りの男もうなずいた。

「たぶんそれだと思います。でも『弟よ』ってどういうことですか」

「ほら、内藤やす子の歌であるやろ？　あの歌に出て来る弟のイメージに似てると思て」

思わず噴き出した。笑ってはいけないとは思ったが我慢できなかった。頭の中に内藤やす子のかすれた声が響く。暗い、暗い眼をしてすねていた……。たしかそんな歌詞だった。それからふいに胸が痛くなった。歌の終わりはこうだった。――悪くなるのはもうやめて。あなたを捨てたわけじゃない。

「どこに住んでるかわかりますか」

「ああ、わかるよ。この先のアパートや。配達のときに見かけた」

早速、教えてもらった住所を訪ねた。川沿いに建つ二階建てのボロボロのアパートで、各部屋のドアの前に洗濯機やら自転車やらが置いてある。戦後すぐに建てられたのか、壁のモルタルはヒビだらけで、窓枠やら階段の手すりやらはあちこち錆《さび》が浮いていた。こんなところに住んでいるのか、と胸が痛んだ。銀花が子供の頃に暮らしていた文化住宅のほうがよほどマシだった。

まず一階の部屋の表札を見たが「大原」の名はなかった。錆《さ》びた外階段を上って二階を確かめる。すると、ちょうど真ん中の部屋に「大原」とサインペンで書かれた適当な名札が貼ってあった。

瞬間、胸が苦しくなった。このドアの向こうに剛がいるのか。まずなんと言おう。お久しぶり？　それとも、もっと丁寧にお詫びから？　ああ、今になって後悔する。もっときちんと考えてくればよかった。

呼び鈴はない。大きな深呼吸をしてから二度ドアをノックした。だが、返事がない。しばらく待ってもう一度ノックする。それでも返事がない。部屋の中は静まりかえって物音一つしない。留守なのか。

あっという間に胸が萎《しぼ》んだ。だが、思い直した。出かけているだけですこし待てば戻ってくるかもしれない。一旦《いったん》アパートを離れて川沿いを歩いた。決して綺麗とはいえない川を眺めながら時間を潰した。一時間ほどして再びアパートを訪ねたがやはり留守だった。

帰りの近鉄電車の中で自分に言い聞かせた。がっかりすることはない。剛の住んでいる場所はわかったのだからまた訪ねればいい。そうだ、今度は差し入れを持って行こう。なにか美味《おい》しい物、栄養のある物だ。

年の暮れが近づき、仕事は日ごとに忙しくなった。得意先への挨拶《あいさつ》、掛売り代金の回収、商工会の行事などで空いた時間がない。大阪へ行く機会などなく毎日気が気ではなかった。もし、剛が引っ越してしまったらどうしよう。このまま二度と会えなかったら？

しかし、仕事以外にも蔵と母屋《おもや》の大掃除などやらなければいけないことがたくさんあった。多鶴子だってそろそろ六十五歳になるというのにきりきり働いている。自分だけ抜け出すことはできなかった。

気を揉《も》んでいるうちにいつの間にか年が明けた。

山尾家の正月は例年と同じように過ぎた。母は父の好物の詰まったおせちを作った。三人でこたつに入っておせちと雑煮を食べ、橿原神宮に初詣《はつもうで》に出かけた。お参りを終えて、ふっと思いついておみくじを引いてみた。すると、大吉だ。しかも、待ち人来たる、とある。

待ち人来たる、と心の中で呟いた。いきなり心臓がドキドキした。正月ならきっと仕事は休みだろう。自宅にいる可能性が高い。今から行くしかない。家に戻ると早速出かける準備をした。

「お母さん、ちょっとおせち、分けてもらっていい？」

「いいよ。どこか持ってくの？」

「うん、ちょっと」

小ぶりの二段重を取りだし、おせちを詰めた。ただ詰めるだけだと思っていたのに母のように綺麗にならないので焦《あせ》った。

「ちょっと出かけてきます」

お重を風呂敷に包んで家を出た。近鉄電車に揺られて大阪へ着くと真っ直ぐに剛のアパートへ向かった。正月なので店も工場もみな閉まっていて通りに人気はない。シャッターの上の注連飾《しめかざ》りだけが目立つ。風で御幣が揺れていた。

剛のアパートに着いて気合いを入れてノックした。だが、やはり返事がない。がっかりしたが諦める気にはなれなかった。お重をしっかりと抱えマフラーに顔を埋《うず》める。待ち人来たる、待ち人来たる、と何度も繰り返した。自分でもわからないが妙な確信があった。

アパートの前を一時間ほどうろうろしているとさすがに身体の芯《しん》まで冷えてきた。おみくじに浮かれた自分がバカだったのか、と情けなくなる。それでも諦めきれない。あとすこしだけ、と待った。

日が傾いて薄暗くなりはじめた頃、通りの向こうに人影が見えた。ひょろひょろした男がうつむいて歩いてくる。あ、と声が出そうになった。あの背格好は間違いない。剛だ。銀花はお重を抱えたまま走った。

だが、声を掛けようとして思わず立ち尽くしてしまった。一体なんと呼べばいいのだろう。剛君？　大原君？　それとも、剛さん？　大原さん？　一体どれだろう。

「……あの」

大きな声で叫ぶと人影がはっと顔を上げた。やっと会えた。嬉しくてたまらず勝手に笑顔になってしまった。

「お久しぶり」

人気のない通りに銀花の声だけが響いた。剛は無言で突っ立っている。その眼を見て息を呑《の》んだ。再会の喜びなど一瞬で消えた。剛の眼は以前よりもずっとずっと暗く底なしの絶望があった。持っているだけで自らの手が切り裂かれそうな刃、鞘《さや》に収めても血が噴き出るような呪《のろ》いの刃だ。

剛が背を向けようとしたので慌てて呼び止めた。

「待って。話があるから」無視して行こうとするので声を張り上げた。「聞いて。大事な話やから。あなたの家のことやよ」

剛が足を止めた。銀花をにらみつける。

「家のこと？」

「こんなとこでする話やないから」身体が冷え切ってもう限界だ。震えが止まらない。

「ごめん、寒くて死にそうやねん。どこか暖かいとこで」

剛があたりを見回した。正月なのでどの店にもシャッターが下りていた。開いている喫茶店などない。剛は顔を傾け、さも嫌そうに言った。

「うち、来いや」

剛の部屋に通された。「お邪魔します」と挨拶したが返事はなかった。

部屋は六畳一間で小さな台所が付いていた。トイレはあるが風呂はない。なにもかも古くてまるでここだけ一九六〇年代のようだった。台所には小さな炊飯器と鍋《なべ》が一つあるだけだ。流しには丼鉢《どんぶりばち》が浸《つ》けてある。その横にはインスタントラーメンの空き袋が捨ててあった。正月からこんな物を一人で食べていたのか、と胸が苦しくなった。

剛が小さな電気ストーブをつけた。オーブントースターのほうがマシのような代物《しろもの》だった。折りたたみ式の小さなテーブルを挟んで座った。剛の面差しはずいぶん変わっていた。最後に会ったときは一つ年下の幼い感じが残っていたが今は銀花より年上に見えた。

「なんでここがわかった？」

「大原さんのお墓参りをしたら、そこの中村酒店さんの包装紙があったから」

「橿原からわざわざ捜しに来たんか？　まるで刑事やな」顔を歪《ゆが》めて言う。

刑事、と言ったときのささくれた口調が胸に突き刺さった。「弟よ」の歌詞がまた頭に響く。今の剛は人殺しの前科者だ。暗い眼をしてすねている。剛をこんなふうにしたのは自分と母だ。

「刑事やなくて名探偵って言うてよ」

へらへらと笑顔を作ったが剛の顔は緩まなかった。ぞっとするような眼で銀花をにらんでいる。

「なにしに来た？」

「福子さんのことを伝えに」

「墓石に名前が彫ってあった。おふくろも死んだんやな」剛の声は暗かった。

「うん。去年、病気で亡《な》くなりはった。わかったときは手遅れで」

剛はなにも言わない。口許《くちもと》がひきつっている。懸命に歯を食いしばっているのがわかった。これから言わなければならないことを思うと心が重かった。

「福子さん、最期まであなたのこと心配してた。ちゃんと食べてるか、元気にしてるやろか、って。どこかでいじめられてるんやないか。もし悪いことをしてたらどうしよう、って」

剛がうつむいた。自分の膝《ひざ》を強くつかんで震えている。声は聞こえなかったがぽたぽたと涙が股《また》の上に落ちた。

こちらまで泣きそうになった。だが、ここで止めると二度と言えなくなってしまうかもしれない。だから、酷なことだとわかっていたが言葉を続けた。

「福子さんに頼まれたこと、伝えるね。……身体に気を付けて真面目に暮らすように。これから、我慢せなあかんこともいっぱいあるやろうけど、しっかり生きていってほしい。そうしたら、きっといいことがあるから、って」

剛がくそ、と小さく呟いて涙を拭《ぬぐ》った。顔は上げずうつむいたまま嗚咽《おえつ》をこらえている。

「俺のせいで」

怒りと後悔でどす黒く染まった声だ。銀花の胸にどんとぶつかってめり込む。重すぎて、息ができない。剛がどれだけ自分を責めているのかわかる。あなたのせいではない、と言ってあげたい。でも、言えない。罪ではない罪は普通の罪よりずっとタチが悪い。

父が死んだとき思った。自分が座敷童を見なければ、と。自分ではなく父が見ていればこんなことにはならなかったのではないか、と。そして、今でも思っている。きっと死ぬまで思う。誰がなにを言っても無理だ。罪ではない罪とはそんなものだ。罪ではないから償えない。償えないから消えない。

「昔、父におみやげをもらってんよ」静かに言った。

「は？」思わず剛が顔を上げた。

「ふくら雀の土鈴。フグみたいに真ん丸にふくらんでるやつ。ころん、ころん、って綺麗な音がする」

剛がいぶかしげに銀花を見た。眉間《みけん》のしわのせいでやっぱり怒っているように見えた。

「真ん丸にふくらんで、ころころ転がってくの。どこへ行くのかわからん。でも、どこへ転がっていこうと転がった先でやってくしかない。そう思うようにしてる」

剛はなにも言わなかった。鋭い眼でにらみ返しただけだった。そのとき、銀花は自分の言葉がどれだけ浅はかだったかに気付いた。痩せて尖《とが》った刃のような剛はころんころんと転がる代わりに折れてしまうだろう。転がりたくても転がれない人だっているのだ。

「ごめん。今、なにしてるん？」気を取り直して訊《たず》ねた。

「その先の製材所で働いてる」

「そう、とにかく元気でよかった」

蔵で働いて欲しい、と言い出そうとして、でも言えなかった。まともに給料を出せる自信がない。それに、剛にとって橿原は辛い思い出しかない場所だ。帰ってきてというのは酷だ。

「また来ていい？」

思い切って言ったのだが剛の返事はなかった。ずきんと胸が痛んだ。これが「待ち人来たる」の結果だ。剛に会えて嬉しいのは私だけだ。

「じゃあ、これ、食べて」

厚かましいのを承知でお重をテーブルの上に載せた。いらん、と言うのを聞こえないふりをして部屋を出た。剛は見送ってもくれなかった。

帰りの電車の中で剛のことを考えた。狭い部屋で一人でおせちを食べる剛が浮かんだ。お餅《もち》を持ってきたらよかった、と今になって気付いた。お雑煮を作ってあげたら喜んだかもしれない。自分の迂闊《うかつ》さが悔やまれる。母ならきっとこんなことはない。父のために完璧《かんぺき》に料理をするだろう。

その夜、銀花は母に言った。

「お母さん、お料理教えてくれる？」

「あら、好きな人でもできたん？」

にこっと笑って言う。横にいた多鶴子が眼をむいた。

「そうやないけど、きちんと習っといたほうがいいと思て」

「そう？　てっきり恋人ができたんかと思たけど。で、どんなお料理がいいん？」

「お父さんの好きやったやつ、教えて。できたらお肉料理がいい」

その日から母に料理を習った。母はさらっと見本を見せてちょっとしたコツを教えてくれる。胡瓜《きゅうり》の切り方から醬油ソースの焦《こ》がし方など、母の言うとおりにすると格段に味も見栄《みば》えもよくなった。

「このお料理を尚孝さんが最初に食べたときはね、本当に喜んでくれて。ソースだけ飲みたいくらいや、って」

母はこれまでの料理をまとめた献立ノートを何冊も持っている。見せて、というと真っ赤になって断られた。

「内緒。恥ずかしいから」

子供のときにも同じ台詞《せりふ》で断られた。呆れると同時に心の底からうらやましくなる。この人は一生このままだ。なんて幸せな人なのだろう。自分には決して手に入らないものだ。

母は献立ノートの代わりにわざわざ別紙に作り方を書いてくれた。丁寧でわかりやすくて役に立った。

次の日曜、大荷物を持って剛のアパートを訪れた。

ノックをしたが返事がない。もう一度ノックをする。それでも無言だ。仕方なしに名を呼んでみた。

「大原剛さん。銀花です。山尾銀花です」

ようやくドアが開いた。剛はもう怒った顔をしていた。

「なにしに来たんや？」

「お重箱を取りに」

「今、持って来る」

剛が背を向けた瞬間にさっと中へ入った。驚く剛を無視して靴を脱ぐ。家から持ってきた荷物を台所に置いた。

「御飯、作りに来てん」

「飯なんかいらん。重箱持って、さっさと帰れ」

無視して用意をはじめた。献立はニンニクとバターをきかせた醬油のソースで食べる鶏《とり》のもも焼きと、トマトと蛸《たこ》のマリネだ。まず、米を研いで炊飯器にセットした。

味噌汁を作り、持参したフライパンで鶏もも肉に焼き目を付ける。その間に醬油ソースを作った。

「この醬油は私が造ってんよ。大豆を蒸すところからラベルを貼るところまで全部」

皿に盛り付けキャベツの千切りを添える。マリネは持参のガラスの器に盛った。できたよ、と振り向くといつの間にか剛の姿は消えていた。トイレにもいない。買い物にでも行ったのか、としばらく待つことにした。

そのうちに、もも焼きも味噌汁も完全に冷めてしまった。蠅帳《はいちょう》もラップも見当たらない。持っていたハンカチを料理の上にかぶせてじっと待ち続けた。だが、どれだけ待っても剛は帰ってこない。やがて、夜も更けてもう橿原に帰る時間になった。銀花は諦めて部屋を出た。

昔、家出した桜子を捜しているとき剛に頼った。あのとき、剛は文句を言いながらも頼みを聞いてくれた。だから、今度も同じだと思っていた。口では拒んでも最後には美味しいと言いながら食べてくれると信じていた。だが、違った。剛はもうあの頃の剛ではない。

近鉄電車で奈良へと帰る。お重を膝に置き窓の外を見た。ちょうど町並みが途絶えたのか灯り一つ見えない。窓ガラスには背を丸めて口をへの字にした陰気くさい自分の姿が映っていた。

笑え、笑わなければ。銀花は父の描いた蛍の絵を思い出した。自分は食いしん坊の女の子だ。いつも笑っているのだ。だから笑わなければ。

できれば毎週でも剛のところに通いたかった。しかし、商工会の会合やら蔵の雑用やらで毎日めまぐるしい。ようやく時間が取れたのはもう二月も半ばだった。

塊肉を持ってアパートに押しかけた。父の好物の紅茶豚だ。母に教わって家で下ごしらえをしてきた。

「帰れ」

ドアを鼻先で閉められそうになったが負けずに言った。

「入れてくれるまで帰らんから」

返事がないままドアが閉まった。覚悟はできている。入れてくれるまで絶対に帰らないと決めたのだ。

ドアの前にハンカチを敷くと腰を下ろした。しばらくするとドアが細めに開いて剛がそっと顔を出した。座り込んでいる銀花を見下ろして怒った顔をする。

「帰れ、言うたやろ」

「帰らん、て言うたやん」

ドアが閉まった。だが、剛が自分を気にしていることがわかって嬉しかった。今度はリラックスして待った。すると、五分もしないうちにドアが開いた。顔を出した剛がにらんだがなにも言わない。でも、ドアも閉めない。

「おじゃまします」

部屋に上がってすぐに御飯の用意をした。炊飯器をセットして味噌汁を作る。紅茶豚のソースを作って仕上げをすると振り向いた。ちゃんと剛はいた。ほっとして料理をテーブルに並べる。二人で向かい合って食べた。

「さだまさしの『関白宣言』ってあるやん。あれどう思う?」

返事がないがそれでも話し続けた。

「あれ聴いたら、多鶴子さんは顔をしかめるんよ。腹が立つんやて。でも、その横で母がおかしな顔をするねん。当たり前のことを歌ってるだけやん、って」

自分はどうだろう。男の家に通って手料理を作るなど旧弊で愚かな女のすることだ。自立した女が見れば鼻で笑うに違いない。昔、インスタントラーメンのコマーシャルが問題になって、放映中止になった。

――私、作る人。僕、食べる人。

自分のやっていることはまさしくこれだ。なんだか後ろめたくなる。それでも、剛が食べる様子を見るとまた料理を作ろうと思う。自分でも不思議だ。

剛は黙ったきりだったが紅茶豚は口に合ったらしい。翌日の分も、と多めに持ってきたのに全部平らげてしまった。

デザートにプリンを出すと剛は今にも泣き出しそうな顔で食べた。食事が終わると剛が黙って食器を片付け洗い物をした。


週に一度、剛の部屋に食事を差し入れするうちに春が来た。

タケノコの季節だ。また母が張り切ってタケノコ料理を作った。銀花も一緒にタケノコ料理を習った。タケノコ御飯と、豚とタケノコの中華風煮込み、ワカメの酢の物だ。みな父の好物だった。

剛は濃い目に味付けした豚肉が気に入ったらしくどんどん食べた。

「それ、裏の竹林のタケノコやよ。今朝、掘ったばっかり」

相変わらず返事はないが以前とは沈黙の質が変わっているような気がした。なぜかというと一人で話し続けてもすこしも苦しくないからだ。ささくれてヤスリのようだった剛だけれどすこし角が取れてまろやかになってきたようだ。

「竹はね、春に葉が落ちて、秋に新しい葉が出るんよ。だから、竹の秋て言うたら春で、竹の春て言うたら秋のことやねんて」

返事はないが眼が動いた。こちらの話に興味がある証拠だ。

「憶えてる？　昔、家まで送ってくれたやろ？　そんとき、煙草吸ってて……蛍みたいやなって思った」

「……ああ」軽くうなずいた。

やった。はじめて返事があった。銀花は心の中で躍り上がった。

「そう言えば、今は煙草は？　灰皿、見当たらへんけど」

「やめた」

ぼそりと言う。すごい、ちゃんと会話になっている。もう万歳したいくらいだった。

「そうなん。でもよかったね。煙草って健康に悪いらしいから」

「金が掛かるからな」

「そやね」

剛は節約しているのか。福子の遺言通り、きちんと生きていこうとしているということだ。嬉しくて思わずへらへら笑いかけ、そこではっと気付いた。剛が不思議そうな顔をする。

「ほんとはちょっとだけ寂しいかも。あの蛍みたいな煙草の火、思い出すたび心がぽっと温かくなってん。ほんまやよ。思い出すだけで嬉しくなったんやから」

剛が一瞬まじまじと銀花を見て、それから慌てて眼を逸《そ》らした。困ったような怒ったような顔だった。

食事が済むといつものように剛が後片付けをした。銀花はお茶を飲みながら見ていた。剛と父が違うところは後片付けをするかしないかだった。父は母の料理を喜んで食べていたが片付けは一切しなかった。父が皿を洗っているところなど見たことがない。母もそれに疑問など持っていなかった。

皿を洗い終わると剛が言った。

「駅まで送る」

これもはじめてだ。驚いたが素直に甘えることにした。

ゆっくりと道頓堀川沿いを歩いて難波駅に向かう。すこし肌寒くて月はきちんと朧《おぼろ》にかすんでいる。歌のように綺麗な夜だ。そして、隣に剛がいる。

「春やねえ」

思わずしみじみ言うと、剛が呆れ顔をしてほんのすこし笑ったような気がした。

製材所の給料は雀の涙で煙草を止めて節約しても剛の生活はいつもギリギリだった。

しかも、その乏しい給料の中から剛はマサルの両親に送金していた。

「突き返されることはないから、たぶん役に立ってるんやろ」

剛が淡々と言う。たぶん金が償いになるなどと剛は信じていない。なにかせずにはいられないからしているだけだ。そんな剛をすこしでも助けたくて、銀花はアパートに通って一つしかないガスコンロで料理を作った。

剛の許に通っていることは誰にも内緒だった。多鶴子はなにか言いたげだったがわざと興味のないふりをしているように見えた。

「男遊びも結構やけどね。仕事だけはちゃんとするんやよ」

一方、母は誰だかわからない相手だというのに能天気に応援してくれた。母は誰かに尽くすことが幸せである、と疑いもなく信じていた。

最近、自分でも料理の腕が上がってきたのを感じる。なぜなら、剛の食べっぷりが違う。箸《はし》を付けて一口目を食べ、二度目の箸を伸ばすまでの時間が短い。それを見ながら銀花も負けずに食べた。

ときどきはミナミに出て二人で映画を観《み》た。街を歩いていると剛はみなに避けられることが多かった。そんなときは思い知らされる。すこし丸くなったように思えても他の人にとってはまだまだ「暗い眼をしてすねていた」弟なのだ、と。

剛はサラリーマンや大学生たちとは明らかに雰囲気が違っていた。やはり剛の眼は暗い。どんなに天気のいい日も明るい室内でも眼の暗さは際立《きわだ》っていた。

そうやって春が過ぎ、夏も終わって秋になった。

十月も終わりの頃だったが夏を思わせる暑い日で狭いアパートは蒸し風呂のようだった。たまらず扇風機のスイッチを入れたが音ばかり大きくてあまり涼しくはならない。食事を終え後片付けが済んでも動く気がしなかった。剛と二人でだらだらと扇風機の風に当たっていた。

ふと、洗面所の横に置いてある洗面器が眼に入った。剛が銭湯に行くときに使う物だ。

「ねえ、お風呂、行こか」

剛が唖然《あぜん》として銀花を見た。そんなに驚かれると急に恥ずかしくなってきた。

「だって、今日暑かったし、汗掻《か》いたし、お風呂入りたいし」

明らかに早口になった。ふっと桜子の顔を思い出した。昔、キスもしたことがない、と笑われた。実はまだそのままなんて知ったらどれだけ大笑いするだろう。

「タオル貸してよ」

厚かましく催促すると、剛が無言でタオルを投げて寄こした。家具店の名入りのタオルだ。石鹸《せっけん》は一つしかない。剛はすこし迷ってナイフで半分に切った。緊張しているようだった。

タオルと半分ずつの石鹸を持って二人で銭湯に行った。大急ぎで出たが外でもう剛は待っていた。一言も口を利かずにアパートに帰った。すっかり覚悟は決まって自分でもびっくりするくらい落ち着いていた。

電気もつけないまま剛がテーブルを畳んで部屋の隅に押しやった。銀花は扇風機のスイッチを入れて「強」にした。ぶおおっと騒々しく回り出す。首振り角度の調節を、と思っているといきなり押し倒された。そのまま唇を吸われる。剛は風呂から帰ってきたばかりなのに汗でぐっしょり濡《ぬ》れていた。

真っ暗な部屋の中に蛍が見えた。剛が動くとちかちかと小さな赤い火が明滅する。熱くてたまらない。

「蛍が……」

思わず声が出た。だが、剛の返事はない。汗に濡れた互いの肌が擦れ合うと風でざわざわと竹が鳴っているような気がした。

その夜も剛は駅まで送ってくれた。道頓堀川沿いの冷蔵倉庫や材木倉庫を見ながら歩いていく。夜が更けるとさすがに秋の風は冷たかった。月のない夜だからあたりは暗かった。

「結婚して」

言ってから自分でも驚いた。剛は一瞬足を止めかけたがすぐにそのまま歩き出した。

「待ってや」

そう言うと余計に剛の足取りが速くなった。置いて行かれまいと足を速めて剛の背中に声を掛ける。

「ねえ、黙ってんと、なんか言うてよ」

すると、剛が振り向いた。眉《まゆ》を寄せ怒った顔で銀花を見ている。そして、吐き出すように言った。

「無理や」

胸がぎゅっと押し潰されたような気がした。断られたのが信じられない気持ちと、当然だという気持ちが同時に浮かんだ。

「どうして」

「俺は少年院帰りの人殺しや。伝統のある蔵なんか絶対に無理や」

「そんなん気にせんから」

「俺は醤油造りなんか興味ない」

「蔵の仕事は私がする。嫌ならせんでいい」

すがるような思いで言葉を重ねた。だが、剛は銀花の眼を見ずに言った。

「すまん。甘えてた俺が悪かった。俺は一生結婚なんかするつもりはない。だから二度と来るな」

断られるより謝られるほうがずっと辛かった。

母が父にしていたように、美味しい御飯を作り続ければきっと上手く行くと思っていた。そして、好き合った男と女は当たり前に結婚するものだと思っていた。だが、なにもかも独り相撲で勘違いだった。

自分はなんてバカだったんだろう。銀花は帰りの電車で人目もはばからず泣いた。

剛に振られたので正月はずっと家にいた。多鶴子も母も事情を察したらしくなにも言わなかった。やがて、冬が終わって春が来て、タケノコの季節も過ぎた。夏はもう眼の前だ。剛のアパートに行かなくなって半年以上経っていた。

蔵の経営はすこしずつ持ち直してきた。着物での営業はやはり効果があったようだ。ここは強気でいけ、と県外にも雀醤油を売り込んで歩いた。大阪の百貨店をいくつも回ると催事で扱ってもらえる機会もできた。

営業のためにミナミを歩くと剛のことが思い出された。元気にしているだろうか。ちゃんと食べているだろうか、と。仕事は続けているだろうか。まだあのアパートにいるだろうか。

泣くな、笑え。あの蛍の絵の女の子のように。

戎橋筋《えびすばしすじ》、心斎橋筋の人混みを歩きながら何度も自分に言い聞かせた。自分は雀醤油当主山尾銀花だ。今は綺麗な着物を着て醤油を売り込んでいる。泣いたらせっかくのお化粧が崩れてしまう。

自分は一生結婚できないかもしれない。だって剛以外の男は考えられない。じゃあ、蔵はどうなるのだろう。自分が歳《とし》を取って死んでしまったら蔵を継ぐ人はいなくなる。江戸時代から続くこの伝統ある蔵を自分の我が儘で潰すのか。だとしたら、我慢して婿《むこ》養子を取るしかないのだろうか。今になって、銀花は多鶴子の気持ちがわかるような気がした。

ある夕、得意先回りを終えて蔵に戻ると、母は台所で梅干しを漬ける作業をしていた。

銀花はただいまも言わず母を眺めていた。母は幸せそうに梅干しを漬けている。青梅に塩をまぶしているだけなのに満ち足りて見えた。父が生きている間はかわいがられて幸せで、父が死んだ後もやっぱり幸せだ。なんだか急にやりきれなくなった。

「お母さんはなんでお父さんと結婚したん？」

「結婚しよて言われたから」

「それだけ？」

「それだけやよ」

ふわふわ頼りなくてつかみ所のない返事をしながら母は一粒一粒愛《いと》おしそうに青梅を瓶に並べた。

「お母さんは、お父さんにかわいそう、って言われてどう思た？」

「優しい人やと思たよ」

「お母さんは、かわいそう、って言われて恥ずかしないん？　悔しくないん？　腹が立たんの？」

「なんで？　尚孝さんはね、心の底からかわいそうやと思て、結婚しようと言うてくれたんよ。それやのに腹を立てるん？　そっちのほうが尚孝さんに失礼やと思わん？」

「誰の子かわからん赤ん坊を押しつける方が失礼やよ。父親の心当たりがないってなんやの。相手が何十人もいたわけやないでしょ」

「銀花、もう訊かんといて。お母さん辛いから」母の眼に涙が浮かんだ。

「お母さんはいつもそうや。自分が辛いからやめて、って。めそめそして、周りがなんとかしてくれると思ってる」

途端に母が泣き出した。まただ。我慢できず声を荒らげた。

「かわいそうなのはお父さんやよ。苛々《いらいら》して自分が抑えられなくなった。お母さんはお父さんになにをしてあげたん？　お父さんはお母さんを守ってくれた。じゃあ、お父さんが苦しんでるときに、なにをしてあげたん？　迷惑を掛けただけやよ」

台所を後にして廊下に出た。縁側から庭へ下りる。暮れかけの空は茜色《あかねいろ》で燃えているように美しい。青々とした柿《かき》の木のシルエットがよく映えた。

言い過ぎたことくらいわかっている。自分は母に嫉妬《しっと》しているだけだ。剛に振られたから八つ当たりしているだけだ。なんて醜いのだろう。こんな自分を父が見たらどういうだろうか。

一つ深呼吸をして柿の木に向かって手を合わせた。

座敷童の神様、ごめんなさい。こんな私でも見捨てないでください。お願いします。

七月に入ってすぐ、母が夏風邪で床についた。弱そうに見えて普段からあまり病気をしない元気な人なので、銀花も多鶴子も心配などしなかった。

熱が下がらないまま三日目、突然母の様子がおかしくなった。何度呼んでも反応がない。これはおかしい、と救急車を呼んだ。病院に運ばれるとそのまま入院となった。脳炎をおこしている、という。そして、明け方、母は息を引き取った。あまりにも呆気ない死だった。

母は静かに眠っているように見えた。亡骸《なきがら》を見てもその死が理解できなかった。数日前までは元気に料理をしていた。昨朝まではただの風邪だと思っていた。なのにもう冷たくなっている。銀花は母の枕元《まくらもと》で当惑していた。

すこしも哀《かな》しくない。涙も出ない。呆然《ぼうぜん》と母を見下ろしていることしかできなかった。多鶴子も同じようで哀しそうなふりすらしない。大きなため息をついただけだった。

葬儀は身内だけでひっそりと行われた。四十二歳の母は最期まで三十代にしか見えず相変わらずかわいらしかった。

梅雨はまだ明けないのに暑さだけが厳しかった。

斎場の帰り、タクシーで帰ろうかと言ったが多鶴子は歩くと言った。銀花は母の骨と位牌《いはい》を持って、多鶴子の歩みに合わせゆっくりと歩いた。土手の道は川風が涼しいかと思っていたのに水面から湿気が上がってくるから余計に蒸した。

多鶴子は六十六歳だった。弱音一つ吐かなかったがそれでも確実に老いがわかるようになっていた。

「あの人は百まで生きると思てたよ。まさか、私より先に死ぬなんて」

「私もそう思てました。かわいらしいまま、ふわふわ、にこにこしながら長生きすると思てました」

多鶴子が足を止めてハンカチで汗を拭《ふ》いた。銀花は骨を抱いたまま空を見上げた。

「本当の父親のこと、なにも話さんと死んでしまいました。結局、わからずじまいです」

「尚孝では不満があるん？」多鶴子が言った。

「不満やないです。でも、自分のことやのに知らないままは堪えられんのです。多鶴子さんはなにか聞いてますか」

「いや。尚孝も美乃里さんもなにも言わんかったからね」

多鶴子は丁寧にバッグにハンカチを仕舞うとのろのろと歩き出した。銀花もその後に続いた。

「この前、私、母に文句を言ったんです。迷惑ばかり掛けて、いい加減にして、って」

「ああ。聞こえてたよ」

「母が周りに迷惑を掛けたのは事実です。でも、そのとき、私が怒ったのはもっと勝手な理由です。私、母に嫉妬してました」

「嫉妬？」

「母は父と結婚できたんですよ。好きな人と一緒になれたんです。その上、好き勝手なことをして、って思ったら腹が立って」

「私も同じじゃよ」

「え？」

「ああいう女の人は苦手や。死んだ人には悪いが、やっぱり好きにはなれん」

正直な物言いにすこし笑ってしまった。だが、好きになれない、と言ってしまえるのは多鶴子が他人だからだ。自分には無理だ。子供の頃から母が嫌いで、憎くて、いなくなってほしいとまで思った。なのに、母の料理もお菓子も大好きで、あのかわいらしい笑顔が羨《うらや》ましかった。

「タイプは違うけど、美乃里さんは桜子と似てるよ。あの子も今頃どうしてるんか……」

多鶴子が喪服の衿元《えりもと》をすこし緩めた。桜子は家を出て行ったきり音信不通のままだ。さぞかし多鶴子は心配だろうと思う。でも、銀花はあまり心配していない。そのうちに、高飛車な笑みを浮かべて帰ってくるような気がするからだ。

「多鶴子さん、私、まだ一度も泣いてないんです。涙が出ないんです」

「私かて自分の母親が死んだとき、涙なんか一滴も出んかった」多鶴子が吐き捨てるように言った。

思わず息を呑んだ。あたりの空気が凍るかと思うほどの凄《すさ》まじさだった。多鶴子の言葉の奥にあったのは、はっきりとした憎悪だ。それは自分の中にある母への嫉妬などとは比べものにならないほど濃くて粘っこいものに思われた。

だが、それを追及する気も責める気もなかった。自分が母をどう感じていいか混乱しているように、多鶴子だって自分の母に思うところがあるのだろう。年齢は関係ない。きっと、親子の問題は死ぬまで心にわだかまるのだ。

遠くに桃色の塊が見えた。公園に植わっている夾竹桃《きょうちくとう》だ。額の汗を感じながらじっと眺めた。

「私、母のこと、夾竹桃みたいやと思てました。かわいらしい花やけど毒があって、この暑さの中で平気で花を咲かせるところが図太い、って」

「あんた、上手いこと言う。そのとおりやね。なるほど、私も昔からあの花が嫌いやった。理由がわかったような気がする」

「ええ、私も子供の頃から嫌いでした」

「気が合うね」

そう言った多鶴子はすこしも嬉しそうではなかった。

真夏は温度が上がりすぎるので、醬油の仕込みは休みになる。

葬儀が終わると蔵仕事の合間を縫って母の遺品の片付けをすることになった。父が母に買って来た膨大なおみやげはただただ哀しかった。ガラス細工、万華鏡《まんげきょう》、ブローチ、豆皿、ボンボン入れなど、小さな小さな母の世界は「尚孝さん」の愛で成り立っていた。

また、母は洋服も着物もカバンも靴も大量に持っていて、それはみな父の買い与えた物だった。行李《こうり》を開けると浴衣が出て来た。母は毎年浴衣を新調していた。その中の一枚、麻の葉の紋様を見て胸が締め付けられた。この浴衣を着てくつろぐ母を父は描いた。物憂《ものう》げではかなげで息を吞むほど魅力的だった。父が描いた母の絵の中であれが一番美しかった。

母と父の二人きりの世界に囲まれているとどんどん息苦しくなってきた。母の世界には父しかいない。自分などどこにもいない。母にとって自分は一体なんだったのだろう。もし、自分が父の本当の子供だったらかわいがってもらえただろうか。最愛の男の子供だったら関心を持ってもらえただろうか。

息ができなくなりそうだ。胸も喉《のど》も詰まって苦しいのに涙が出ない。身体の中に溜まったままだ。

片付けの手を止めて一階に下りた。台所で冷たい水を飲んだが喉のつかえは取れない。ふっと食器棚を見るとカトレアのカップが眼に入った。金継ぎの金がぎらっと光って眼にささる。瞬間、やりきれなくなった。大声で叫びたい。この喉につかえた汚くて醜いものをぶちまけたい――。

なんとか堪《こら》えてもう一杯水を飲んで深呼吸をした。それから、カトレアのカップをすべて納戸《なんど》にしまった。今は見たくなかった。

ふたたび、母の部屋に戻って片付けをした。すると、押し入れの一番奥から丁寧に包まれた絵が出て来た。開けるとまだ若い母を描いたスケッチだ。思わずはっと息を呑んでそのまましばらく動けなかった。

母は逆光の中で赤ん坊を抱いて微笑《ほほえ》んでいる。後ろから射《さ》す光が光背のようで神々《こうごう》しいほど美しい。赤ん坊を抱く母は儚《はかな》げで薄幸そうなのに満ち足りている。まるで宗教画だ、と思った。母は処女のまま子を身ごもったというマリアのように見えた。下に父のサインがある。裏を返すと「聖母子像　一九五八年十二月二十三日　純喫茶フローラにて」とあった。日付は銀花の生まれた一週間後、このとき母はまだ十九歳で父は二十三歳、大学を一年留年していた。この翌日、クリスマスイブに両親は結婚している。

絵を見つめたまましばらくじっとしていた。この絵が父と母が結婚するきっかけとなったのだろうか。そもそも一体いつどうやって父と母は知り合ったのだろうか。本当の父はどうなったのだろうか。

どれだけ絵を見つめてもなにもわからない。今さら気にしても仕方がない、と自分に言い聞かせた。私は山尾銀花だ。山尾尚孝の娘だ。詮索《せんさく》は父に失礼だ。この絵からわかることだけを大事にしよう。それは父がこの母子を愛おしんでいること、そして母が幸せであることだ。

しばらく頭を冷やすことにして遺品の片付けを一旦止めることにした。

だが、夏は蔵仕事も少ないので手が空くとやはりあの絵のことを考えてしまう。一旦「聖母子像」が浮かぶともうだめだ。父に申し訳ないと思いながらもやはり本当の父親は誰だったのかと考えてしまう。自分はどうやって生まれたのだろうか。そして、どうやって父の子になったのだろうか。毎日ぼうっとしていて仕事でも家事でもミスが増えた。魚を焦がしたり配達に遅れたりして多鶴子に怒られることもあった。

ある日、うっかり納品を忘れてお得意様から催促される不手際を起こして多鶴子に怒られた。多鶴子は失敗そのものを指摘しなかった。ただ冷たくこう言っただけだ。

「銀花、醬油を作りたい、て言うたんはあんたや」

その言葉はどんな叱責《しっせき》よりも応《こた》えた。そうだ。私は醬油を作る。父の分まで作るのだ。こんなことでうじうじするな。再び自分に言い聞かせると思い切って「聖母子像」を取り出して眺めた。

幸せそうな母を見ているとやはり胸が痛くなる。母がマリアなら自分は救世主というところか。疫病神《やくびょうがみ》と言われた私が？　思わず笑ってしまいそうになって慌てて首を横に振った。駄目だ。こんな自分を卑下した笑い方はみっともない。蛍の女の子の笑い方ではない。

真実から逃げている限りどんどん嫌な人間になっていく。私は私が誰であるか知りたい。知った上で堂々と言ってやるのだ。私は山尾銀花、山尾尚孝の娘だ、と。たとえ自分が誰であろうと父の娘であることは決して揺らがない。

翌日、母の戸籍をたどるため覚悟を決めて大阪に向かった。母の生まれたところは大阪市港区市岡で、その一帯はすべて一九四五年三月十四日の大阪大空襲で焼けてしまっていた。当時の住所を訪ねてみたが母のことを知っている人はだれもいなかった。

次に「純喫茶フローラ」を探した。電話帳で確かめると、「フローラ」という喫茶店が心斎橋からほど近い周防町筋《すおうまちすじ》にあった。訪れてみると、ツタとレンガが時代を感じさせる美術喫茶だった。店の半分が画廊になっていて絵が何点も飾ってある。壁には飴色《あめいろ》のプレートが掛かっていて「since 1950」とあった。

思い切って店に入るとカウンターの中でほとんど髪のない初老の男がコーヒーを淹《い》れていた。カウンターに座って「本日のおすすめ」を注文する。

「昭和三十年頃の話を知っているかた、いらっしゃいませんか。この店のお客だった人について調べてるんですが」

「あんた、興信所の人か」男が不審げな顔をした。

「いえ、そうやなくて、ちょっとある絵について調べてるんです」

簡単に事情を説明して頭を下げると、ようやく納得してくれた。

「なるほど。その頃店をやってたんは僕の父ですね。近所に住んでるから呼びますわ」

禿頭《とくとう》のマスターが電話を掛けた。

おすすめのブラジルを飲みながら三十分ほど待つと、店の奥からもう九十近いと思われる老人が現れた。早速、父のスケッチを見せて訊ねた。

「この絵についてなにかご存知でしょうか。こちらで描かれたものなんですが」

息子よりもずっと髪の多い老人は聖母子像をじっと眺めていたが、ああ、と大きな声でうなずいた。

「この絵は憶えてる。モデルはたしか元々松島の娘やな。赤ん坊連れて画学生さんとよう来てた。たいした別嬪《べっぴん》さんやった」

「松島？　宮城県のですか」

「違う。松島新地。西区や。最近の若い人は知らんか。昔の遊郭。戦後は赤線。要するに男の人が遊ぶところや」

「赤線……」

勿論《もちろん》、赤線という言葉は知っていた。だが、それはただ知っているだけで現実からは遠い言葉だった。

「あれは雪の日やったな。若い娘さんが赤ん坊抱いて裸足《はだし》でふらふら歩いてたんや。それを見た画学生さんが声掛けていろいろ親身になってやったんや」

「雪の中、裸足で赤ん坊を抱いて、ですか」

「そう。あの日のことはよう憶えてる。まるで映画の一場面のようやったな」老人が遠い眼をした。

「話していただけますか」

「ええよ」老人はうなずき、カウンター内の息子に声を掛けた。「紅茶、二つ淹れてくれるか。ミルクティーや」

ブラジルはとっくに飲み終わっていた。熱いミルクティーが運ばれてくると老人は大量の砂糖を入れた。銀花も同じようにたっぷり入れた。

「あの画学生さんの好物や。あの日も飲んでた。風はないけど雪がちらちら降って底冷えのする日やった」


昭和三十年頃の日本はどんどん復興に向かっていた。だが、大阪駅の南側には闇市《やみいち》の名残のバラックが広がっていたし街角には傷痍《しょうい》軍人がいくらでもいた。まだまだ生活のあちこちに戦争が残っていた。

雪のちらつく寒い午後、「フローラ」には常連の画学生が一人いるだけだった。画学生は上品な育ちのよさそうな男でいつも紅茶を頼んでいた。モデルの女の子と来るときもあったがどんな女性にも優しくて紳士のようにふるまっていた。わざと乱暴にふるまう絵描きが多い中では珍しいタイプだった。画学生の指定席は窓際の三番目のテーブルで、いつもそこで画集を眺めたり道行く人を眺めてスケッチをしたりしていた。

その日も、窓から外を眺めながら紅茶を飲んでいたとき、ふいに声を上げた。

――あっ、あの人、裸足や。

画学生は窓の外を食い入るように見ている。なんだろうと眼を向けると若い女が赤ん坊を抱いて歩いていた。ふらふらと茫然《ぼうぜん》自失といった風だ。画学生は席を立って店の外に飛び出して行った。窓から見ていると、女に声を掛けてなにか話している。しばらくすると女を連れて店に入ってきた。

――この人にもミルクティーを。熱いやつ。

画学生は女を自分の向かいに座らせた。

――さ、赤ちゃんは僕が抱いてるから、あなたはゆっくりと紅茶を飲んで温まりなさい。お砂糖をたっぷり入れると美味しいですよ。

女はまだ若く二十歳にもなっていないように見えた。色白で寒さで赤くなった頬がなんとも可憐《かれん》だった。そんなかわいらしい女が打ちひしがれて哀れに震えている。見ているだけで胸が痛くなった。

——僕にできることやったら力になります。なんでも話してください。

画学生が言うと、女は涙をこぼしながら語った。画学生は親身になって話を聞いていた。聞くともなしに聞こえてきた話によると、女は空襲で身寄りを亡くした孤児で松島で育ったという。

——え、じゃあ、この子はまだ名前もないんですか？

画学生の驚いた声が一瞬、店に響いた。女がすすり泣く。画学生は慌てて声をひそめた。

——大丈夫。安心してください。僕がなんとかしてあげますから。

女が涙交じりの声でなにか言った。すると、画学生が答えた。

——僕が一緒に考えてあげますよ。なにがいいかな。女の子やから綺麗な名前を付けてあげましょう。あなたの好きな物はなんですか。花の名前でもなんでもいいですよ。

画学生はスケッチブックを広げ、クロッキー用の鉛筆を握った。

——好きな物はない？　なにも？　そうですか。

画学生は痛ましそうに女を見ていたが、やがて窓の外に眼を遣《や》った。

うですか。

――ほら、ごらんなさい。今日は綺麗な雪が降ってますね。雪にちなんだ名前はど

スケッチブックにさらさらと書いた。

――雪子、深雪、六花、銀花。この中で気に入ったものはありますか。

女が小声で答えた。それを聞いて、画学生が大きくうなずいた。

――銀花ですね。いい名前や。僕もそれがいいと思てたんです。銀花ていうのは今日みたいに降る雪をたとえて言うんですよ。きっとこの名前が似合う素敵な女の子になる。

女が顔を上げた。そして、頬を赤らめ笑った。店中が暖かくなるような微笑みだった。雪の中、裸足で震えていた女が本当に幸せそうに笑ったのだ。画学生は何も言えずに見とれていた。しばらくしてようやく口を開いた。

――絵のモデルになってくれますか？　僕はあなたと赤ちゃんを描きたい。

女がうなずいた。

老人は紅茶を飲み干し、涙を浮かべ懐《なつ》かしそうな眼をした。

「画学生さんは松島の娘にすっかり夢中やった。あなたは私のフローラです、なんて

言うてたな。フローラいうのは花の女神のことや」

銀花は黙って聞いていた。温かい紅茶を飲んだのに雪の中に佇《たたず》んでいるような気がした。出会ったときの二人の様子がありありと頭に浮かんだ。父がどれだけ優しく母に語りかけたか。母がどれだけかわいらしくてかわいそうだったか。まるで自分がその場に居合わせたかのように想像できた。

「で、この絵はどこで手に入れたんや。あんた、あの画学生さんと関係がある人か」

「いえ、そうではなくてちょっと知り合いから」

曖昧《あいまい》にごまかした。そのときの赤ん坊は私です、とは言えなかった。

「そうか。あの二人どうなったんやろ。まあ、どうせすぐに別れたんやろけどな」

絵を抱えてそそくさと店を出た。通りに出ると途端に強い陽射しが照りつけてきた。なのに、頭も身体も冷え切って痺《しび》れたようで一足ごとにふらついた。転ばずに歩けるのが不思議なくらいだった。

自分の父親は母を買った客のうちの一人、母にもわからない誰かだった。その事実をどう受け止めてよいのかわからない。これは辛いことなのか、それとも辛くないことなのか。

誰かもわからない客の子供。そんな子供を母は愛せただろうか。母が「尚孝さん」

との二人きりの世界に逃げ込んだのは無理のないことではないか。ならば自分が生まれてきたことにどんな意味があったのか。もしかしたら自分は母にとって忘れたい過去そのものだったのか。

母があの絵を押し入れの奥に丁寧にしまい込んでいた気持ちがわかった。「フローラ」で描かれたスケッチは父と母が出会った記念の大切な絵だ。しかし、一方で、母にとっては過去を思い出させる見たくもない絵だった。出して眺めることも捨てることもできなかったのだ。

じりじりと夏の陽に焼かれながら松島新地を訪れた。料亭という名の売春宿が何軒も並んでいる。開け放した入口から中を見ると退屈そうに女が座っていた。恐ろしくなって逃げるように新地を離れた。

――私の本当のお父さんはどこの誰なん？

――わからへん。

――わからへん、ってなによ。

――銀花、それ以上言わんといて。お母さん、辛いから。

母は嘘《うそ》などつかなかった。本当に誰だかわからなかったのだ。それだけではない。これまで母が言う「辛い」という言葉が嫌いだった。ただの言い訳、甘えているだけだと思って腹が立った。でも違った。言い訳でも甘えでもない。母は本当に辛かったのだ。

空襲で天涯孤独になった母がどうやって松島にたどり着き、どうやって生きてきたのか今となってはわからない。だが、自分には想像もつかないほどの苦労があったことはたしかだ。母はそれを「辛い」という一言で表すのがやっとだった。それ以上はどうしても話せなかった。「辛い」は甘えた言葉ではなく母が味わった地獄そのものだったのだろう。

さっきまで冷え切っていた身体から滝のように汗が流れている。苛烈《かれつ》な午後の陽射しと焦げたアスファルトに挟まれて火傷《やけど》しそうだ。ふっと焦熱地獄という言葉が浮かんだ。まるで母の過ごした地獄が自分の中に流れ込んでくるようだ。そうだ、熱は自分の身体の中にある。身体の中から焼かれるからどこにも逃げ場がない。

どうやって家に戻ったか憶えていない。多鶴子に挨拶もせず真っ直ぐに母の部屋に向かった。もっともっと。どんなことでもいい。なにか手がかりはないのかと部屋中を探した。

本棚には母がずっと買っていた「暮しの手帖」やら料理本やらが並んでいた。その間にノートが何冊も挟まっているのに気付いた。一冊取り出して開いて見ると献立ノートだった。

――内緒。恥ずかしいから。

そう言って見せてもらえなかったものだ。

どれも父の好物だ。子供のような字と絵で母の得意料理の作り方が書かれている。各料理には感想がついていた。

「尚孝さん、おいしいと言った。付け合わせも気に入ってくれた」

「尚孝さん、すごくおいしいと言った。お代わり、山盛りで二回」

「尚孝さん、口に合わない。お代わりなし。甘酢はダメ」

「尚孝さん、口に合わない。砂糖を減らしたら、おいしいと言った」

すべての料理に「尚孝さん」の反応が丁寧に書いてあった。わかっていたことなのにいたたまれなくなる。母にとっては父がすべてだった。自分はいない。母の過去を知った今、母を責めることはできないと思う。それでも、母を手放しでかわいそうだと思うこともできない。母はいじらしくて、いたましくて、そしてやはり疎《うと》ましい。

無意識のうちに息を堪えながらページをめくった。すると「銀花」という文字が眼に入ってどきりとした。

「銀花、時間が掛かりすぎ。味はあとすこし。もう一度」

「銀花、失敗。焦げて固くなった。油の温度が難しい。もう一度」

「銀花、まあまあ上手にできた。でも、生温《なまぬる》い。手順が悪い。教え方を工夫。もう一度」

「銀花、すごく上手にできた。喜んでた。教え方を工夫してよかった」

母が銀花に料理を教えたときの感想だ。もう一度、教え方を工夫、という言葉が何度も出てきた。母はただ教えるだけでなく銀花が上手くできるよう懸命に教え方を工夫していた。

他にも、雑誌や新聞の料理記事の切り抜きを貼ったノートも見つかった。醬油のラベルと同じですこしの歪みもなく丁寧に貼ってあった。

母は遊郭で育ったから家庭を知らない。料理本を見て懸命に料理を憶えたのだろう。母のお手本は「暮しの手帖」だ。母が作る洗練された手の込んだ料理はすべて努力の結果だった。母は母なりに精一杯理想の家庭を作ろうとしていた。

胸が押し潰されるように痛んだ。息ができない。次の瞬間、涙があふれた。

ずっと母が嫌いだった。盗癖があって、いつもめそめそして、他人のせいにして生きている。本当は心の中で軽蔑《けいべつ》していた。だが、母は自分の過去に関して一度も口にしなかった。一度も愚痴を言わなかった。

ふいに青い空が広がった。かんかん照りの太陽の下、帽子を忘れて陽に焦がされながらジェットモグラを万引きした母と歩く。あのとき夾竹桃が咲いていた。ごめんね、ごめんね、と母は謝り続ける。あのとき、どれだけ惨《みじ》めだっただろう。どれだけ母を怨んだだろう。どれだけ母が憎かっただろう。

それでも母の料理は美味しかった。母の料理を食べているときは幸せだった。喜ぶ母の顔を見ると自分も嬉しくて、だけどやっぱり腹が立った。

堰《せき》を切ったように思い出があふれる。母のマカロニグラタン、ロールキャベツ、クリームコロッケ、カラメル苦めのプリン。母が結んでくれたリボン、洗濯してくれたワンピース、アイロンを掛けてくれたレースのハンカチ。ぼろぼろ涙もあふれた。

もう一度献立ノートの束を見た。一番新しいノートには「銀花用」と書かれていた。そこには、銀花のために初心者向けにアレンジされた献立が書かれていた。まだきちんと完成されておらず、後から書き加えた注意点やぐちゃぐちゃと乱暴に消されたところがあちこちにあった。みなが寝静まった夜、「尚孝さん」のいなくなった部屋で母が懸命にノートに向かう姿が浮かんだ。

母のせいで様々な迷惑を被《こうむ》ってきた。泥棒と誤解され、いじめられて悔しい思いをした。その惨めな記憶は決して消えない。今でも憎い。

だが、自分が食いしん坊になったのは母の美味しい手料理を食べていたからだ。だが、母に感謝などしたこともなかったし、したくもないと思っていた。それどころか母が疎ましくて大嫌いだった。なのに、今になって母に会いたくてたまらない。母に感謝を伝えたくてたまらない。だが、もう遅い。母は死んでしまった。二度と会えない。ありがとうを言うこともできない。

拭《ふ》いても拭いても涙がこぼれる。ノートを抱きしめて泣き続けた。多鶴子がのぞきに来て、またすぐに引き返して行った。

いつの間にか部屋の中はすっかり暗くなっていた。立ち上がって窓から外を見た。夕闇と月と星の下に竹林が見えた。

剛に会いに行こうと思った。

次の日曜、銀花はなにも持たずに剛のアパートに押しかけた。去年の秋に別れて以来ほとんど九ヶ月ぶりの再会だった。剛は一瞬絶句しそれからいつもの怒った顔になった。

「二度と来るなと言うたやろ」

返事をせずに強引に中に入った。慌てている剛に構わずまっすぐに冷蔵庫を開ける。

「喉、渇いた。ビールもらうよ」

言いざまビールの栓を開けてコップに注いで一息に飲んだ。そのまま黙っている。剛もなにも言わない。しばらく二人で黙って冷蔵庫の前に立ち尽くしていた。やがて、沈黙に負けて口を開いたのは剛だった。

「なにかあったんか」

「母が死んでん。病気で呆気なく」

剛が驚いて銀花を見た。困った顔をする。

「それは……大変やったな」

座れと言われないのに勝手に腰を下ろし、扇風機を「強」にした。ぶおおおっ、と揺れながら首を振る。

「母のこと、昔から苦手やってんよ。ふわふわして、万引きがやめられなくて、みんなに迷惑掛けて。憎かったし、正直、いなくなってほしいと思てた。それでもね、やっぱり哀しいんやよ」

剛がお代わりのビールを注いでくれた。今度も一息で飲み干す。どれだけ飲んでも喉がカラカラに渇いているような気がした。

「私の本当の父親って、母に訊いてもわからんて言われててん。だけど、納得できんから調べに行ってん。そうしたら、母は戦災孤児で赤線で働いてた」

「赤線……」剛の顔が強張《こわば》った。

「本当の父がわからんのは仕方なかった。だって、母を買った客の中の誰かやろうから」

突然、剛に抱きしめられた。思わず眼を閉じた。心臓が新しく動き出す。新しい血が身体中に送り出されるのがわかる。剛の腕も胸もごつごつ硬くて荒々しい。抱きしめる力はすこし強すぎて息が苦しいし、互いの骨と肉が軋《きし》むような気がする。でも、その無骨な刺激が心地よい。ぞくぞくしてほっとする。やっぱり自分は間違っていない。

身をよじって剛の腕から抜ける。剛は一瞬傷ついたような表情になった。

「私は売春婦と客の間にできた子やよ。でも、そのことで、傷つくつもりはないねん」剛を見つめながら一語一語はっきりと言った。「私の名前を付けてくれたのは父やった。父は私を本当の娘としてかわいがってくれた。なのに、私が実の父親のことで傷ついたりしたら、父に失礼やと思う。だから、堂々と生きることにする。私は雀醤油を継ぐ。山尾尚孝の娘として蔵を守って生きていく。それに、私は座敷童を見たんやよ。こんな日のために、座敷童は私の前に姿を現したのかもしれへん」

剛の顔がすこし強張った。構わず言葉を続けた。

「でも、一人では無理。私が生きていくには剛が必要。他の誰でもない。剛やないとあかん」

剛がにらみつけてきた。負けじとその眼を見返した。甘い雰囲気など、どこにもなかった。まるで野良犬《のらいぬ》のケンカだ。唸《うな》り声を上げ、にらみ合って、ぐるぐる回っている。

だが、自分でも不思議なくらい落ち着いていた。言うべきことは言ったという自信があった。これで断られたなら仕方ない。また出直してくるだけだ。

先に眼を逸らしたのは剛だった。くそ、と呟きながら顔を背けて言う。

「あの座敷童は俺や」

「え？」

一体、なにを言っているのかわからなかった。十余年前、蔵の隅を駆けていった座敷童の姿は今でもありありと頭の中に浮かぶ。格子縞《こうしじま》の着物を着て裸足だった。ぱたぱたと足音まで聞こえた。

「あの座敷童は俺や。親父《おやじ》に頼まれて座敷童の恰好をした。尚孝さんにだけ見られるつもりやった」

「え、え、ちょっと待って。どういうこと？」

「あの頃、親父は多鶴子さんに尚孝さんのことを任されてた。親父は尚孝さんに立派な蔵の跡継ぎになってほしいと思ってたけど、尚孝さんは醬油よりも絵が好きやった。絵を諦めて蔵仕事に専念させようと、親父が考えたのが座敷童を見せることやったんや」

「つまり、当主にしか見えないという座敷童を見たら、父にも跡継ぎとしての自覚が生まれるやろう、ってこと？」

「ああ」

銀花は混乱していた。まさか、あれが仕組まれたことだったとは想像もしなかった。本物の座敷童を見たのだと、今の今まで信じていた。

「多鶴子さんは知ってたん？」

「いや。親父の独断や。俺は軽い気持ちで引き受けた。……新しい自転車を買ってやると言われて」

「じゃあ、なぜ、私の前に現れたん？」

「偶然や。あの日……」

あの日、親父は俺に座敷童の恰好をさせた。普段の白シャツに半ズボンの上から着物を着て兵児帯《へこおび》を締めた。運動靴は脱いでオート三輪の荷台に隠しといた。

俺は蔵の隅に身を潜ませた。親父は俺にこう言った。

――今から尚孝さんを呼んでくる。おまえはここでじっとしてるんや。

――うん。

――蔵へは尚孝さんを先に入らせて、お父さんはすこし遅れて入る。尚孝さんが蔵に入ったら蔵の灯りを点《つ》けるから、そうしたら桶の陰から飛び出すんや。顔は見られないようにうつむいて走れ。向かい側の桶に隠れたら、壁沿いに裏口まで行くんや。そこで着物を脱いで荷台に放り込め。わかったか。

――わかった。

俺は桶の陰にうずくまってじっとしていた。自転車のことで頭がいっぱいやった。すると、ぱっと灯りが点いた。俺は親父に言われたとおり、うつむいて走った。そして、裏口から出て、急いで着物を脱いだ。自分では上手くいったと思てた。家に戻って、夜、親父の帰りを待った。俺は誉《ほ》めてもらえると思っていた。次の日曜には新しい自転車を買いに行くのか、とそればかり考えて興奮していた。

夜遅く、親父が帰ってきた。俺はうきうきして親父を出迎えた。親父の顔は険しかった。機嫌が悪いのはわかったが、仕事で疲れてるだけやと思た。

——お帰りなさい。お父さん。

すると、親父はいきなり俺の顔を殴った。

——おまえのせいで、なにもかも台無しや。お前、尚孝さんのお嬢さんに見られたんや。

親父は吐き捨てるように言うと、俺を押しのけ酒を飲みはじめた。俺はしばらく動けなかった。頬の痛みよりも驚きのほうが大きかった。それまでにも殴られたことはある。でもそれは、俺が悪いことをしたときやった。行儀が悪かったり言いつけを守らなかったときや。殴ると言っても、げんこつを落とすくらいやった。頬を平手で張られたことなどなかった。

その夜、俺は張られた頬の痛みを思い出して震えてた。怒りと悔しさで自転車などもうどうでもよくなっていた。もし、親父が自転車を買うてくれたとしても誰が乗ってやるか、などと思ってたくらいや。だけど、本当は俺は怖かった。怒ることで親父に見捨てられるという恐怖を誤魔化そうとした。次の日から俺は親父を無視した。親父もなにも言わんかった。

しばらく経った頃、親父が突然話しかけて来た。

――尚孝さんの娘はもともと手癖が悪いんや。あの子を嘘つきにして悪いとも思たが、要するに自業自得《じごうじとく》ということやな。

自業自得、と親父は自分に言い聞かせるように言うた。眼が一瞬泳いだから親父が無理をしているとわかった。俺は返事をせず黙ってた。ほっとしている親父が汚らしく見えた。

――おまえ、昔、オモチャをもらったのを憶えてるか？

ジェットモグラのことや。子供の頃、一番お気に入りのオモチャで大切に仕舞ってある。俺の宝物や。

――福引きで当たったと言うてたが、あの子が盗《と》ったんかもしれへん。あんな大きな物を盗るなんて、出来心とか魔が差したとかやない。あの子は性根が腐ってる。末恐ろしい子や。

親父はあんたを悪者にして自分の失敗の責任を押しつけてた。俺はそんな親父を軽蔑した。一方で、俺だってすこしほっとした。そんな自分に腹が立って俺はジェットモグラを叩《たた》き壊して捨てた。

あんたは学校で孤立してると聞いてた。友達の物を盗って絶交された、と。やっぱり泥棒やった、俺は悪くない、と思た。でも、あんたを悪者にしてほっとしたはずやのに、毎日どんどん苦しくなってく。座敷童の企てを失敗して以来、親父との仲も悪くなる一方やった。無視されるか怒鳴られるかのどちらかで、まともに口をきいたことがない。学校も家も嫌で、やがて、中学に上がった俺は暴走族に入った。

ある夜、集会に行こうとして家を出た。月の綺麗な夜やった。俺は足早に土手を歩いてた。早く自分のバイクが欲しかった。中学校を卒業したらすぐに働くつもりやった。せめて高校だけは出ろ、と言われたが従う気はなかった。いざとなったら家を出ようと決めてた。寮のある工場なんていくらでもみつかる。自分で稼いで自分の力でやってくんや。そして、金を貯《た》めてバイクを買う。借り物ではない自分のバイクや。そして、どこまでも走って行く。誰の力も借りん。一人で遠くへ行くんや――。

そんなことを考えながら歩いてたら、橋の上から川を見てる人がいた。歌声が聞こえてきた。すこし間延びした「ポーリュシカ・ポーレ」やった。

酔っ払いか、と思って近づくと、男は尚孝さんやった。「ポーリュシカ・ポーレ」をひとしきり歌うと叫んだ。

――僕は最低や。資格がないんや。

顔を覆って泣きだし、それから、また歌った。

俺は土手の上で動けんようになった。思い知らされた。これが、座敷童の企てに失敗した結果や。尚孝さんをこんなにも苦しめてる。親父の怒りは当然や。俺は取り返しのつかんことをしてしもたんや。

——僕は最低の人間や。生きてたかて意味がない……。

みんな俺のせいや。俺の責任や。俺は背を向けて逃げ出そうとした。でも、そのときふっとあんたの顔が浮かんだ。

学校であんたはいつ見ても独りぼっちやった。俺は暴走族に入ってくだらん奴《やっ》らとつるんでるのに、あんたは一人で耐えてた。俺が本当のことを言わんと、あんたは一生嘘つきにされたままや。

俺は覚悟を決めて歩き出した。足は震えて心臓が喉のあたりまでせり上がってきたような気がした。

——尚孝さん。

思い切って声を掛けた。尚孝さんはぐしゃぐしゃの顔をこちらに向けた。いつもお洒落《しゃれ》で身ぎれいな人がこんなに荒れてるのは哀しかった。

——俺、大原剛です。杜氏の息子の。

——ああ、久しぶりやな。なんや、こんな時間に。

——走りに行くんです。俺、暴走族なんです。

――はは、そりゃええなあ。僕も暴走族やってみよか。バイク買うて飛ばすんや。ロシアまで。

そう言って、尚孝さんはまた「ポーリュシカ・ポーレ」を歌い出した。調子外れの歌に俺はたえられんようになった。

――尚孝さん。俺、話があるんです。大事な……座敷童の話です。

――座敷童？　ああ、残念やけど僕には関係ない。銀花にでも話してくれ。

――違うんです。あの座敷童は嘘なんです。親父に頼まれて俺が化けてたんです。

尚孝さんは絶句した。愕然《がくぜん》とした顔で俺を見ている。月の明かりで見える顔はおかしな影ができてて暑さで溶けた人形みたいに歪んでた。

――じゃあ、大原さんが仕組んだことなんか。

――そうです。親父は尚孝さんだけに見られるようにと言いました。でも、俺は失敗して銀花さんに見られてしまったんです。だから、座敷童なんて嘘なんです。だましてすみません。

尚孝さんは黙り込んだ。欄干にもたれたままじっと動かない。俺はどうしていいのかわからんかった。真相を知ったら尚孝さんだって怒ると思てた。なのに、こんなに静かや。

川を渡って冷たい秋風が吹いてくる。河原の茂みが揺れた。尚孝さんが顔を上げた。俺は思わず息を呑んだ。尚孝さんは穏やかに微笑んでたんや。

——本当のことを教えてくれてありがとう。

俺はぞっとした。笑ってるのに眼は真っ暗な穴のようやった。尚孝さんの笑った顔はもう人形のようですらなかった。夜店に並ぶお面みたいやったんや。つるつるして薄っぺらで、剝《は》がしたらその下にはなにもない。まるで、笑ったまま死んだ人のお面やった。

——銀花が見た座敷童は偽者《にせもの》か。じゃあ、今から蔵の仕事を頑張れば、いつか僕かて本物の座敷童が見えるかもしれへんな。

——はい。きっと。

——はは。絵を諦めて蔵の仕事をやれ、って神様が言ってるんやろうなあ。

尚孝さんはずっと笑ってた。俺は恐ろしくてたまらなんかった。早くこの場を立ち去りたかった。

——早く見られたらいいですね。じゃあ、俺は帰ります。

ちょっと待てよ、と尚孝さんは俺に青いリボンの掛かった小さな箱を押しつけた。舶来物のチョコレートだという。

――いえ、いいです。

――いいから持ってけ。美味しいよ。銀花も大好きなんや。

「ポーリュシカ・ポーレ」を歌いながら尚孝さんは行ってしまった。

俺は押しつけられたチョコレートがなんだか怖くなって、途中で捨てた。そして集会に行った。すこしも楽しくなかったけど気は紛れた。

明け方、家に帰ると母がまだ起きてた。親父が尚孝さんに呼び出されて外出したまま帰ってこんという。俺は不安になった。俺の前では笑てたが、きっと尚孝さんは怒って親父を問い詰めてるに違いない。喧嘩《けんか》になってんといいが、と思た。じりじりしながら親父の帰りを待った。だが、とうとう帰ってこんかった。そして、親父と尚孝さんは死んだ。

恐らく二人は言い争いになったんやろう。話がこじれて取っ組み合いにでもなって川に落ちて溺《おぼ》れたんや。

俺は責任を感じた。俺が座敷童の企てに失敗せんかったら。また、そのことを尚孝さんに話さんかったら。二人とも死なずに済んだんやないか、と。

剛は栓抜きを握り締めたまま動かない。

「あんたの母親が万引きするのを見たとき、わかった。ジェットモグラを盗ったのも、蔵で親父の物を盗ったのも、あんたの母親や。あんたはずっと母親をかばってたんや、って。そのことを確かめようとしたけど、あんたの母親は泣いてばかりやった。その内、マサルが強請《ゆす》ってやろうと言い出した。雀醬油なら金を持ってるから、ってな。俺は止めさせようとして、ケンカになった。あいつがナイフを出したから、殺されると思って……」

「剛のせいやない。悪いのは母やから……」

そこで言葉に詰まった。悪いのは母だ。でも、母はかわいそうな人だ。憎みきることができない。本当にかわいそうなのは殺されたマサル、殺してしまった剛なのに。

「もういい」

剛は低い声で言うと、ひとつため息をついて二本目の栓を抜いた。まず銀花のコップに注いで、それから自分の湯呑みに注いでぐっと飲んだ。二本目の瓶もすぐ空になった。

「弱い人を責めるのは簡単や。悪い人を責めるのも簡単や。昔、族でつるんでたときも、少年院でも、工場でも、人を責めるのが好きなやつがいた。人がどんな罪を犯したかなんて問題やない。ただ、自分が安心したいから、自分が気持ちよくなりたいから人を責めるんや」

剛はこちらを見て、ほんのすこし泣きそうな顔で笑った。

「俺自身は人に責められて当然や。でも、俺は人を責めたくない。死ぬまで、人を責めずに……誰とも関わらずに生きていきたいと思う。だから、あんたが何回プロポーズしても無理なんや」

剛が苦しんで苦しんで苦しんだ挙げ句に出した結論なのがわかったからなにも言えなかった。

人と人が関わるから苦しみが生まれる。一人でいればそれ以上苦しまなくて済む。それは昔、自分がやったことと同じだ。ハッチーとのりちゃんに絶交されたとき思った。もう友達などいらない。辛い思いをするなら一人の方がいい、と。

剛を楽にするには離れるほうがいいのだろうか。自分がつきまとうことは剛にとってなんの幸せにもならないのか。そう思うとこれ以上なにも言えなかった。

送る、と剛が立ち上がった。銀花は無言でアパートを出た。いつもなら難波で別れるのに剛は一緒に地下鉄に乗った。天王寺まで行って近鉄に乗り換えるがやっぱり剛は一緒だった。

休日の夜で遊び帰りの人も多く電車は混んでいた。二人とも黙りこくったまま窓から夜の町やら山やらを見ていた。

　電車を降りて無言で歩く。やがて剛は蔵とは違う方向に足を向けた。銀花は黙ってついて行った。

　雲に月が隠れて暗い夜だった。川を遡《さかのぼ》って土手をしばらく歩き、やがて橋の上で足を止めた。

「尚孝さんはここで歌《うと》てた」

　剛が黒々と流れる川に向かって手を合わせた。銀花もその横で同じようにした。二人で黙って長い間そうしていた。

　ふいに雲が切れて月が明るくなった。水面《みなも》が輝きジュズダマが揺れているのが見えた。乾いた濃い紫色の実が鮮やかに輝いてカラカラと鳴るような気がした。子供の頃、父とジュズダマでネックレスを作って遊んだ。楽しかった、嬉しかった――。

　風が吹いた。ジュズダマが大きく揺れた。カラカラと鳴る音が聞こえるような気がした。瞬間、はっと息を呑んだ。もしかしたら。父と大原がなぜ川に落ちたのか。それは父が自殺しようとしたわけでも争った挙げ句に川に落ちたのでもない。もしかしたら――。

「父はおみやげの天才やった」

ジュズダマを見つめたまま呟くと剛が怪訝《けげん》な顔をした。

「父はいつもおみやげを持って帰ってきた。お菓子が多かったんやけど、酔っ払ったときも、花とか綺麗な落葉とか私の喜びそうなものを……」

あの夜のことを想像してみる。

父は大原を呼び出して座敷童の真相を問い詰めた。そこでどんな話し合いがもたれたかはわからないが、とにかく父は家に帰ろうとした。青いリボンの付いたチョコレートは銀花へのおみやげになるはずの物だった。でも、それは剛に渡してしまった。だから、代わりのおみやげが必要だった。父はなにかないかと周りを見た。

――ジュズダマを採ってくる。あの子はネックレスを作って遊ぶのが大好きやった。

――危ないですよ、尚孝さん。

そうして、助けようとした大原も誤って川に落ちてしまったのではないか。

「お父さんは自殺するつもりやなかった。争いになったんでもない。ちゃんと家に帰ってくるつもりやったと思う」

剛は水面を見つめたまま動かない。でも、そばにいてくれる。安心して言葉を続けた。

「私は父を弱い人間やと思てた。きっとみんなもそう思てたと思う。だけど、それは間違いや。父は弱いところもあったけど弱いだけの人間やない。だって、私におみやげを持って帰ろうとしてくれたんやから」

真相を聞かされ、父はどれだけショックを受けただろう。当主としての矜持《きょうじ》も芸術家としての誇りも父親としての立場も、なにもかもすべて傷つけられた。

しかし、そんな中でも剛を許した。そして、血の繋《つな》がらない娘のためにおみやげを持って帰ろうとした。

どんなときにでも誰かのことを考えられる、という心の在り方を強さと呼ばずしてなんと呼ぼう。仮に父の心の大部分が弱さでできていたとしても、ほんの一粒だけ強さがあった。それはとても小さくて、でも、硬くて美しい。この世で最高のダイヤよりもずっとずっと素晴らしいものだ。父の心にはたしかにそれがあった。

「弱いのは私や。父にかわいがってもらうのを当たり前のことやと思てた」

自分は父のおみやげに甘えるばかりだった。もし、もっと父をわかっていれば、もっと父を助けていれば、父はころんころんと死なない未来に転がっていけたのだろうか。

「あんたは強い。嘘つきやと言われても、いじめられても、それでも逃げんかった。だけど、俺は違う。ワルぶって、弱い者同士でつるんで……挙げ句、人を殺した。もう、取り返しがつかん……」

剛はうつむいたままなんとか泣くのを堪えているようだ。肩がひきつるように震えていた。銀花は剛の手を握った。その手に涙が落ちた。やたらと熱かった。

「私は強くない。強くないよ。卑怯《ひきょう》な人間やよ。だって……」

剛が顔を上げた。その手をもっと強く握った。

「だって、私、今、嬉しいもん。ほっとしてるもん。責任を感じてたんは私だけやない、ってわかって喜んでるんやよ。ね、卑怯やろ？」

剛が銀花の顔をじっと見た。しばらく黙っていたが、やがて笑い出した。

「はは、そうや。俺もあんたも卑怯者や。同じやな」

「そうそう。卑怯者が卑怯者を好きになってん」

剛の笑みが消えた。顔を背けた剛に構わず言葉を続けた。

「私、今までみんな母のせいにしてきてんよ。友達がいないのも母のせい、恋人ができないのも母のせい、私が独りぼっちなのは母のせい、って。そうやって気付いたら、醤油蔵に多鶴子さんと二人きりになってた。でも、わかった。結局、自分が悪いんや。私が人に好かれないだけなんやよ」

「そんなことない」剛が眼を合わさずに言った。

「気を遣ってくれんでええよ。私は人に好かれる性格やない。頑固なくせにへらへらしてて、意地っ張りで癇癪《かんしゃく》持ち。おまけに卑怯者や。そやから、人に好かれる人間になるのは諦めたつもりやった。……でも、やっぱり諦められん。私は好かれたい。剛に」

剛の肩がまたわずかに震えた。だが、こちらを見ようとしない。

「私は剛に好かれたい。剛が好きやから。剛と一緒にいたい。死ぬまで一緒にいたい。だから、結婚しよ」

剛は顔を背けたままだ。懸命に言葉を続けた。

「剛が結婚してくれんかったら、私、一生独身のままや。剛も絶対独身に決まってる。それでもいいん？」

勝手な決めつけだったが剛は異議を唱えなかった。長い沈黙の末、すこしふて腐れたような表情で呟く。

「人殺しの造った醬油なんか嫌がられるに決まってる」

「人殺しの造った醬油やとみんなに知られるほうがいいよ」

「なに？」

「人殺しやとバレんようにビクビクしながら暮らすんと、どうせバレてるから開き直って暮らすんとどっちがいいと思う？　隠し事しながら暮らすんは苦しいよ。自分でもわかってるはずやん」

剛はぽかんと口を開けて銀花を見ている。ふいに破顔した。

「はは、たしかにそうや」

剛は笑い続けた。こんな幼い顔で笑う剛を見たのは、これがはじめてだ。勢い込んで言った。

「じゃ、一緒に醬油造ろ？」

剛が笑うのをやめた。また、黙り込んだ。うつむいたまま動かない。銀花はまた不安になった。気が変わったのだろうか。やっぱり嫌だと言われたらどうしようか。ここまで言って断られたら今度こそ完全に駄目だということか。

剛がゆっくりと顔を上げた。月に雲がかかる。見えるのは黒い輪郭だけだ。でも、その影の中で眼がわずかに輝いていた。闇の中だからこそ見えるほんの小さな光だ。

「ほんまに俺でいいんか」

「うん。いいよ」

自分でもびっくりするくらい大きな声で返事をしてしまった。剛が噴き出した。腹を抱えて笑っている。最初は恥ずかしかったがつられて笑った。

家まで送ってもらった。多鶴子はもう眠っている。竹林を抜けて二階の窓から上がってもらうことにした。

「ちょっと待っててね」

ビールを持って部屋に行くと、剛は窓から外を見ていた。柿の木の向こうに蔵、その先に竹林が見える。

「ここは変わらへんな」ぼそりと言う。

「そう。眺めだけやね、変わらへんのは」

ビールを飲みながら剛は壁の絵を見て言った。

「あれが尚孝さんの絵か？　上手やな」

「よく描けてるでしょ」

剛はまだ絵をじっと見ている。それから呆れたように言った。

「アホみたいに笑てる」

剛は一晩泊まり、翌朝、こっそり窓から帰っていった。

二人で多鶴子に結婚の報告をすることに決め、日を改めて剛が来た。剛はすこし緊張していたが腹をくくったのか余計なことはなにも言わなかった。

多鶴子は長い間黙っていたが、ひとつため息をついてから口を開いた。

「私は反対やよ」

「多鶴子さん、なんでですか」

「なんで？　それをわざわざ私に言わすん？」

「剛が人を殺したことですか。でも、そもそもの原因は母です。剛を責める資格なんてありません」

「それでも人を殺したんは事実や。うちに入れるわけにはいかん」

「私は誰がなにを言おうと剛と結婚します。剛以外に考えられないんです」

「じゃあ、好きにすればいい。その代わり、うちを出て行ってもらうしかないね」

「いえ、出て行きません」

「あんたは……」多鶴子が絶句した。

「我が儘を言うてるのはわかってます。でも、私にはどっちも大事なんです。この蔵に残って父との約束を守りたい。そして、剛と一緒になりたい。どちらかを諦めるなんて無理です。お願いします」

銀花は手をつき深々と頭を下げた。剛もその横で頭を下げた。

「どっちも諦めたくない、か。あんたは、自分がどれだけ贅沢《ぜいたく》を言うてるのかわかってるん？　世の中はそう甘くない。ひとつ欲しいものがあったら、もうひとつは諦めなあかん。そうやって釣り合いが取れてるんや」

多鶴子の厳しい声が降ってくる。銀花は頭を下げたまま黙っていた。

「そうやってなんでも欲しがるとこは、やっぱり美乃里さんに似たんやね。自分が欲しいと思たら我慢ができへん」

ずきりと胸が痛んだ。母について一番触れて欲しくないことだった。だが、多鶴子の言うとおりだ。なにも言い返せない。

「ちょっと待ってください。それは違うと思います」剛が顔を上げた。

「なにが違うん？　銀花と美乃里さんは似てへんってこと？」

「いえ。似てる似てないの話やありません」

「じゃあ、なに？」

「言うていいかどうかずっと迷てたけど……物を盗んでしまう病気があるんです。窃盗症というそうです」

「えっ？」

思わず声が出た。剛の顔を見た。剛が軽くうなずいた。

「その物が欲しいわけでもないのに勝手に手が動いて盗んでしまう。盗んだらあかん、ってわかってても盗んでしまう病気です」

「まさか。そんな都合のいい病気があるん？」多鶴子が顔をしかめた。

「少年院に入ってたとき、そういうやつがいました。心の病気らしいです。俺はすぐに銀花のおふくろさんを思い出しました。もしかしたら同じ病気かもしれん、って」

愕然として言葉が出なかった。では、母は病気だったのか。

「向こうで医者に訊きました。そうしたら、こんなふうに言われました」

――決して珍しい症例ではないが世間の理解は進んでいない。治療できる施設も少なく、完治はない。ほんのちょっとしたきっかけで再発してしまう。本人も周りも一生苦しむことが多い。

「じゃあ、美乃里さんのあれは病気やったん……」多鶴子も呆然とした表情だ。

勝手に手が動いて、というのは言い訳ではなかった。嘘をついたわけでも甘えていたわけでもなかった。母は本当に苦しんでいたのだ。なのに、なにも知らずに母を責めた。

「誰かが気付いて病院に連れて行ってたら、もしかしたら……」

混乱してそれ以上言葉が続かなかった。もしかしたら、母の病気もよくなったかもしれない。そうしたら、友達に絶交されることも剛の事件もなかったかもしれない。

だが、今となっては取り返しがつかない。

「やとしたら、私は美乃里さんに酷《ひど》いことをしたかもしれん。一方的にあの人を責めた」

多鶴子がぼそりと言って眼を伏せた。きりきりと眉を寄せなにか堪えているような表情をした。

多鶴子だけではない。自分も母を責めて罵《ののし》った。一緒に死んでくれとまで迫った。母に優しかったのは父だけだ。病気のことは知らずとも、母が本当に「かわいくてかわいそうな人」だとわかっていたからだ。

銀花は顔を覆った。人前で泣くまいと思ったのに涙があふれた。こんなこと知りたくなかった。知らなくてはならないけれど知りたくはなかった。知ってしまってもどうすることもできない。父のときと同じように後悔が増えただけだ。

だからといってすべてが水に流せるわけではない。店に謝りに行ったときの屈辱、濡《ぬ》れ衣《ぎぬ》を着せられたときの苦しみ、絶交されたときの絶望が消えるわけではない。もう母を責められないから余計に感情の遣り場に困るだけだ。

怨みや怒り、憎しみといった行き先のない感情はたとえ時間は掛かってもすこしずつどこかに捨てるしかない。だが、一生掛かってもそのどこかは見つからないかもしれない。一体どうすればいいのだろう。

「お母さんがかわいそうやったとしても、もうどうすることもできないんです」

ころん、ころん。

父のお土産のふくら雀が鳴った。そうだ。どうすることもできないなら、どうすることもできないまま生きていくしかない。涙を拭いて顔を上げた。たとえ、ころんころんと哀しい方向に転がっていったとしても、転がった先でやっていくしかない。

「多鶴子さん、お願いです。私に蔵をやらせてください。そして、剛と結婚するのを認めてください」

多鶴子は横を向いたまま返事をしない。説得はやはり無理なのか。望みを二つとも叶《かな》えようというのは我が儘なのか。いや。どれだけ我が儘だとしても絶対に諦めたくない。自分には蔵も剛も必要だ。この二つさえあればどこへ転がろうと生きていける。

黙りこくった多鶴子の前でじりじりと身体が焦げていくような気がした。我慢できずもう一度頼もうとしたとき、剛が軽く腕を動かして制止した。

剛はすこしためらってから覚悟を決めたように話し出した。

「俺は人を殺した犯罪者、少年院上がりです。そのことを噂《うわさ》されて仕事もすぐに辞めてしまいました。親の死に目にも会われんかった親不孝者です。役立たずの疫病神です」

「それがわかってるんやったら、遠慮して欲しいね」多鶴子が冷たい声で言った。

「誰からも嫌われてた俺を見捨てんかったのは銀花さんだけです。俺は最初、銀花さんに冷たく当たりました。同情されるのは嫌やったし、今はよくても、どうせすぐに俺のことが嫌いになると思たからです。だって、罪は一生消えんから」

一瞬、多鶴子の顔が強張った。

「罪は一生消えないんです。銀花さんもそれを知ってる。知ってて俺を選んでくれた」

最初震えていた剛の声が次第に落ち着いてきた。顔を上げて全身で剛の声を聞いていた。身体が震えるほど嬉しかった。

道頓堀川沿いの古いアパートに通った日々を思い出した。どれだけ拒まれても通い続けた。二度と来るな、とドアを閉める剛の眼はこう言っていた。――行くな、俺を一人にするな、助けてくれ、と。あんな眼をされたら見捨てることなどできない。

「俺はときどきひどいことを言いました。でも、銀花さんは俺を見捨てんかった。ずっとずっと励ましてくれた。もし、銀花さんがいなかったら、俺はまた道を踏み外してたかもしれん。俺は銀花さんに感謝してます」

「それならなおのこと、銀花のためを思うなら諦めて」

「お断りします」剛が静かに、だがきっぱりと言った。「俺はこれまでたくさんの人の人生を壊してきた。二度と人とは関わるまいと思てたんです。それなのに、銀花さんは俺を選んでくれた。俺でなければダメや、と言うてくれた。こんな俺が、人殺しの俺が必要や、て言うてくれたんです。どれだけ嬉しくて、どれだけ怖かったかわかりますか」

「怖いんやったら止《や》めとき」多鶴子がにこりともせずに言った。

「今だって怖い。でも、怖くてもやってみようと思うんです。他人の人生を壊したぶん、これからはわずかでも人のために生きたい」

「そうか。でも、あんたの罪滅ぼしのおかげで、今度はこの蔵に迷惑が掛かるんや」

剛が一瞬返答に詰まった。だが、すぐにこう返した。

「俺は俺にできることをやるしかない。俺にできるのは銀花さんの望みを叶えることだけです。そのためには諦めません。俺は銀花さんと結婚して、銀花さんが蔵で醤油を造るのを助けます」

ずしんと響く迫力がある。剛の声はまるで蔵の太い梁《はり》のように堂々としていた。こんなに嬉しいことはない。こんなに幸せなことはない。掌《てのひら》が涙で濡れた。それは自分でも驚くほど熱かった。

「お願いします。結婚を認めてください」剛がしっかりと畳に両の掌を付けて頭を下げた。

「多鶴子さん、お願いします」

銀花も同じようにした。しばらくの間二人とも動かなかった。

どれくらい経っただろう。やがて多鶴子が大きなため息をついた。

「勝手にするんやね。でも、私は一生あんたらを認めへんよ。それだけは覚悟して」

「ありがとうございます」

二人揃《そろ》って大きな声で礼を言ったが、多鶴子は黙って行ってしまった。


翌年、母の一周忌を済ませてから二人で橿原神宮にお参りをした。式は挙げずにただ神様に報告するだけの結婚だった。

よく晴れてとにかく暑い日だった。白砂に陽光が反射して眩《まぶ》しくて眼が痛いほどだ。二人とも汗だくになって手を合わせた。

剛の首筋を流れる汗を見て心の底から愛おしいと思った。そして、自分がまだ二十四年しか生きていないことに気付いてすこし驚いた。

いと答えた。

5　一九八三年～二〇一八年春

婿《むこ》養子は取らないと言い切ったが、結局、剛は山尾を名乗ることになった。大原の名前が消えてしまうことになるので気を遣わなくていいと言ったのだが、剛は構わないと答えた。

「少年院帰りにはありがたい話や」

だが、雀醤油《すずめしょうゆ》にとってはありがたい話ではなかった。多鶴子の危惧《きぐ》は当たった。剛が山尾家に入ると目立って売り上げが落ちた。長年、雀醤油を使ってくれた近所の家からも断られることが多くなった。配達に行くとやんわりと言われた。

「今回限りでもう結構やから」

古い土地だ。みな、ずっとここに住んでいる。蔵の内情など筒抜けだ。蔵の一人娘が前の杜氏《とうじ》の息子を婿に取って蔵を継ぐ。普通ならみなから歓迎された結婚のはずだった。そうならなかったのは婿が少年院帰りの人殺しだったからだ。

――先代と杜氏は川に落ちて死んだ。先代の妹さんは家出して行方知れず。若奥さんは手癖が悪くて早死にした。その上、婿は人殺しの前科者やなんて……。

あの家は祟《たた》られている、などと噂《うわさ》する者までいた。たしかにここまで不運が続くとそう言われてもしかたない。開き直るしかなかった。

そもそも、雀醬油の売り上げが落ちたのは剛のせいばかりではない。醬油はもうとっくに量り売りや配達の時代ではなくスーパーで買うものになっていた。大手メーカーは毎日テレビでひっきりなしにコマーシャルを流していた。

剛は一所懸命に仕事に取り組んだ。多鶴子が舌を巻くほどだった。

「こんなことは言いたないけど、尚孝の百倍は真面目《まじめ》や。いや、千倍かもしれん」

多鶴子は剛の仕事を認めている。だが、認めたのは仕事だけだ。剛自身を認めたわけではない。仕事に関することで最低限の会話はするがほかでは無視だ。食卓でも話さない。おまけに、多鶴子は決して剛の名を呼ばず、ただ「あんた」と言う。それでも、剛は平気やと笑った。

剛は櫂棒《かいぼう》の使い方がすぐに上手になった。体重を掛けて突くのだがゆったりしているようで勢いと力がある。やはり男の力は違うと思い知らされた。また、剛は麴室《こうじむろ》の作業にも熱心だった。湿度の高い部屋での作業は相当辛《つら》いのにただの一度も愚痴や不平を言わなかった。汗だくになりひたすら麴をかき混ぜる。頭に巻いたタオルはぐしょ濡《ぬ》れだ。醬油麴が完成するまで足かけ三日かかるのだが、剛は一睡もせず付ききりで麹の世話をした。

そんな剛を見ているとᅟ胸が痛くなった。自分が父との約束を守るという意地で醤油を造るように、剛は自分の父と銀花の父への罪滅ぼしで醤油を造っているように見えたからだ。

「あんまり無理したらあかんよ」

蔵に差し入れを持っていく。二人でたっぷり醤油を塗って焼いたおにぎりを食べているとそれだけで満たされていくような気がした。多鶴子が仏頂面《ぶっちょうづら》をしているのだって気にならない。

蔵で醤油を造る以外にも仕事は山ほどあった。二人そろって営業に出かけて同業者の集まりに出席した。最初が肝心だ、と銀花は堂々と剛を紹介した。冷ややかな眼、興味本位の眼など様々な視線を向けられた。無情な言葉を掛けられることもあったが歯を食いしばって頭を下げて笑顔を作った。

帰り道になるともう笑う気力がなくなっている。車に乗り込んでふっとミラーを見ると眉間《みけん》に皺《しわ》を寄せて口をへの字にした女が映っていた。自分の顔にぞっとする。慌《あわ》てて笑おうとすると助手席の剛が言った。

「無理せんでええ。あの蛍の絵の子が銀花のぶんまで笑《わろ》てくれる」

途端に気が楽になった。すると、自然に笑顔が出た。

「ありがとう。もう大丈夫」だが、そこですこし不安になった。「ねえ、私、そんな怖い顔してた？」

「してた。髪の毛が逆立ってた」

「カルカヤドウシン」

ふっと思い出して言ってみた。横で剛が怪訝《けげん》な顔をするので詳しく話すことにした。

「ある男の人が、奥さんとお妾《めかけ》さんを同じ家に住まわせました。二人はうまくやっていて、男の人も安心していました。ある夜、奥さんとお妾さんが向かい合ってお箏《こと》を弾いていました。その様子が影になって障子に映っていました。それを見た男の人は驚きました。二人とも仲よく箏を弾いているのに、影法師の髪の毛は蛇になって争っていたからです。男の人は世をはかなんで、家族を捨てて出家してしまいました」

それを聞くと、剛はなんとも居心地の悪そうな顔をした。

「いや、最後、変やろ。なんで男が世をはかなむねん。悪いのは自分やないか」

「私もそう思う。勝手に二号さん作って、勝手に世をはかなんで、勝手に出家して家族を捨てて。黙って蛇になってるほうがマシやよ」

「でもな、銀花は蛇にならんと思う。髪の毛が蛇になる前に、とりあえず言いたいことは言うやろ」

「当たり前やよ。文句はきっちり言わせてもらうから」すこし迷って、冗談めかして付け加えた。「でも、誰の心にも蛇はいると思う」

「そやな。大きいか小さいかはあるやろうけど、誰の心にも蛇がいてるやろな」剛がうなずいた。

瞬間、この男と一緒になれてよかったと思った。剛は誰にもある心の醜い部分を認めてくれる。人の心の弱さを知っている。もし、今、剛が心の醜さや弱さを断罪したなら息苦しくなってしまっただろう。この先、やっていく自信がなくなったかもしれない。

「うん。でも、できるだけその蛇に餌《えさ》をやらんとこうと思う」

「ああ。太らせたら大変や」

「私、思うんやけど、蛇がおらへんのは桜子さんくらいやないかな」

「たしかに。あれだけ言いたいこと言えるなら、蛇なんか絶対おらん」

桜子が家出してからもう八年が過ぎた。多鶴子もすっかり諦《あきら》めているのか娘のことを口にすることはほとんどない。

「私、桜子さんの性格、ちょっと羨《うらや》ましいわ」

「勘弁してくれ。あんな性格やったら俺は結婚してへん」

剛が大げさに顔をしかめたので笑ってしまった。

たとえ細かな衝突はあっても剛となら話し合って乗り越えていける。選んだ男に間違いはなかった。諦めずにプロポーズしてよかったとしみじみ思った。

以前、父と母が使っていた十二畳の部屋を夫婦の部屋にした。「食いしん坊の女の子」の絵も引っ越しだ。廊下を挟んで以前自分が使っていた部屋と桜子の部屋が空いている。いずれここが子供部屋になるだろう。もし桜子が帰ってきたら、そのときはそのときだった。

＊

毎日がむしゃらに働くうちに六年が経《た》った。

剛は仕事にも慣れて最近ではあれこれ新製品の開発に余念がない。これまでは二年間熟成させていた物を三年に延ばしてみたり、原料の大豆を黒豆に替えてみたり、機械を使わず搾《しぼ》ってみたり、といろいろ試行錯誤している。今、剛が取り組んでいる雀醤油の新作は「溜《た》まり醤油」と火入れをしない「生《なま》醤油」だ。

溜まり醤油は麦を減らし、ほとんど大豆で造る。仕込みの水も少なめで、しかも熟成期間が長い。手間がかかるが、濃厚で旨味《うまみ》が強いのが特長だった。「生醤油」は火入れをしないから日持ちがしない。濾過《ろか》して雑菌をのぞくが、それでも常温では保存できない。流通に手間とコストが掛かる高級品だ。今の雀醤油では大量に造ることができなかった。

「これが上手にできたかどうかは三年経たんとわからへんのやな」

「気長に待つしかないね」

銀花と剛は毎朝すべての桶《おけ》の醤油の味を確かめた。毎日すこしずつ味と香りが変化していくのがわかる。塩辛く尖《とが》っていた醤油が丸く柔らかく香り立つようになっていくのが嬉《うれ》しい。

蔵で働くようになって剛は明るくなった。剝《む》き出しの暗い刃《やいば》のような眼はもうしない。ときどきふっと影が差すけれど今までのように人も自分も傷つけるような危なっかしさはない。まるで別人だ。こんな剛を福子に見せてやりたかったと思う。

「でもな、銀花。結局、俺らがなにをやっても、大したことはできへん。この蔵に住みついてる菌。こいつら次第なんや」

醤油の味が蔵ごとに違うのは製法や材料のせいではない。個々の蔵にある菌の数や種類による。

「蔵さまさまやな」

剛の一所懸命な姿を見ていると、今、自分は本当に幸せだと思える。ただ、不満と言えば子供ができないことだけだ。銀花は今年三十歳になるが一向に妊娠の兆候がない。

「できたらできたで良し、できなかったらできなかったで良し、や」

「そらそうやけど……」

気にするなと剛は言ってくれるがやはりこだわってしまう。絶対に子供が欲しいと思っているわけではない。特に子供好きというわけでもない。それでも、結婚したら子供を持つものだと思っていた。家庭とは夫婦と子供が揃《そろ》っている場所だとなんの疑いもなく信じていた。まさか、自分に子供ができないなどと考えたことがなかった。

「なんで、できへんのでしょうねえ」

多鶴子に愚痴をこぼしたことがあるが、あっさり言い返された。

「こればっかりはどうしようもないからね。欲しいときにはできず、欲しくないときにできる。世の中なんてそんなもん。気に病むだけ時間の無駄や」

冷めた口調で言われると引き下がるしかなかった。

子供はまだか、と得意先や同業者から訊《き》かれることもある。まだだと答えると、突然説教されたり卑猥《ひわい》な冗談を言われたりもした。そのたびにきちんと剛がかばってくれるのであまり傷つかずに済んだ。

それでも、母の人生と比べると複雑な気分になる。母は十九歳で自分を産んで父と結婚した。そして、三十四歳で夫を亡《な》くし四十二歳で死んだ。母に比べると自分の人生はなにもかも遅れていた。比べても仕方ないと思うのにやはり焦《あせ》ってしまう。

久しぶりにふくら雀の土鈴を取り出して振ってみた。

ころん、ころころ。

土鈴は昔と変わらず同じ音を鳴らした。そう、どこへ転がろうと転がった先でやっていくだけだ。無い物ねだりはみっともない。家庭にはいろいろな形がある。血のつながらない親子だろうが子供のない夫婦だろうが幸せならそれでいい。自分の居場所はここだ、と自分に言い聞かせた。

十二月に入った頃だ。風のないからりとよく晴れた日だった。

昼食を済ませると剛は配達に出かけていった。後片付けを終え、食堂でお茶を飲みながら帳簿を眺めていたときのことだ。からからと玄関扉が開く音がした。

「ただいまー」

その声は聞き覚えがあった。まさか、と出てみると桜子だった。化粧のせいか東京で垢抜《あかぬ》けたせいか以前よりいっそう美人になっていた。銀色の毛皮のコートにリボンを巻いたクラシックな帽子をかぶって本物の女優のようだ。

「お久しぶり、みんな元気？」

「桜子さん、なに、急に……」

桜子は大きなスーツケースを三和土《たたき》まで転がしてきた。これ、お願い、と無造作に銀花に渡す。

「その中に子供たちの着替えが入ってるから」

「子供たち？」

桜子が後ろを振り返って背中に隠れていた子供を前に押し出した。

「ほら、挨拶《あいさつ》して」

三歳くらいの男の子と女の子がおずおずと出てきた。二人とも整った顔立ちをしていた。

「双子。かわいいでしょ？」

双子がこちらをうかがうように見ている。桜子から離れようとしない。

「こんにちは。いらっしゃい」

普通に笑ったつもりだがすこしぎこちなかったかもしれない。男の子は怯《おび》えたような顔のままで女の子はすこしだけ笑い返してくれた。

「とにかく、中へ」

桜子は真っ赤なハイヒールを脱いで、さっさと廊下を歩いて行く。取り残された双子が慌てて靴を脱ごうとした。女の子が転びそうになったので咄嗟《とっさ》に支えてやる。桜子は母親になってもあの調子なのか。懐《なつ》かしさと苛立《いらだ》ちを感じながら双子の靴を脱がせ、一人ずつ手を引いて座敷に向かった。

座敷からはもう多鶴子の苛立った声が聞こえてきた。

「桜子、あんた、今までなにしてたん?」

「そんなん私の勝手でしょ」

帰って来るなり喧嘩《けんか》だ。小さな子には聞かせたくない。双子を廊下に待たせて座敷に顔を出した。多鶴子と桜子が立ったまま炬燵《こたつ》を挟んでにらみ合っている。どちらの顔も興奮して真っ赤だ。桜子の脱いだコートがぐちゃぐちゃのまま放りだしてある。帽子は部屋の一番隅に転がっていた。

「子供たちを連れてきました。とりあえず喧嘩をやめてください」

はっと多鶴子は表情を緩めた。障子を開けて双子を部屋に通すと、双子はすぐに桜子にくっつきほっとした顔になった。

「男の子が晃《あきら》。女の子が聖子《せいこ》。三歳。双子。ね、二人ともかわいいでしょ」

桜子はよほど双子が自慢のようだ。得意げな顔は歴代の彼氏を銀花に自慢していたときと同じだ。カッコいいでしょ、ハンサムでしょ、と。

「晃、聖子。お祖母《ばあ》ちゃんに挨拶して」

聖子が小さな声でこんにちは、と言った。すこし遅れて晃がさらに小さな声で言う。

「こんにちは」

多鶴子がにこりともせずに返す。双子はまた桜子にくっついた。

「変わらへんわ。お母さんは」

「あんたもね」多鶴子が仏頂面で言う。

たとえ喧嘩ごしでも久しぶりの親子の再会だ。席を外そうとすると桜子が呼び止めた。

「話があるんよ。あんたもここ居て」

仕方ない。障子を閉めて部屋の中に戻った。桜子の話が良い物であった例《ため》しはない。きっと面倒ごとだ。ちらりと多鶴子を見ると眼が合った。同じことを考えているようだ。

「一体なんやの」

多鶴子のしかめ面には露骨な警戒と苛立ちがある。だが、桜子はまるで気にせず言葉を続けた。

「この子たちを預かって欲しいんやよ」

「え？」

多鶴子と銀花は二人そろって声を上げ、また顔を見合わせた。桜子が双子を銀花のほうに押しやった。

「晃、聖子。今日からはこのおばさんとお祖母ちゃんが面倒見てくれるからね」

桜子が畳の上からコートと帽子を拾い上げた。そのまま障子を開けて出て行こうとする。慌てて腕をつかんで止めた。

「ちょっと待って。どういうこと」

「どういうこと、って、今、言うたやん。この子らを預かって、って。あたしは事情があって無理やの」

「事情ってなんやの」

あまりの無責任なやり方に腹が立ったが子供の前だから大声は出せない。精一杯穏やかに訊《たず》ねた。

「いろいろやよ。とにかく、いろいろあるの」

桜子が乱暴に腕を振り払った。そこで多鶴子が割って入った。怒りを隠そうともしない。

「桜子、あんた、いい加減にしなさい。子供をなんやと思てるのよ」

「お母さん、ごめんね。でも、今はあかんの」

「まさか、あんた、なにか悪いことを……」多鶴子の顔が引きつった。

「違う違う。そういうのやないから安心して。今、付き合ってる人が海外行ったり忙しい人やから子供の面倒見てる暇なくて」桜子が女優のように髪をかき上げてから帽子をかぶった。「で、あんたはまだこの家にいるけど、結婚は？」

「結婚してここに住んでる」

「へえ、あんた結婚できたん。あたしの知ってる人？」

「大原剛。今は山尾剛やけど」

桜子がまじまじと銀花を見つめ、それから、あーあ、と呆《あき》れた顔をした。

「結局、アレしか捕まえられへんかったん？　かわいそうに」

「失礼なこと言わんといて」

思わず声を荒らげたが、桜子はふふんと鼻で笑っただけだった。

「ま、とにかくおめでとう。で、子供は？」

「まだやけど」

「じゃ、ちょうどいいやん。うちの子で育児に慣れといたら？」

いくらなんでも勝手すぎる。もう我慢ができない。言い返そうとしたとき、多鶴子が先に口を開いた。

「桜子、あんたの言い分はわかった。なら、子供置いてさっさと帰り。あんたみたいな無責任な親が育てたら子供がダメになる」

なんの容赦もない口調だった。桜子が一瞬息を呑《の》んだ。だが、すぐに真っ赤な唇の端を片方だけ上げて笑った。

「無責任？　お母さんに言う資格あるん？」

「ああ、そうやね。私は子育てに失敗した。あんたみたいな男と金のことしか頭にない娘を育ててしもたんやからね」

その言葉を聞くと、桜子の頬にさっと血が上って眼が吊《つ》り上がった。

「男と金のことしか頭にない？　ああ、たしかにそうかもね。男のことしか頭になかったお母さんのほうが、ほんのちょっとだけマシかもね」

「桜子、なにが言いたいんや？」

「あたし、知ってるんやよ」

桜子はすこしためらったようだが、すぐに大きな眼を見開いて多鶴子をにらみつけた。

「あたしはお母さんが不倫して生まれた子なんやろ?」

思わず耳を疑った。多鶴子が不倫していたというのか。まさか。驚きのあまりぽかんと口を開けたまま二人を見ていた。

多鶴子の顔は強張《こわば》ってなにか言おうとしているが言葉が出ない。唇が震えているだけだ。その様子を見れば、桜子の言ったことが真実であるのは間違いなかった。動揺する多鶴子の前で桜子が帽子のつばに軽く指を添えた。くいっと顎《あご》を上げて多鶴子を見下ろす。

「親に引き裂かれた悲劇の二人なんやろ。偶然再会して燃え上がったらしいけどただの昼メロやん」

「誰から聞いたか知らんけど阿呆《あほ》らしい」多鶴子がぴしりと言った。

「今さら誤魔化しても無駄やよ。中学生の頃、学校帰りに男の人に声、掛けられてん。やつれてたけどハンサムなひとやった」

――失礼やけど、君は山尾桜子さんやね。

「スーツを着た中年の男やった。ナンパにも見えないし補導しに来た私服刑事にも見えない。あたしは黙ってその男をにらんでた」

——多鶴子との約束を破って申し訳ないと思う。でも、我慢ができへんかった。僕は君の父親や。

「いきなり父親やと言われてびっくりしたけど、なんだかすとんと納得してしもた。眼の前の男はどことなく自分に似てるような気がしてん。そやから、男の車に乗って喫茶店で話をした」

——先に言うておくが、僕はガンでもう長くない。死ぬ前に一目、君に会いたかった。だから、悪いとは知りつつ多鶴子との約束を破ったんや。

桜子の話は衝撃的だった。まさか、あの四角四面で融通のきかない、およそ色事には関心のなさそうな多鶴子が不倫していたなど、到底信じられない。でも、本当のことなのか。

「家に帰って、あたしはお兄ちゃんに相談した。お兄ちゃんはすごくショック受けてた」

「尚孝が？」多鶴子が呻《うめ》くように言った。

「当たり前やん。自分の母親が浮気してて、しかも浮気相手の子供まで産んで知らんぷりしてたんやから。そのくせ、偉そうに指図して」

「もうええから黙っとき」

「黙らへん。はっきり言わせてもらう。お兄ちゃんがダメになったんはお母さんのせいや」

「黙り、て言うてるやろ」多鶴子が悲鳴のような声で怒鳴った。「わかったから今すぐ出て行き。子供はうちで育てる」

桜子は仁王立ちで多鶴子をにらみつけていたが、やがてため息をついて肩をすくめた。芝居がかった仕草だったがよく似合っていた。わざとゆっくりとコートを着ると双子の頭を一人ずつ撫《な》でた。

「じゃ、ママは行くけど、お祖母ちゃんとおばさんの言うことをちゃんと聞くんやよ」

子供たちはきょとんとして桜子を見ている。置いて行かれるということを理解していない。

じゃあね、と桜子はするりと出て行った。引き留めようとしたが多鶴子に止められた。

「もういい。ほっとくんやよ」

多鶴子の顔はまるで血の気がなくピンぼけの白黒写真のようだった。声を掛けるのもためらわれて銀花は混乱したまま立ち尽くしていた。あのときと同じだ。昔、蔵で座敷童《ざしきわらし》を見たら桜子に言われた。連れ子だから見えるはずがない、と。あのときはじめて自分が連れ子だと知った。桜子は秘密を暴露する趣味でもあるのだろうか。

突然母親が消えて双子たちの顔がみるみる不安げになった。

「ねえ、ママは？」

男の子に袖《そで》を引かれてはっと我に返った。多鶴子の秘密は後回しだ。今はこの子たちのことを考えなければ。大丈夫、と頭を撫でて多鶴子に言った。

「とにかく、この子らが今夜寝る部屋を作らんと。私、大急ぎで掃除してきます。多鶴子さん、二人を見ててください」

階段を駆け上がった。昔、自分が使っていた部屋は今は仕事部屋になっている。剛と二人で醤油や経営の勉強をするので本やら資料やらが山積みだ。双子には桜子の部屋を使わせることにした。

窓を開けて風を通す。桜子が出て行ったときのままなのでカーテンはすっかり日焼けしていた。畳は埃《ほこり》っぽい。手早く箒《ほうき》で掃いて雑巾《ぞうきん》で拭《ふ》いた。そこではっと気付く。布団《ふとん》が要る。だが、押し入れから出したままの湿った布団ではかわいそうだ。

窓から外を見ると幸いよく晴れている。今からすこしだけでも干しておこう。それから、毛布も要る。他になにが必要だろうか。

三歳の子供にどんな物が必要なのか子育て経験がないからわからない。多鶴子に相談しようと座敷に戻ると、双子がママ、ママ、と呼びながら泣きじゃくっていた。多鶴子があやしているが効き目がない。

「銀花、助けて」

多鶴子が困り果てた様子で銀花を見た。とりあえず、父がしてくれたように子供たちを抱きしめてみた。なにを話せばいいだろう。

「ねえ、おばさんに教えて。あのスーツケースの中にはなにが入ってるん？」

双子は相変わらず、ママ、ママだ。根気よく話し掛け続けた。

「お洋服？　それとも、絵本？　オモチャ？　お人形？」

お人形という言葉に聖子が反応したので頭を撫でながら訊ねた。

「どんなお人形？　お姫さま？　市松？　リカちゃん？」

「……リカちゃん」

「リカちゃん人形を持ってるん？　すごいね。後でおばさんに見せてくれる？」

うん、と聖子がうなずいた。次に晃に声を掛ける。

「晃君のオモチャはなに」

「トミカ」

「トミカ？」

「ミニカー」

「車が好きなんやね。カッコいいね」

スーツケースを開けておもちゃを取り出した。リカちゃんとトミカをそれぞれ持たせると双子は落ち着いたようだ。おやつをあげたり一緒に遊んだり、二人の相手をしているとあっという間に陽が暮れた。

配達から戻ってきた剛が双子を見て不思議そうな顔をする。双子が途端に不安げな顔になってしがみついてきた。多鶴子がやれやれという表情で言った。

「昼間、桜子が来てこの子たちを置いてったんや。うちで面倒みることになった。バカ娘の不始末ですまないけど」

「わかりました」剛は野球帽を脱いで双子に挨拶した。「よろしくな」

剛の挨拶を聞くと双子が怯えたようにぎゅっと強くしがみついてきた。剛が苦笑した。

「すごいな。もうなつかれてる」

「剛もすぐやよ」

晃も聖子も甘えん坊だ。「甘えさせてくれる」誰かを求めている。今日会ったばかりの銀花にくっついてくるのは今までよほど寂しかったからだろう。

「そっか。なんでも言うてくれよ。おじさん、力仕事なら得意やからな」

剛は帽子をかぶり直して双子に笑いかけた。相変わらず下手くそな笑顔だったが双子たちには通じたらしい。銀花にしがみついてくる力がすこし緩んだ。

「ほら、おじさんに挨拶して。こんにちは、って」

双子を剛のほうに押しやった。双子は恐る恐る声を合わせて言った。

「こんにちは」

「こんにちは」剛が真面目に頭を下げた。

双子たちも頭を下げた。だが、恥ずかしくなったのか晃が銀花にしがみついた。銀花はぎゅっと抱きしめてやった。聖子はひとり残され不安な顔だ。

「ほら、剛も抱いてやって」

だが、剛は躊躇《ちゅうちょ》している。早く、と促すとぎこちなく手を広げた。

「……おじさんとこ、おいで」

剛が自信なさげに言ったが聖子は迷っている。泣きそうな顔で銀花を見た。

「大丈夫、いいおじさんやよ」

にっこり笑って子供たちを安心させる。聖子がおずおずと剛に近づいた。剛が手を伸ばしてそっと聖子を抱き上げる。聖子はびっくりして一瞬泣きそうな顔をしたが、すぐにしっかりとしがみついた。

「窓の外の音、聞こえる？　ざわざわ、ざわざわ、って。あれね、竹が揺れてる音なんやよ。竹がいっぱい生えてて、風に揺れて、あんな音がするんよ。春になったらね、あちこちからタケノコが出てくるんやよ。タケノコって見たことある？」

「ない」聖子が首を振った。

「タケノコって面白いんや。土の中からニョキニョキ出てくる。先っぽが尖っててドリルみたいで」剛が後を続けた。

「ドリル？」晃がおうむ返しに言った。

「ぐるぐる回りながら穴を開けたり土を掘ったりする」よくわからないといった顔の双子に剛が苦笑した。「ジェットモグラがあったら見せてやるんやけどな」

「タケノコは美味《お》しいんやよ。春になったら、みんなでタケノコ掘りに行こね。おばさんがそれでいっぱいお料理作るから」

「タケノコ掘り？　あたしも掘れる？」聖子がたどたどしい口調で訊ねた。

「掘れる掘れる」剛が力強く言った。「春になるのが楽しみやな」

　剛が聖子を抱いたままで軽く左右に揺すった。聖子は甲高い声で笑った。よし、自分も、と剛を真似《まね》て晃を揺すった。晃も嬉しそうに笑った。

　双子に夕食を食べさせ風呂《ふろ》に入れた。おもちゃで遊んだり絵を描いたりして機嫌良く遊んでいた二人だったが、夜、布団に入るときになると途端に桜子を恋しがった。ママ、ママ、とまた泣きはじめる。剛と二人で添い寝をして時間が掛かったがなんとか双子を寝かしつけた。

　どっと疲れて階下に下りると多鶴子に呼ばれた。二人で座敷に入ると、多鶴子が硬い表情で待っていた。襖《ふすま》も障子も閉めて剛と二人並んで多鶴子の前に座った。

「昼間、桜子が言うてたことやけど、この先、桜子が絡《から》んできてあんたらに面倒を掛けるかもしれん。そのときのために事情を説明しとく」

　多鶴子の口調はあからさまに事務的だった。昔、帳簿の付け方を教えてくれたときとまるで同じだった。

「あれは昭和七年のこと、私は十七歳。満鉄が爆破された次の年やった」

　多鶴子がわずかに顔をしかめながら話しはじめた。

私は母の出る箏の発表会を大阪まで聴きに出かけた。母の横で尺八を吹いている男がいた。まだ若くて映画にも出られそうなほどの優男だった。私は思わず見とれた。発表会の後、挨拶をして話をした。男は小さい頃から親に尺八を習わされていたという。「今日は本来の演者が急病で、頼まれて出ただけなんです。下手くそで恥ずかしい」

男は謙遜《けんそん》して微笑《ほほえ》んだ。顔が整っているだけではなく笑った顔になんとも言えない育ちの良さが見て取れた。男は大阪、道修町《どしょうまち》の薬問屋の一人息子だった。軍に衛生用品を納めていて大陸が騒がしくなって以来景気がいいとのことだった。

男は文学青年でロマンチストだった。私たちはあっという間に恋に落ちた。だが、一人息子と一人娘。互いに先がないことくらいわかっていた。私たちは人目を忍んで竹藪《たけやぶ》で逢《あ》い引きを繰り返した。そして、会えない日のために写真を交換することにした。私たちはアルバムを持ち寄って互いの写真を選んだ。男は幼い頃の私の写真を見て微笑んだ。

――まるで座敷童やね。

おかっぱの私が着物を着て座敷に座っている写真だった。座敷童とはなにかと尋ねると、「遠野物語」に出てくる家の守り神だという。その話を聞いて私は心の中ですこし笑った。私は守り神なんかじゃない。どちらかというと疫病神《やくびょうがみ》なのに、と。

ある夜のこと、いつものように竹藪で男と逢っていると足音が聞こえた。こちらへ近づいてくる灯りも見える。私たちは慌てて離れた。だが、遅かった。カンテラの光の向こうに父と母が立っていた。父は鬼のような形相をしていた。父はカンテラを地面に置くと、無言で男を殴った。私は駆け寄ろうとしたが母に引き留められた。父は何度も男を殴った。男は黙って殴られていた。父が一息つくと男は土下座して言った。

「多鶴子さんを下さい。お願いします」

「阿呆」父が怒鳴った。「君は自分がなにを言っているのかわかっているのか？　君のご両親も泣いておられたぞ」

父の言葉を聞き、はっと男が息を呑んだ。父は怒気荒く言葉を続けた。

「多鶴子は婿を取ってこの家を継ぐ身や。君など認めるわけにはいかない。仮に婿取りをしなかったとしても、嫁入り前の娘に手を出す卑劣な男にやるわけがない」

私たちは引き裂かれた。一時は心中まで考えたが互いに死ぬ覚悟がなかった。そして、家を捨てる勇気もなかった。

昭和九年、私は父の遠縁だという大人しい男と結婚が決まった。男は山尾家に婿養子として入った。顔を一度見て、次の瞬間には忘れてしまうような影の薄い男だった。

やがて、戦争がはじまり夫も召集されたが出征する直前で日本は負けた。

あの男の消息はわからなかった。戦争中はずっとアンプルを作っていたそうだが店も工場も空襲ですっかり焼けてしまった。生きているのか死んだのかも不明だった。私は蔵を立て直すために懸命に働いた。

四十歳を眼の前にした頃、大阪のデパートで偶然、男に再会した。ほんの一瞬、眼を交わしただけだがわかった。私たちはまだ愛し合っていたのだ。すぐに、互いの家族の眼を盗んで逢うようになった。その内、私は妊娠したことに気付いた。男は諦めるように言ったが私はできなかった。私たちは二度と会わないことを約束して別れた。そして、私は桜子を産んだ。


多鶴子が顔をしかめたまま話し終えた。どれだけ事務的に話しても最後はやはりわずかだが声が震えていた。

「話はそれだけ。もうすべて終わったことやから。桜子がなにか文句を言ってきても、あんたは気にする必要はない」

気にする必要はない、ということは気にしてはいけないということだ。つまり、この一件は詮索《せんさく》するな、これで終わりにしろ、という多鶴子の命令だ。

「当面の問題はあの双子のこと。銀花、悪いけど頼むよ」

多鶴子はそう言って言葉を切った。

わかりました、と剛と二人で部屋を出た。剛は残った仕事を片付けるため蔵に向かった。銀花は双子が散らかしたおもちゃを片付けながらため息をついた。身体《からだ》も頭も疲れすぎて限界だった。

双子の様子を見に行くと二人ともよく寝ていた。桜子に似て寝顔は天使のように綺《き》麗《れい》だった。

子供の頃、桜子が荒れて銀花に冷たく当たったのは兄を盗《と》られたからだけではない。たぶん、桜子はこう思ったのだろう。――銀花は血のつながらない連れ子のくせにみなに認めてもらっている。なのに、あたしは不倫の子だ。一生大っぴらにはできない。引け目を感じて生きていかなければならないのか、と。

あの頃、桜子のことをただ意地悪な女の子だと思っていた。しかし、違った。桜子の心にもやっぱり蛇がいて苦しんでいたのだろう。今になってわかった。銀花も桜子も血のつながらない父を持った「同志」だったのだ。

聖子と晃が落書きした大学ノートを見て思わず笑った。お姫様を書いたのは晃、怪獣を書いたのは聖子だった。こんな仕事用のノートではかわいそうだ。明日、お絵かき帳を買ってこよう。色鉛筆もクレヨンも父が自分に買ってくれたように揃えてあげよう。多鶴子の言うとおり今はとにかく双子のことを考えなければ。

次の日から、双子の子育てと蔵仕事に銀花と剛は忙殺された。三歳の双子と暮らすことは想像よりもずっと大変だった。朝起きて、着替えさせ、朝食を食べさせる。双子がいないときは五分でできたことが今は三十分かかる。買物も風呂も生活すべてに倍の時間が掛かって一息つけるのは双子が寝た後のほんの短い時間だけだ。

それでも、毎日は楽しかった。双子たちは銀花と剛によくなついた。最初は「おじさん、おばさん」と呼ばせていたのだが、舌足らずのためかいつの間にか「おじちゃん、おばちゃん」になった。三十歳で「おばちゃん」と呼ばれるのは少々複雑な気持ちだった。今になって桜子の気持ちがわかる。小学生で「叔母さん」と呼ばれるのはどんなに嫌だったろう。

多鶴子は頼めば双子の面倒を見てくれたが、子育てには一切口出しをしなかった。若い人には若い人のやり方があるから、と言う。だが、蔵に関しては別だった。

「晃と聖子に気をつけなあかんよ。蔵はいろんな道具や危ない機械もあるからね。子供はなんでも触りたがるんや。入らんように言い聞かせんと」

「ええ。わかりました」

蔵と子供を想像すると懐かしくて切なくなった。剛が隣でバツの悪そうな顔をしている。「座敷童」が自分と剛を結びつけた。残酷だけれど感謝しなければならない取り扱いの難しい記憶だ。

双子の世話に明け暮れるうちにあっという間に一年が終わろうとしていた。銀花は母のノートを見ながら例年よりも多めにおせちを作った。

双子と迎える正月は眼が回るほど忙しくて賑《にぎ》やかなものになった。

＊

晃が五歳になって七五三の祝いをすることになった。

多鶴子に相談すると、父が子供の頃の祝い着を取ってあるという。出して着せてみるとぴったりだった。紋付き袴《はかま》の一式で、特に羽織は裏に竹と虎《とら》の見事な刺繡《ししゅう》が施された立派なものだった。晃に羽裏を見せると大喜びだ。よほど気に入ったらしくしばらくはお絵かき帳に虎の絵ばかり描いていた。

羽織袴が羨ましいのか聖子が駄々をこねた。

「晃だけずるい。あたしも袴、はきたい」

「女の子は七歳でお祝いするから。聖子にはそのときに綺麗な着物を着せてあげる」

「いやや。あたしも袴がはきたい。晃と一緒に袴はいて七五三する」

珍しく何日も拗《す》ねている。銀花がどれだけ言い聞かせても諦めない。それどころか大泣きして食事も拒否する始末だ。

「聖子、いい加減にしなさい」

きつく叱《しか》っても言うことを聞かない。挙げ句には泣きながら言われた。

「おばちゃんなんか嫌いや」

嫌いや、と泣きながらも抱きついてくる。どうしていいかわからず途方に暮れ、その夜、剛に愚痴をこぼした。すると、しばらく考えてから剛は言った。

「あれは無意識にためしてるんやないかな」

「ためしてる？」

「そう。少年院に入ってるとき、そういうことをするやつが多かった。わざと怒らせたり悪いことをしたりして、相手の反応を見るんや。相手が自分を見捨てへんかったら、ほんまに好かれてるんや、って安心する」

「じゃ、聖子は私らの愛情を疑ってるん？」

「本物の親やないからな。不安なんかもしれへん」

思わず力が抜けて涙が出そうになった。双子たちの親代わりをしようと頑張ってやってきたつもりだ。なのに、なにも伝わっていなかったということか。

「なにがあかんかったんやろ。本物の親やないから？」

「それはない。銀花は尚孝さんのこと、本物の親やなくても大好きやないか」

「うん。じゃあ、やっぱり私自身に問題があるん？」

「そうやない。銀花は変に意識せんほうがいい。これぱっかりは今すぐどうこうなるもんやないやろ」

焦ると逆効果かもしれない。二人で相談して、聖子にも袴を作ってやることにした。女児用の臙脂《えんじ》色《いろ》の袴を見ると聖子は眼を輝かせた。

「これ、あたしの？　ほんとにいいん？」

「いいよ。これはいて、一緒に晃の七五三のお参りに行こ」

「うん。おばちゃん、ありがとう」聖子が飛び跳ねた。

七五三の三日前のことだったが、ようやく聖子の機嫌が直ってほっとした。

当日はよく晴れた。銀花と剛は双子を連れて橿原神宮に出かけた。他にも大勢の家族連れがいて、おかしな気持ちになった。ご祈禱《きとう》の後、記念写真を撮ってもらった。

「お父さん、ほら、そんな怖い顔をしないで。お母さんは笑いすぎ。お嬢ちゃん、お坊ちゃんはもっとくっついて。仲良しに」

カメラマンは冗談を交えながら慣れた様子で写真を撮った。剛はすこし緊張した顔、双子たちはすこし戸惑ったような顔、そして銀花だけがへらへら笑っていた。

出来上がった写真は引き伸ばして寝室に飾った。


晃と聖子が小学校に上がることになった。

銀花と剛は二人で入学式に出席した。スーツを着た剛は小学校の正門の前でランドセルを背負った双子の写真を撮りまくった。子供たちよりはしゃいでいるようにも見えた。

だが、式のために体育館に入ると表情が一変した。保護者席に腰を下ろしてもどこか落ち着かない。真《ま》っ直《す》ぐ前を見て平気な風を装《よそお》っているが顔が強張っている。銀花も周囲の視線を感じて居心地が悪かった。体育館に座っている父母たちは銀花や剛と同世代が多い。つまり、剛の起こした事件を知っている人たちがたくさんいるということだ。

パイプ椅子《いす》に並んで座り黙って前を見つめていた。負けるものか。一番辛いのは剛だ。ここで醬油を造って暮らす限り噂はついて回る。剛は背負って生きていくしかない。自分はそれを支えていくだけだ。

その日は剛に任せて早めに仕事を切り上げて入学祝いのご馳走《ちそう》を作った。みな母から教わった献立だ。えんどう豆のポタージュ、オレンジ風味の鶏《とり》の唐揚げ、アサリとベーコンの蒸し物、それにタケノコ御飯だ。頑張ってデザートにプリンも作った。双子は大喜びでプリンを食べてくれた。

双子のお風呂は剛に任せた。小学校に入ったので一人で入浴する練習をさせるという。聖子はすんなり受け入れたが晃は尻込《しりご》みしていた。弱虫、と聖子に笑われて晃が半泣きになり脱衣場で言い合いになった。風呂に入ってもシャンプーハットの使用を巡って喧嘩が続き、剛の叱る声がずっと聞こえてくる。何度も吹き出しそうになりながら後片付けをした。

その夜、床に入ろうとすると剛がいなかった。なにかあったのかと探しに行くと灯りも点《つ》けず蔵の前に佇《たたず》んでいた。

「どうしたん？　なにかあったん？」

「ランドセル背負ってる晃と聖子を見たら、なんか胸がいっぱいになってな」

嬉しくて胸がいっぱいになった、という口調ではなかった。剛の声は苦しそうだった。

「俺は人を殺した。親の資格なんてない。なのに、あいつらはなにも知らんと、俺をおじちゃん、って呼んでなついてくれる。申し訳ないんや」

「申し訳ないなんて、そんなこと思う必要ない。人を殺そうがなんだろうが、私らは晃と聖子の親代わりなんや」

「わかってる。でも、体育館に入ってパイプ椅子に座ったら、いろんなやつが俺を見てた。事件を知ってる連中や。噂してるやつらもいた。俺が人を殺したという過去は消えん」

「うん、そやね」

わざと軽く言うと、剛がこちらを見た。構わずに言葉を続けた。

「たしかに人を殺した過去は消えんよ。でも、他のことで埋め合わせをすることはできる。剛はもうちゃんと埋め合わせしてる。私と結婚してくれたし、蔵を助けてくれたし、あの子たちのお父さん代わりになってくれた。ほら、いっぱい埋め合わせしてるやん」

剛は返事をしなかった。しばらく黙っていたが、やがて、ちょっと情けない声で笑った。

「埋め合わせか。そやな」

そのまま二人で蔵の闇《やみ》を見つめていた。剛が小さな声で言った。

「こんな俺が人並みに暮らしてこれたんは、座敷童が守ってくれたからかもな」

「うん。座敷童に感謝せなね」

ざわざわと裏で竹が鳴った。明日もタケノコが出る。また掘らなければ、と思った。


小学校に行くようになったら子育ても楽になる、と銀花も剛も考えていたがむしろ逆だった。

毎日、二人分の宿題をチェックして持ち物を確認しなければならない。授業参観、家庭訪問、遠足、運動会など、毎月のように行事があるのでかえって忙しくなった。

すこし知恵が付いてきた双子が鈴なりの柿《かき》の木を見て訊ねた。

「ねえ、おばちゃん。あの柿、なんで食べへんの？　渋柿なん？　渋くても干し柿にしたら食べられる、ってこの前テレビで言うてたよ」

ニュースで干し柿作りを観《み》たらしい。二人とも眼を輝かせて得意げだ。すごいことを教えてあげたよ、というふうに。

「あれはね、座敷童の柿やねん。だから人間は食べたらあかんの」

横で新聞を読んでいた剛が気まずそうに顔を隠した。

「ざしきわらしってなに？」

「この蔵を守ってくれる子供の神様。あの柿は座敷童へのお供えみたいなもん」

「子供ってどんな子供？　そんなに柿が好きなん？」

座敷童について双子が口々に訊ねる。剛は居心地が悪そうだ。双子の無邪気な笑顔がちりちり胸を焼いた。そうだ、自分も父に同じように訊ねた。あれはもう四半世紀近く昔のことなのか。

双子を育てていて思うことがある。子育てはたしかに人間を成長させる。子供を死なせないように大きくするためには否応《いやおう》なしに大人としての役割を強制されるからだ。だが、その一方で自分の子供時代に引き戻される機会が増え、その度に「赤ちゃん返り」する自分に気付く。まるで「三百六十五歩のマーチ」だ。三歩進んで二歩下がる。

だが、双子のことばかり考えているわけにはいかない。多鶴子も七十七歳になり、日常生活に介助が必要になってきた。双子と多鶴子の世話に時間をとられて剛と二人だけでは蔵の仕事に手が回らない。近所の主婦にパートで来てもらって瓶洗いやラベル貼《は》り、発送業務などを手伝ってもらうことにした。新たな人件費が発生して蔵の経営はまたまた余裕がなくなった。

そうこうするうちに双子は七歳になった。今度は聖子の七五三だ。

「聖子は僕のときに袴はいたから、僕も聖子のときに袴はく」

晃の主張を承諾するしかなかった。聖子には桜子の晴れ着を着せることにした。牡丹《ぼたん》に御所車という豪華な柄だ。畳に広げて眺めると惚れ惚《ほぼ》れするほど綺麗な着物だった。

「どう？　綺麗やねえ」

「あたし、袴のほうがいい」聖子がつまらなそうな顔で言った。

「なんで？　きっと聖子に似合うよ。今から楽しみやわ」

「こんな花柄いやや。あたしは袴がいい。だって、袴のほうがカッコいい」

「袴はカッコいいけど、でも、この晴れ着も綺麗やよ」

「いや。袴がいい」

聖子が頑固に主張したので途方に暮れた。七五三のたびに問題が起こる。すると、晃が横から口を出した。

「袴は男のもんや。聖子は女やから袴はいたらあかん」

「そんなことないよ。女かて袴はくし」

「あれは男の真似や。真似しや」

「晃かて女の子の絵ばっかり描いてるやん。あれは女の真似や。女男やよ」

晃は伯父に当たる尚孝に似たか絵を描くのが好きだった。しかも、少女マンガや女の子向けのアニメが好きでいつも一人でこっそり描いていた。

「女男、女男」聖子がはやし立てた。

晃の顔が真っ赤になった。畳の上に広げた聖子の晴れ着を踏みつけるとぐちゃぐちゃと踏みにじった。

「晃。こら、やめなさい。聖子もなんてこと言うの」

アホ、と叫んで聖子が泣きながら晃につかみかかった。晃も泣き出しもみ合いになる。

「こら、やめなさい」

慌てて着物を抱え上げて脇にどけた。二人はとっくみあいのケンカをしている。銀花の声も聞こえないようだ。

そこへ剛が顔を出した。泣き叫ぶ二人を見て大声で叱った。

「こら、やめろ」

凄《すさ》まじい迫力だった。銀花までびくっとしたほどだ。剛は双子を問答無用で引き剝《は》がして座らせた。

「せっかくの晴れ着の前でなにしてるんや」

はじめて見る剛の剣幕に双子は驚いてまた泣きだした。簡単に事情を説明すると、剛は呆れたようにため息をついた。その後、厳しい声で言った。

「晃、聖子に謝れ」

「いやや」

「阿呆。人の物を踏むいうのは、その人を踏むのと一緒や。晃、もし、おまえが一所懸命描いた絵を人が踏んだらどうする？　悔しいやろ」

晃が泣きながらうなずいた。今度は聖子に向かって言う。

「聖子、おまえも晃に謝れ。女が袴をはいてもいいんやったら男が女の子の絵を描いてもいいやろ。男女とか女男なんてくだらんこと言うな」

聖子もうなずいた。そして、二人揃って大声でまた泣いた。騒ぎを聞きつけ多鶴子が様子を見に来た。だが、剛が本気で叱っているのを見て黙って引き返していった。

剛が聖子の前に膝《ひざ》を突いて頭を撫でた。

「聖子は袴はいてカッコよくなりたいんやな」

「うん」聖子が涙を溜めた眼でうなずいた。

「わかった。じゃあ、この晴れ着を着て、袴をはいてカッコよくするのはどうや？」

銀花の方を向いて言う。「なあ、カッコよく着られるよな」

「うん。着付けと小物でなんとでもなる。そうだ、ブーツなんかカッコいいかも」

「ブーツ?」聖子が眼を輝かせた。

その様子を見た剛がここぞとばかりに誉《ほ》める。

「ああ、ブーツか。そりゃ絶対カッコいいな」

聖子が恥ずかしそうにうなずいた。銀花は次に晃を見た。

「晃。あんたの伯父さんも女の人の絵ばっかり描いてたよ。すごく上手やった。出版社の人から手紙が来たくらい」

「ほんと?」

晃が涙でぐしゃぐしゃの顔を上げて眼を輝かせた。二人はしゃくり上げながら、ごめんなさいと言った。これでなんとか解決したようだ。剛と顔を見合わせほっと息をついた。

七五三の当日、四人で橿原神宮に出かけた。やはり天気に恵まれ気持ちのいいお参りになった。聖子は桜子の晴れ着、袴、ブーツを身に着けて満足そうだった。

祈禱の後で写真を撮った。カメラマンは前と同じ人だった。そして、やっぱり同じことを言った。

「お父さん、ほら、そんな怖い顔をしないで。お母さんは笑いすぎ。お嬢ちゃん、お坊ちゃんはもっとくっついて。仲良しに」

七五三のお参りは滞りなく終わった。問題が起こったのはその夜だ。

夕食の後、聖子と晃はなにやら二人でずっと内緒話をしていた。ケンカではなさそうなので放っておいたがやはり気になった。風呂から上がってもまだ二人でずっと話している。口を出すことではないので黙って様子を見ていた。

そろそろ布団に入る時間になってから、二人揃って神妙な顔でやって来た。パジャマ姿の双子はなにやら緊張しているようでもじもじしていた。どちらが話すかですこし揉《も》めていたが、やがて聖子が口を開いた。

「昼間のカメラマンの人、おじちゃんとおばちゃんのこと、お父さんお母さん、って言うたよね」

「うん。ちょっと勘違いしたみたいやね」

すこしうろたえた。この子たちは一体なにを言いたいのだろう。間違われたことへの不平だろうか。

「他の人から見たら、おじちゃんとおばちゃんはお父さんとお母さんに見えるん？」

今度は晃が訊いた。声が震えていた。

「ああ、見えるかもしれへんな」

剛が答えた。すこし早口だ。やはり動揺しているらしい。すると、聖子が大真面目な顔でこう言った。

「二人で考えてん。それやったら、あたしらも、お父さんお母さん、て言うてい い？」

「え？」

銀花も剛も驚いて返事ができなかった。聖子は怒ったような顔で、晃は今にも泣き出しそうだった。

「僕、ずっと思っててん。他の子はみんな、お父さんお母さん、て言うてる。おじちゃんおばちゃん、なんて言うてるんは僕らだけや」

「あたしもずっと前から思てた。お父さんお母さん、て言いたい、って。だから言うていい？」

しっかりした口調だった。だが、眼には薄く涙がにじんでいて握りしめた手が震えていた。晃も同じだ。こちらはもう眼が真っ赤だった。

この子たちはずっと思っていたのか。どうしてもっと早く気付いてやれなかったのだろう。自分たちはあくまで親代わりだ。本物の親じゃない、と勝手に遠慮していたのは間違いだったのか。

銀花は聖子を抱きしめた。涙があふれた。子供の前でみっともない、と思ったが涙が止まらない。聖子も泣き出した。すぐに今度は晃も泣き出した。剛が抱きしめた。四人で思う存分泣いた。

「お父さん、お母さん」

双子はしゃくり上げながら言った。不思議だった。そう呼ばれただけでなぜこんなに嬉しいのだろう。

子供の頃は父母に向かって、ただ当たり前のように言っていた。実の父ではないと知ってからは、ほんのすこしもためらうのがいやで、わざと当たり前だと思い込もうとしていた。だが、大人になって自分が言われる立場になってはじめてわかった。「お父さん」「お母さん」という言葉は特別だ。見かけは小さくてなんの変哲もないのに、ありとあらゆる言霊《ことだま》が詰まっている魔法の箱のようなものだ。

自分の「お父さん」という言葉の箱には「おみやげ」「パンの耳」「絵」「ジュズダマネックレス」「ポーリュシカ・ポーレ」などが入っていて、箱を開けるたび、楽しくなったり、嬉しくなったり、気持ちが良くなったり、哀《かな》しくなったりする。「お母さん」の箱には「美味しい御飯」「美味しいお菓子」「アイロン」「夾竹桃《きょうちくとう》」「ジェットモグラ」などが入っていて、幸せになったり、腹が立ったり、苦しくなったり、惨《みじ》めになったりする。

双子の泣き顔を見ながら思った。この先、晃と聖子は「お父さん」「お母さん」の箱の中にどんな言霊を見つけるのだろう。できることなら、嬉しいこと、楽しいこと、気持ちのいいことが見つかるようにしてあげたい。素敵な箱だ、と思ってほしい。

その夜は、布団に入っても興奮して眠れなかった。剛も何度も寝返りを打っている。竹が鳴る音が耳について仕方がない。眠るのを諦めて剛に話しかけた。

「今まで、私、血のつながらない父がかわいがってくれたこと、すごく特別みたいに思てた。でも、今、わかった。血のつながりなんて、それほど重要やない。私も剛も、ほら、ごく自然に晃と聖子をかわいがってる」

「まあな。別に、無理してかわいがってるわけやない」

「今まで父に対して負い目があったんよ。赤の他人の私をかわいがってくれた。嫌々ってわけやないけど、多少は義務感もあったんやないかな、って」

手を伸ばして隣の布団の剛の手を取った。

「ずっとずっと父に申し訳なく感じてたけど、でも、すこし気が楽になった。たぶんね、父もきっと当たり前のことをしただけ。小さな子供がすぐ眼の前にいるのに、血のつながり云々《うんぬん》なんて考えへんと思う」

たとえ、自分の子でなくても、それはたいしたことじゃない。当たり前にかわいがることができる。晃と聖子がそれに気付く機会を与えてくれた」

「やろうな。そやから、尚孝さんはあの蛍の絵を描けた」

「描けたってどういう意味？」

「あれ見てたら伝わってくる。作者があの女の子をどれだけかわいがってたか、って」

剛の言葉が嬉しくてじんじんと胸が痺《しび》れた。剛の手を強く握りしめると剛も握り返してくれた。

後日、できあがった七五三の写真はびっくりするほどよく撮れていた。みな、ごく自然な表情だった。写真屋が見本として店に飾りたい、と言ったほどだった。

＊

一九九五年一月十七日早朝、遠くから聞こえてくるごおっという音で眼を覚ました。なんだろう、と思った瞬間家が揺れ出した。慌てて身を起こすと、隣で寝ていた剛が素早く起き上がって襖を開けた。木造の古い家は軋《きし》んでぎしぎしと擦れるような嫌な音を立てている。壁に掛けてあった「食いしん坊の女の子」の絵が落ちた。

「子供たちを見に行かな」

二人で晃と聖子の部屋に向かった。ゆっくりとだがまだ家は揺れている。いつまで揺れるのだろう。こんな大きな地震ははじめてだった。

子供部屋の襖を開けると聖子と晃は布団の上で不安そうにしていた。二人で一人ずつ抱きしめてしばらくじっとしていた。みな、無言だった。

揺れが完全に収まると、まず剛が口を開いた。

「大きな地震やったな。晃、聖子、怖かったな」

「怖かった、怖かった」双子が口々に喋《しゃべ》り出した。「家が潰《つぶ》れるかと思た」

しばらく子供たちの話を聞いて剛は立ち上がった。

「蔵を見てくる。銀花は子供たちのそばに」

「うん。気を付けて」

まだ外は真っ暗だ。双子をもう一度寝かせようとしたがすっかり興奮している。仕方ないので一緒に一階に下りることにした。蔵を見に行きたいが今は子供たちのそばを離れるわけにはいかない。

「多鶴子さん、大丈夫ですか？」廊下から声を掛ける。

「銀花、蔵は？　蔵はなんともないか」

襖を開けると多鶴子は起き上がって杖《つえ》を握り締めている。自分で見に行くつもりだったようだ。

「今、剛が見に行ってます。あれくらいの揺れなら大丈夫でしょう。そやから、多鶴子さんは心配せんと」杖を受け取って横に置いた。「まだ外は暗いから危ないですよ。明るくなったら一緒に見に行きましょう」

「でも、もし醤油になんかあったら」

「大丈夫。なんかあっても、私と剛がなんとかします」

それでも納得できないようだが、何度も笑って大丈夫と繰り返すとようやく諦めてくれた。多鶴子を布団に横たえ部屋を出た。

居間では子供たちがテレビを見ていた。震源は淡路島とのこと。かなり大きな地震だったようだ。どのみち眠れないので朝食の用意をすることにした。もしかするとまだ余震があるかもしれない。念のため多めに御飯を炊《た》いて非常時に備えるべきか、などと考えていたら剛が戻ってきた。

「どうやった？」

「ああ、見たところなんともない。機械も全部動く。大丈夫やろう」

「よかった。ね、私もちょっとだけ見てきていい？」

「いいよ」剛が苦笑した。

剛を信用しないわけではない。でも、自分の眼で見ずにはすまない。子供たちを任せて、蔵へ向かった。

薄明の中、白い息を吐きながら庭を歩く。柿の木を見上げると普段と変わりないシルエットが見えた。先程の地震の気配はどこにもないのにまだ動悸《どうき》がおさまらない。はじめて体験する大きな地震のせいか平常心を失っているようだ。

蔵に入って灯りを点けると隅々まで見て回った。桶も一つ一つのぞいて確認する。麴室も問題ない。蔵の真ん中に立ちぐるりと辺りを見回した。太い梁《はり》も柱も、桶も、まるで何事もなかったかのように平気な顔で静まりかえっている。地震だ、と大騒ぎしたのは人間だけだ。なんだかおかしくなった。

さあ、今日は早めに朝御飯にして、子供たちを学校に行かせて、それから、と歩き出したとき眼の前にぽとりと白い物が落ちた。

「え？　なに？」

驚いて足許《あしもと》を見ると琴柱《ことじ》が落ちていた。なぜこんなところに、と拾い上げると埃まみれで蜘蛛《くも》の巣がついている。手で汚れを払ってよく見ると象牙《ぞうげ》の琴柱だ。

「どこから落ちて来たん？」

天井を見上げた。上には梁と天窓がある。梁の上にあった物が地震のせいで落ちて来たのか。だが、なぜあんなところに琴柱があったのだろう。多鶴子なら心当たりがあるかもしれない。後で訊いてみることにした。

じっと手の中の琴柱を見下ろした。ひやりと冷たくて氷を握りしめているような気がする。一つ身震いをして母屋《おもや》に戻った。そして、早めの朝食を済ませて子供を学校へと送り出した。

やがて、すこしずつ地震の被害の状況が明らかになってきた。みな、ヘリコプターからの中継を見て絶句した。阪神高速の高架が横倒しになっている。アナウンサーの声がうわずっていた。神戸の街はいたるところから黒煙が上がっている。すると、多鶴子がぼそりと呟《つぶや》いた。

「まるで空襲のようや」

神戸の街が壊滅していた。現実の出来事とは信じられずただ呆然《ぼうぜん》と眺めることしかできない。衝撃に心が麻痺《まひ》したようでなにも言葉が出ない。それでもテレビから眼を離せず、みな、食い入るように画面を見つめていた。

奈良は震度四だった。すっかり明るくなってから外回りを確認すると、古い瓦《かわら》が落ちるなど蔵にも母屋にもすこし被害があった。その後も連日、阪神・淡路大震災の報道が続いた。せめて、と雀醤油からも義援金を送った。

地震から一週間経った頃だ。聞き慣れない車の音がして出てみると、真っ赤な車が門から入ってくる。アウディだった。

「お久しぶり、銀花」

桜子は一目で高級とわかるスーツを着ていた。ハンドバッグとボストンバッグを提げている。ハンドバッグにはブランドに疎《うと》い自分でも知っているシャネルのロゴがついていて、ボストンバッグはヴィトンだった。七年ぶりだ。なぜ戻って来たのだろう、と思った瞬間どきりとした。まさか、あの子たちを連れて行くつもりだろうか。

「まあ、桜子さん、とりあえず上がって」

「言われなくても上がるって。だって、ここはあたしの家やし」ボストンバッグを玄関にぽんと放りだした。「この辺、地震、どうやった？　結構揺れた？」

「まあね。でも大した被害もなくてよかった」

「ふうん。なんたって古い家だから心配してたんやけどね。そうそう、あれ、地震お見舞い」

車の後部座席に大量のデパートの紙袋が見えた。運んどいて、と言い捨てて桜子はまっすぐ座敷に向かった。銀花は車から荷物を下ろして慌てて桜子の後を追った。

座敷に入ると、多鶴子が読んでいた本を開いたまま呆然と桜子を見上げていた。

「桜子、あんた……」

「ただいま。喉《のど》渇いた。お茶頂戴《ちょうだい》」

胸騒ぎを覚えながら茶を淹《い》れて座敷に運んだ。三人分の湯呑みを並べ自分も座った。

桜子は茶を一口飲んでいきなり左手の指を見せた。薬指に指輪がある。

「あたし、今度、結婚したんよ。新婚」

「え？　前言ってた人？」

「あんなんとっくに別れた」

多鶴子と顔を見合わせた。二人とも啞然《あぜん》としてなにも言うことができない。その様子を見て桜子がけらけらと笑った。

「会社を二つ三つ経営してて、ビルとか駐車場とか持ってる人やねん。奥さんが死んで寂しく暮らしてたんやけど」桜子があっけらかんと喋り続ける。「是非とも一緒になってくれって頼まれて、かわいそうやから結婚したわけ。向こうの子供は全部成人してるんよ。生前贈与も済んで、財産のこととか問題ないって」

「ちょっと待って。いくつの人やの？」

「六十八歳。向こうの子供が財産目当てとか文句をつけてきて大変やったんよ」

「そりゃそうでしょう」

桜子は今年三十八歳だから三十歳差だ。財産目当てと思われても仕方ないではないか。

「そういうことやから結婚祝いはいらない。とにかく晃と聖子は連れて帰るから」

「え？　あの子たちを？」

「そう。今まで育ててくれてありがとう。悪いけど転校の手続きとかやっといてくれる？」

一瞬、眼の前が暗くなるほどの怒りがこみ上げた。あまりに腹が立つと言葉が出ないらしい。全身が沸騰《ふっとう》した氷になったようだ。頭はかっかと熱いのに身体は冷たく痺れている。

最初に怒鳴ったのは多鶴子だった。

「情けなくて涙が出そうや。あんたは子供をなんやと思てるの」

「子供がかわいいから引き取りに来たんやよ。お金もあるし、いい暮らしをさせたげるんや」桜子が負けじと言い返した。

「桜子。今まで子供を銀花に押しつけといて、よくそんなことが言えるね」

「あのときは仕方なかったんやよ。とにかく、晃と聖子は私の子供やから連れて帰る。もう決めたんや。銀花、あの子らの荷物まとめてや」

桜子が髪をかき上げた。その瞬間、我慢ができなくなって大声を出してしまった。

「晃と聖子は渡さへん。あの子らの母親は私や」

「は？　ちょっと育てたくらいで偉そうな顔せんといて」

「そうやね。私はまだちょっとしか育ててない。だから、これからもずっとずっと私が育てる。絶対に渡さん」

「あんたにそんな権利はない。あの子らは私が産んだ。大事な大事な私の子供や」

「だったら、なんで捨てたん？　桜子さんがあの子らを置いて行ったとき、どんなにあの子らが泣いたか知ってる？　ママ、ママ、言うて桜子さんを探して……」

思わず声が震えた。だが、ここで弱気になったら桜子に負ける。こんな勝手な人の言いなりにはならない。

「でもね、今は違う。剛と私のことをお父さんお母さん、て言うてくれるんよ。だから、今さら引っかき回すのはやめて。あの子たちを傷つけるようなことを言ったら、許さんから」

喉が痛くなるほど怒鳴ると桜子の眼がうろたえた。救いを求めるように多鶴子を見たが、多鶴子がきっぱりと言った。

「桜子。あんたが誰と結婚しようと口出しする気はない。好きにしたらいい。でも、あんたに子供を育てる資格はない。晃と聖子の母親は銀花や。あんたと違う」

そこへ、剛が得意先回りから戻って来た。桜子を見て一瞬驚いたが一応挨拶しようと帽子を脱ごうとした。だが、桜子が昔のように居丈高に言った。

「ちょっと、剛。あんたの奥さんが子供を返してくれんのやけど」

剛がこちらをちらと見て大体の事情は察したようだ。帽子を脱ぐのは止めて桜子を真っ直ぐに見た。

「晃と聖子の親は俺と銀花や。それから子供は物と違う。返すとか返さんとかやない」

「剛の言うとおりや。桜子さん。勘違いしたらあかん。子供は親の持ち物やない。都合が良くなったから連れて帰ると言うなら、もし今度都合が悪くなったらそのときはまた捨てるん?」

剛が来てくれて頭が冷えたようだ。冷静に言い返すことができた。

「なによ、偉そうに」

「銀花は山尾家の当主や。偉そうでなにが悪い」剛が落ち着き払って言い返した。

「なによ、入り婿のくせに」

「入り婿でなにが悪い」

　まるで相手にされていないことがわかって桜子が愕然《がくぜん》とした。だが、そんなことで引く桜子ではなかった。今度は多鶴子に食ってかかった。

「お母さん、銀花とあたしとどっちが大事やの？　銀花はうちの家とはなんの血のつながりもないんやよ？　お兄ちゃんの子供と違うんやよ？　まさか忘れたん？」

「忘れるわけない。銀花は他人や。尚孝の血なんか引いてない、私とは赤の他人や」

　多鶴子がきっぱりと言い切った。

　瞬間、胸が押し潰されたように感じた。不意打ちの痛みだった。今さらこんなことで傷つくほうがどうかしている。わかっているのになぜ苦しいのだろう。思わず眼を伏せたとき、多鶴子が言葉を続けた。

「その赤の他人が蔵の仕事を継いでくれた。男と遊ぶことしか考えてないバカ娘の捨てた子供を一所懸命育ててくれてる」

「あたしはバカ娘ってこと？」桜子の頬にさっと血が上った。

　多鶴子が桜子の眼をじっと見据え、ゆっくりと低い声で言った。

「ああ、そうや。惚れた男を選んで子供を傷つける女は最低や。惚れてもない男を選んで子供を捨てる女はもっと最低や」

桜子の顔が一瞬はっきりと強張った。真っ赤な唇がぶるぶると震えている。紫色のアイシャドウを塗った眼は吊り上がっていても美しかった。

「男を選んでなにが悪いん？　あたしは正直に生きる。お母さんみたいに嘘《うそ》つきの人生は送りたない」

「なら、正直な人生を生きたらええ。死ぬときに後悔せんように」

「言われなくてもそうさせてもらうわ」桜子は吐き捨てるように言うと、次に銀花に向き直った。「あの子らはあんたにあげる。だって、あの子らを取り上げたら、あんたがあんまりかわいそうやもんね」

むっとしたが懸命に堪えた。そして気付いた。もしかしたらこれはチャンスではないだろうか。だとしたら、桜子の気が変わらないうちに言わなければ。

「そう。なら、あの子たちを正式に養子にしていいん？」

「どうぞお好きに」鼻で笑うと大げさな仕草であちこちを見渡した。「相変わらず醬油臭い家。こんなとこで暮らすなんて死んでも御免やわ」

なんという言い草だろう。やっぱり腹が立って思わず怒鳴りつけてやろうとしたとき、剛が口を開いた。

「桜子さん。もうすぐ、あいつらが学校から帰ってくる。頼むから今すぐ出て行ってください。そして、あいつらの前には二度と顔を見せんといてください。今、あいつらは落ち着いてる。でも、あんたの顔を見たらきっと捨てられたことを思い出す。また、あいつらを傷つけるつもりですか」

剛の言葉は一応丁寧だったが思わずぞくりとするほどの迫力があった。桜子は束《つか》の間《ま》ひるんだものの剛をにらみつけて言った。

「あたし、知ってるんやよ。あんた、人殺しのくせに」

さっと剛の顔が引きつった。それを見た瞬間、勝手に身体が動いた。湯呑みをつかむと桜子にお茶を引っ掛けた。

「桜子さん、今すぐ帰って」

「なにすんの。これ、本物のシャネルスーツやねんよ。いくらすると思ってんの」桜子が血相を変えて立ち上がった。

「そんなん知らん。さあ、その荷物を持ってさっさと帰って」障子をすぱんと開け放ち、桜子のシャネルのハンドバッグを縁側から庭に放りだした。「ほら、早く」

桜子が一瞬啞然とした顔をし、その後すぐに眉《まゆ》を吊り上げて手を振り上げた。ばちんと音がして頰を叩《たた》かれる。すかさず叩き返した。遠慮など一切しなかった。擢棒で鍛えた腕だ。桜子がよろめいた隙《すき》にさらにヴィトンのボストンバッグを投げ捨て仁王立ちでにらみつけた。

「なにすんの」

桜子が文句を言ったので、もう一度叩いてやろうとしたら剛に止められた。

「もうええ、止《や》めとけ」

剛の顔は真っ青で口がへの字だ。歯を食いしばっているに違いない。人殺しと罵《のの》しられて一番傷ついたのは剛だ。なのに堪えようとしている。自分も我慢だ。深呼吸をして心を落ち着けて静かに言った。

「桜子さん、もう二度と来んといて」

桜子は悔しそうな顔をしたが、どすどす音を立てて廊下を歩いて玄関に向かった。パンプスを履いて庭に回るとバッグを拾っている。高くて細いヒールが雨上がりの庭土に埋まって転びかけた。

「……心配して来てやったのに」

桜子が絞り出すような声で言った。その眼には涙がたまっていた。

「仕方ないやん。自分でもわかってる。あたしには子供なんか育てられへん」そこで桜子が号泣した。「わかってる。あたしが母親やったら子供がかわいそうや。あたしは母親になったらあかん人間や。あんたのほうがよっぽどマシや。それくらいわかってる……」

桜子は泣きながらアウディに乗り込んであっという間に行ってしまった。庭にはタイヤの痕《あと》と桜子のヒールが穿《うが》った穴が点々と残っていた。

後味の悪い別れになった。やりきれない思いで顔を上げると、門のところに人影が見えた。パートの主婦だ。呆気《あっけ》にとられたようにこちらを見ている。眼が合うと慌てて去った。桜子とのケンカを見られたようだ。きっと噂になる、と思うとため息が出た。

「仕事に戻る」

剛はそれだけ言って座敷を出て行った。

後ろ姿を見送ってもう一度ため息をついた。さっきまでは怒りと悔しさで頭がいっぱいだった。しかし、今は違う。桜子は本当は心配して来てくれた。老いた母親と捨てた子供のことが気になってわざわざこんな田舎までやってきたのだ。だが、多鶴子に叱られたせいで拗ねてしまった。あの性格だからあんな高飛車にしか振る舞えなかったのだろう。

桜子の持ってきたデパートの紙袋を開けた。するとブランド物の子供服と、地味だがいかにも高そうなカシミアのショールが入っていた。これは多鶴子への贈り物だろう。ほかに高級チョコ、年代物のウィスキーもあった。思わずため息がでた。まさか桜子からおみやげを貰《もら》うとは思わなかった。

多鶴子はショールを見てやりきれないといった風に首を横に振った。それからお茶を淹れてくれた。二人でしばらく黙って飲んだ。

「銀花、桜子が申し訳ないことをした」

「いえ、桜子さんは桜子さんなりに、私たちのことを心配してくれてたんですよ」

「だとしても、あれじゃ伝わらん。あんたのことを認めるにしても、よっぽどマシって……」

たしかになんて失礼なのだろう。だが、桜子らしい。思わず苦笑した。

「ねえ、多鶴子さん。私、今、すごくほっとしてます。あの子たちのこと、法律的にきちんとしておきたかったんです。だけど、難しい問題やと思ってました。それが、今日、桜子さんが押しかけてきてくれたおかげで、一気に解決しました。お赤飯炊きたいくらいです」

「なるほど。あの子もたまには人の役に立つんやね」

多鶴子の皮肉に思わず笑ってしまった。それを見て、多鶴子がじろりとにらんだ。

慌てて首をすくめる。

「あんたはほんまによう笑うね」呆れたように言う。

「たぶんきっと単純なんです」

「私がなにか言うて笑ってくれるんはあんただけや」

多鶴子はにこりともしなかった。大真面目な顔は怒っているようにも見えた。なのに、眼には今まで気付かなかった温かみがあった。ほわっと湯気の上がる蒸したての大豆のような眼だ。

「銀花。いい機会やから、私の養女になっときなさい」

豆の温かみは一瞬で消えていつもの厳しい顔だった。

母の戸籍をたどった際にわかった。父の養子になった日付は小学六年生のときだった。つまり、座敷童の一件があって自分が真実を知ってからだった。

「なんで、生まれてすぐに養子縁組をせんかったんでしょうね」

「尚孝にも美乃里さんにも他意はないと思うよ。二人とも、そういう実務にはまったく気の回らん人間やっただけ」

きっと多鶴子の言うとおりなのだろう。だが、やはり寂しい。四十歳を前にしていまだに思う。たとえ書類の上だけでもいいから生まれた時から父の子でありたかった、と。

「とにかく、あんたの戸籍上の立場をはっきりさせといたほうがいい。いずれ相続の問題も出てくる。蔵の仕事をやる以上、あんたと剛は私の養子になっとき。そうすれば、桜子も無茶なことは言われへん」

「無茶は言わんけど、ずるい、とは言うでしょうね」

「そりゃ言うやろうね」

形のいい唇を尖らせて言うだろう。でも、しばらくすると、けろっとした顔で話しかけてくる。子供の頃からずっと同じだ。そう考えるとなんだかおかしくなった。

二煎《せん》目のお茶を淹れようと立ち上がってふっと思い出した。

地震のとき蔵の天井から琴柱が落ちてきた。あの後の騒ぎですっかり忘れていた。あれはどこへやっただろう。あちこち捜すと居間の整理棚の上にあった。テレビに見入って無意識に置いたのだろう。明るいところでよくよく見ると長年蔵にあったせいかかなり黄ばんでいた。

「多鶴子さん、これ、地震のとき、蔵の天井から落ちてきたんですけど」

琴柱を見せた途端多鶴子の顔色が変わった。

「どうしたんですか？」

多鶴子は眼を見開き凍り付いたように動かない。愕然と琴柱を見つめている。これはただ事ではない。一体、この琴柱はなんなのだろう。

「多鶴子さん、大丈夫ですか」

重ねて言葉を掛けた。すると、多鶴子が呻くように言った。

「……今頃」

「今頃ってどういう意味ですか？」

「いや、なんでもない」

皺だらけの口許から絞り出すように言うと多鶴子が席を立った。ふらふらと座敷を出て自室にこもってしまった。まるで幽鬼のようだった。

言葉を掛けることもできず多鶴子を見送った。琴柱を掌《てのひら》に載せてじっと見る。今頃、と多鶴子は言った。普通に考えれば、昔になくしたものが今頃見つかった、とただそれだけのことだろう。だが、それだけのことならあんなにショックを受けるはずがない。この琴柱は多鶴子に過去のなにかを思い出させた。それはきっと苦しく辛いことなのだろう。これ以上は触れてはいけない、と思った。

その日の夕食はみなの大好きなカレーを作った。双子たちは大喜びしたが、剛はあまり元気がなかった。多鶴子も険しい表情のままだ。なんとか明るくしようと一人でへらへらと笑っていたが、多鶴子は文句すら言わなかった。

桜子の派手な帰郷はすぐに噂になった。山尾家の少々複雑な人間関係がまた注目されて、剛の過去を取り沙汰《ざた》するものも出てきた。やっぱりすこしだけ桜子を怨《うら》んだ。

桜子の帰郷騒動から一ヶ月が経った頃、聖子と晃が泣きながら帰ってきた。服もランドセルも泥だらけだった。

「お父さんは人殺しや、って言われた」聖子が顔をぐしゃぐしゃにして叫んだ。「嘘や、て言うたら、絶対ほんまや、って。で、向こうが蹴《け》ってきて、こっちも蹴り返してん」

「ねえ、お母さん。そんなん嘘やろ？」晃もしゃくり上げた。

「誰がそんなこと言うたん？」

一瞬で血の気が引いた。子供たちの前だから落ち着かなければと思ったがわずかに声が震えた。

「クラスの子がみんな言うんや」晃が答える。

「言うって、いつから？」

「ちょっと前から」

聖子の返事を聞いて眼の前が暗くなった。すこし前から、剛の件でいじめに遭っていたという。無視されたり、わざと転ばされたり、さまざまな嫌がらせをされていた。でも、心配を掛けたくないから黙っていた、と。

時期を考えると桜子の騒動が原因かもしれない。真っ赤なアウディで帰ってきて騒ぎ立てたせいで噂になったのだろう。それが子供たちまで伝わった。

「なんでもっと早く教えてくれんの」

「ごめんなさい」双子は激しく泣き出した。

違う。子供たちを責めてはいけない。どうして気付いてやれなかったのだろう。たしかに最近服が汚れていた。だが、それは元気な証拠だと思っていた。自分はとんでもないバカだ。

「ねえ、お父さんは人殺しと違うよね？」聖子がすがるような眼をした。

嘘だと答えてやれば聖子も晃も安心するだろう。しかし、そんなごまかしはいずれバレる。そのとき、聖子と晃は裏切られたと思うだろう。二度と信用してくれないかもしれない。

「違うよね、ね？」晃も必死な表情で銀花に迫ってくる。

ここで暮らし続ける限り知られる日が来ることは覚悟していた。その日が今日だったというだけだ。なら、話すしかない。子供扱いはせず本当のことを話すしかない。覚悟を決めなければ。

「晃、聖子。もう泣かんでいいから。お母さんが話したげるから」

そう言うと、双子はほっとした顔で銀花を見た。否定してくれると思っているのだ。ごめんね、と思う。

「落ち着いて聞いて。お父さんは……ずっと昔、高校生の頃、人を殺してしまったことがあるんよ」

「嘘や」双子が眼を見開いた。

「静かに聞いて。でも、それは、お母さんのお母さんを助けるためやってん。お父さんは、お母さんのお母さんを守ろうとしただけやの。殺すつもりなんてすこしもなかった。だけど、相手がナイフを出してきて、もみ合いになって」

「もみ合い？」

「取っ組み合いの大喧嘩みたいなもの。それで、相手が倒れたときに頭を打って……死んでしまったんよ」

「じゃあ、お父さんは悪くないの？」晃が勢い込んで尋ねた。

「違う。人を殺したことは悪い。ただ、悪いことをしようと思ってしたんやない。殺したことは事実やから、罪を償うために少年院に行った。お母さんはね、お父さんに会いたくてしょっちゅう少年院の前まで行ってた」

「会えた？」

「ううん。会えんかった。外から見てるだけ。それなのに、何回も行ったんやよ。お父さんのこと、大好きやったから」

両手を広げぎゅうっと双子を抱きしめた。双子たちはまた大声で泣き出した。つられて泣きそうになるが懸命に堪えた。

「お父さんは人殺し。それは本当。でも、少年院に入って罪を償った。そして、これからも、一生、死ぬまで罪を償っていかなあかんの。お母さんはお父さんを応援する。そう決めたんよ」

それでも双子たちは大声で泣き続けた。

「辛い思いをさせてごめん、ごめんね」

何度も詫《わ》びながら抱きしめることしかできなかった。

だが、どれだけ心を尽くして話しても父が「人殺し」だという事実がそう簡単に受け入れられるはずがない。夕食の席で双子たちは一言も口をきかなかった。

「どうしたんや？　喧嘩でもしたんか」

なにも知らない剛が話しかけても双子たちは返事をしない。きりきりと胸が痛んだ。子供たちに話すのも辛かったが子供たちに知られたことを剛に話すのはもっと辛い。いっそ黙っていようかとも思ったがそれは子供たちに「知らないふり」を強制することになる。秘密を抱えさせられた苦しさはよくわかる。聖子や晃にはそんな思いをさせたくない。

その夜、剛にすべてを話した。すると、剛はそうか、とだけ言った。腕組みして唇を嚙《か》んでじっと動かない。ずいぶん長い間そうしていたが、やがて子供たちを呼んだ。

双子は緊張した顔で座敷に入ってきた。聖子はどこか怒った顔で、晃はもうすでに泣き出しそうに見えた。

剛は強張った顔のまま子供たちを見つめている。なかなか言葉が出ないようだったが、やがて思い切ったように口を開いた。

「お父さんが人を殺した話、聞いたんやな」

「うん」双子がうなずいた。

「それは嘘やない。ほんとのことや。少年院も行った」

「でも、それはお母さんのお母さんを助けるためにやったんでしょ」聖子がムキになって言い返した。

「そうや。でも、殺したんは事実や。そのことでおまえらはいじめられてるんやな。お父さんのせいで本当にすまん」

剛が謝ると、双子がわあっと泣き出した。

「すまん。許してくれ。お前らはすこしも悪くない。みんなお父さんのせいや。すまん」

それでも双子たちは泣き続けた。やっぱり二人で子供たちを抱きしめ、なだめることしかできなかった。

小学校の頃、ハッチーとのりちゃんに絶交されてクラスのみなに無視された。毎日、どれだけ辛かったか。ふとしたときに思い出して今でも胸が詰まる。あのとき誰にもなにも言えなかった。ただ堪えるしかないと思っていた。

だが、今は時代が違う。「いじめ」「不登校」がきちんと問題として認識されている。これ以上事が大きくなれば出るところに出る覚悟だってある。翌日、学校へいじめの件で相談に行った。担任は注意をすると言ってくれたが難しい顔だった。

それ以来、双子たちが友達を家に連れてくることはなくなった。その代わりに二人で一緒にいることが増えた。心配で学校でのことを尋ねるのだが、双子たちは言葉を濁すだけだった。それは、いじめが続いている証拠だった。

剛も苦しみ続けていた。何事もなかったかのように黙って仕事をしていたが明らかに食事の量が減った。頬が痩《こ》けて顔色も悪くなった。夜は眠れないようで寝返りばかり打っている。だが、これは剛が一生背負っていかなければならない罪だ。解決などない。たとえ今回やり過ごしてもまたきっと同じことがあるだろう。それが一生背負う、ということだ。だとしても、すこしでも剛を楽にしてあげたい。そのためにはどうすればいいのか自問を繰り返す日々だった。

多鶴子にも相談した。しかし、冷たい言葉が返ってきただけだった。

「なにを今さら。あんたは人殺しと知って結婚したんやろ？　覚悟を決めたはずやろ？　大見得《おおみえ》切ったくせに泣き言なんてみっともない」

正論だ。黙って引き下がるしかなかった。

問題が起きて一ヶ月ほどした頃だ。ある夜、食事の後、剛が双子と銀花を自室に呼んだ。

双子はどこか怯えたような表情で緊張していたが、剛はすっかり落ち着いていた。

「お前ら、まだいじめられてるんやな」

聖子と晃の顔が強張った。

「もし、いじめられたら、こう言うたらいい。あれは本当のお父さんやない。ただのおじさんや、て」

　はっと剛の顔を見つめた。剛の顔は夜の醬油桶のように静かだった。

「あの人とは血なんかつながってない。赤の他人や。自分は人殺しの子供やない、って言うんや」

「そんなん……」双子が言葉を失った。

　思わず手を固く組み合わせた。剛の出した答えが哀しかった。

「晃、聖子、大丈夫や。おまえらはお父さんの子供やない。人殺しの子供やないから堂々としてるんや」

　剛が穏やかに笑った。諦めきった笑顔に見えた。

「違う。そんなん言わんといてや。お父さんは私のお父さんや」聖子が大きな声で叫んだ。

「そうや、お父さんはただのおじさんと違う。僕のお父さんや」晃も怒鳴った。

　剛は呆然と双子を見ていた。なにか言おうとしても、言葉が出ないようだった。そのまま双子を見つめていたが突然顔を覆《おお》った。肩が激しく震えている。節くれ立った指が強く顔に押しつけられ、その隙間から押し殺した呻き声が漏れていた。

　剛の膝に涙がぽたぽた落ちた。それを見て双子も泣き出した。うわん、うわんとまるで赤ん坊が泣くように全身で泣いた。

自分まで泣いてはいけない。歯を食いしばってぐっと堪えて懸命に笑顔を作った。

「お父さんはお父さんやよねえ。なにアホなこと言うてるんやろ」

へらへらと双子たちに笑いかける。そして、何事もなかったかのように言った。

「ほら、いつまで泣いてるん？　もう遅いんやから歯を磨いて寝なあかんよ」

今は剛を一人にしてやりたい。双子を追い立てるようにして洗面所へ連れて行った。

「ねえ、お母さん。お父さんはお父さんでお母さんはお母さんやよなあ」

「当たり前やん」

双子たちは何度も確かめてようやく安堵《あんど》したようだった。

二人を布団に入れると、ビールと醤油を塗ってさっと炙《あぶ》ったかき餅《もち》を持って剛の元へ戻った。

剛は真っ赤な眼をしていたがもう泣いてはいなかった。剛のグラスにビールを注ぎ、それから自分のグラスにも注いだ。二人で一息に飲む。すると、今になって急に涙が出てきた。

「私、あの子らの親になってから涙もろくなったような気がする」

「俺もや。昔は滅多に泣かへんかったのにな。最近はすぐに涙が出る」

「不思議やね。自分が苦しいときとか哀しいときは泣いてたまるかと思たのに、子供のことになると全然我慢できん」

「俺も同じやな」

今度は剛が注いでくれた。二人とも一息で飲み干した。泣いて火照《ほて》った身体に冷えたビールが浸《し》みた。それから二人で香ばしいかき餅をかじった。

「ねえ、子育てって醬油造りと似てると思わん？」

「どういうことや？」

「まず最初に大豆を蒸して麴を作るやろ？　麴室の中で種麴を撒《ま》いて、温度と湿度に気を付けて、風を送って、かき混ぜて、って付きっきりで醬油麴を作るわけやん。でも、それが諸味《もろみ》になると、あとは一日一回かき混ぜるだけになる」

「うん、たしかに」

「子育てもきっと同じじゃよ。最初は眼を離したらあかんけど、ちょっと大きくなったらほっといたらいいんやよ。ただ、一日一回はきちんと面倒を見る、って感じで」

「なるほど、うまいこと言うな」剛が感心したようにうなずいた。「俺らは偉いな。蔵では醬油を育てて、家では双子を育ててる」

「うん、結構頑張ってるほうやね」

二人で顔を見合わせ笑った。その後、ふいに剛が真顔になった。

「でもな、俺、実は学校なんか無理して行かんでもいいと思てる」

「私も」

二人でまた顔を見合わせて笑った。それから剛の眼を見て真っ直ぐに言った。

「大丈夫。あの子らは双子や。一人やない。きっと強い」

剛がほんの一瞬今にも泣き出しそうな眼をして、それから黙ってうなずいた。

その夜、布団の中で剛は声を殺して泣いていたが気付かないふりをした。わかっている。これで解決ではない。剛の罪が消えないように双子たちにとっても一生つきまとう問題だ。

自分にできることはなんだろう。へらへら笑う以外で自分にできることはあるのだろうか。

*

阪神・淡路大震災から二年が経った。

多鶴子が体調を崩した。検査の結果、腹に腫瘍《しゅよう》が見つかった。手術をしたが予後はあまり良くなかった。医師の説明を聞いた後、多鶴子が言った。

「悪いけど、銀花。私は家で死にたいと思てる。面倒を見てくれるか」

多鶴子は覚悟を決めたのか冷静だった。仕事の指示をするときと同じ口調で哀れっぽさなどかけらもなかった。

「わかりました。じゃあ一緒に帰りましょう」

多鶴子が床について一ヶ月ほど経った秋の日のことだった。

小春日和《びより》の暖かさは心地よい。障子を通して柔らかな午後の陽射《ひざ》しが部屋を明るくしていた。多鶴子に昼食後の薬を飲ませ、足が痛むというのでマッサージをした。

「今、風が吹いてるんやろ？　竹林がざわざわいうてるから」

耳を澄ませた。風などすこしも吹いていない穏やかな日だったが否定せずにうなずいた。布団を掛け直しそっと部屋を出ようとすると、多鶴子がふいに呟いた。

「私は母親になりたなかったんや」

驚いて振り返った。多鶴子はじっと宙のどこかを見ていた。

「私は母という生き物になりたくなかった。それで、あんまり尚孝を抱いてやらへんかった。泣いても、あやしたりせえへんかった。ほとんど声を掛けへんかった。あの子がそばに来ても、私は突き放した。蔵の仕事があるから、て言うて話も聞いてやらんかった。だから、あの子は一人で絵を描いた」

「蔵の仕事が忙しかったから、仕方ないですよ」戻って多鶴子の枕元《まくらもと》に再び座った。

「違う。忙しかったからやない。私が悪いんや。あの子にはかわいそうなことをした」

多鶴子の声が突然大きくなった。眼をいっぱいに見開いて震えている。

「あの子は上手に描けた絵を私に見せに来た。でも、私は邪魔をするなと叱った。どうせ蔵を継ぐのやから、絵なんか描いても無駄や、と言うた。そのとき、あの子は本当に悲しそうな顔をした。なんで、あのときあの子の絵を見てあげなかったんやろう。なんで、誉めてあげなかったんやろう。……ああ、蔵なんか押しつけず、好きなことをやらせてやればよかった……」

多鶴子の見開いた眼から大粒の涙がこぼれる。次から次へと溢れて枕を濡らした。

「私はアホや。あの子をもっと抱いてやればよかった。もっともっと、かわいがってやればよかった……」

「多鶴子さん、もう済んだことです」

多鶴子の涙を拭いてやった。

かすかに竹の音が聞こえてきた。本当に風が出て来たようだ。立ち上がって障子を開けると柿の木が見えた。鳥が二羽ほど来て実を食べている。今年は表年で実が鈴なりだ。重たげな枝は風で揺れると折れてしまいそうだった。

「尚孝はいい子すぎたんやよ。そやから、美乃里さんは気の毒やった」

意外な言葉だった。驚いて問い返した。

「なんで気の毒なんですか？　母がなにをしようと父はかばってました。迷惑を掛けられて気の毒なのは父のほうでは」

「あれはただ同情してただけ。好きとか嫌いとか、惚れた腫《は》れたやない。あんたと剛を見ていて、わかったんやよ。あんたたちは好き合った男と女や。でも、尚孝と美乃里さんは違った。尚孝は美乃里さんを人間扱いしてへんかった」

多鶴子は正しい。父は母のことを「かわいくてかわいそう」と言っていた。母を一人前の人間として見ていなかったということだ。だが、それを認めるのは辛かった。

「父は……私のこともかわいそうやと思ってたんです」

愚痴や自己憐憫《れんびん》に聞こえぬよう精いっぱい淡々と言った。すると、多鶴子がかすれた呻き声を上げた。

「……ああ、あの子をそんなふうにしたのは私や。尚孝が悪いんやない」

言い終わると咳《せ》き込んだ。抱き起こしてしばらく背中をさすってやる。骨張ってからからに乾いた小さな背中だった。自分がこの蔵に来たときはあんなにも力強く櫂棒で諸味を掻《か》き回していたのに、と思う。

「多鶴子さん、私、昔はね、かわいそうって言われるのが大嫌いやったんです。かわいそうって言われたらバカにされてるみたいで、憐《あわ》れまれてるみたいで。かわいそうって言われて平気でいる母を心の中でバカにしてました」

自分の醜い心を正直に話すのは辛くて恥ずかしかった。それでも、今は話さなければならないと思った。

「だけど、最近わかったんです。他人にかわいそうって言える、その父の強さが私と母を救ったんです。父がかわいそう、って思ってくれなかったら私と母は一体どうなっていたでしょう。だから、私はかわいそうって言われたことを喜ぶことにしました。かわいそうって言われて、すごくすごく嬉しいんです」

「あの子の強さ……」

多鶴子がふっと息を吐いた。笑ったのかむせたのかわからない。多鶴子の横に膝を突きその手を取った。醤油を造り続けてきた手だ。桶を掻き回して諸味を搾り続けた手だ。それがこんなに細くなってしまった。

「多鶴子さん、私ね、晃と聖子を育てて本当に良かったと思うんです。あの子たちのおかげで、本当の山尾家の人間になれたな、って」

「桜子のせいであんたには迷惑を……」

「ねえ、多鶴子さん。血のつながらない子の世話をするのは、山尾家の伝統です。多鶴子さんも父も、血のつながらない私の面倒を見てくれた。ね、私は山尾家の家風をちゃんと受け継いだんです」

多鶴子の手を握って言葉を続けた。

「私、昔、言われたことがあるんです。多鶴子さんに似てる、って。そのときは正直、嫌だと思いました。でも、今になって納得してます。醤油を造って、血のつながらない子を育てる。ね、同じでしょ」

それを聞くと、多鶴子がほんのすこしだけ笑ったように見えた。そして、銀花の手をかすかに握り返した。

「私が死んでも、桜子には知らせたらあかんよ。今、あの子が押しかけて来たら晃と聖子がかわいそうや。あんたと剛を親やと思て馴染《なじ》んだところやのに、動揺させたらあかん」

「それにしても、内緒というわけには……」

「銀花、大事なんは晃と聖子や。桜子の気持ちなんてその次。あんたが憎まれ役になって、あの子らを守るんや」

その声は若い頃と同じように厳しかった。一瞬で背筋が伸びるような気がした。

「わかりました。多鶴子さんのお葬式には桜子さんを呼びません」

「そう、それでいい」

多鶴子は安堵したように息を吐いた。そのまま眼を閉じる。どきりとして息を確認すると細い息が続いているのでほっとした。

剛が様子を見に来た。枕許に腰を下ろして言う。

「俺が代わるからすこし休め。なにかあったら呼ぶから」

剛は嫌な顔一つせず多鶴子の面倒を見てくれた。あれほど多鶴子に厳しくされたのに献身的に世話をする。本当に頭が下がる思いだ。

ありがとう、と言って部屋を出た。休め、と言われたがすこしも眠くない。それでも身体を横たえようと布団を敷いた。

壁には父の描いた「食いしん坊の女の子」の絵がある。女の子と向かい合うとまるで競うようにへらへらと笑ってみた。自分に言い聞かせる。この家からまた人が減っていこうとしているが仕方のないことだ。きっと寂しくなるがそれでも笑っていよう。多鶴子が怒るくらいに。

多鶴子の容態は一進一退を繰り返し、数日が経った。

風の強い夜のことだった。まるで台風のときのように竹藪がざわざわと鳴っていた。銀花は多鶴子の横に布団を敷いて小さな枕許の灯りで天井を眺めていた。すると、多鶴子がなにか言った。慌てて起き上がる。

「多鶴子さん、どうかしましたか」

どきりとした。薄闇で多鶴子の眼がらんらんと輝いている。絞り出すような声が返ってきた。

「天罰や。結局、自分の欲しいものは、なに一つ手に入らんかった。でも、それは天罰や」

多鶴子が苦悶《くもん》に顔を歪《ゆが》めて宙のどこかをにらんでいた。

「銀花、私はあんたがうらやましい」

思わず息を呑んだ。多鶴子の口からどろりと吐き出された言葉はあまりにも生々しかった。死を前にし、人生を省みて言う綺麗事ではない。今さっき犯したばかりのような、まるでまだ血の臭《にお》いのするような罪の告白に聞こえた。

「あんたの人生は本物や。でも、私は違う。嘘と隠し事で塗り固めた人生や。惨めや。惨めな人生やった……」

多鶴子が眼を閉じる。涙がすうっと枕まで流れた。それを見ると胸が詰まった。

「多鶴子さん、惨めな人生なんて言わないでください。多鶴子さんのおかげで、私は今、こうやって生きてるんやから」

「……あんたも口が上手になったね」

多鶴子の憎まれ口が嬉しくて笑ってしまった。多鶴子も喉の奥でかすれた音を鳴らして笑った。その拍子に大粒の涙がころころと滑り落ちた。吸い飲みで水を含ませてやった。

「銀花、あんたの婿を呼んどいで」

「わかりました」

蔵について言い遺《のこ》したいことがあるのだろうか。剛に声を掛けると神妙な顔でやってきた。

多鶴子はしばらくじっと天井を見つめていた。

「……ああ、竹の音がしてるね。ざわざわと胸を騒がせる音や。私はあの竹藪が大好きで、大嫌いやった」

多鶴子は剛に眼を遣《や》り、先程とは違うしっかりした声で言った。

「まさか、銀花が人殺しの婿を連れてくるとは思わんかった」

剛が黙って頭を下げた。やはり最期《さいご》まで剛を認めないつもりだろうか。それではあんまり剛がかわいそうではないか。手を堅く組み合わせ、多鶴子の次の言葉を待った。

多鶴子が細い息を吐いた。そのままじっと天井をにらんでいる。その表情が突然ふっと緩んだ。

「母の自慢はね、嫁入り道具の箏やったよ。それはそれは綺麗なお箏で、私はいつもうっとりして眺めてたもんや……」

手が空くと母はよく箏を弾いた。私は母の横でそれを聴いているのが好きだった。

箏の側面には秋草が螺鈿《らでん》細工で描かれていた。まだ新しい象牙の琴柱は青みを帯びた白だ。琴柱を入れる柱箱は蒔絵《まきえ》でこちらは春の七草だった。なにもかも美しくていつもうっとりと眺めていた。

あの頃、世はまだ大正といった。私の家は代々続く醬油蔵で何人も蔵人が働いていた。この町で「雀醬油」と言えば「ああ、あの竹林の醬油蔵か」と誰もが知るところだった。

ある日、父が男の子を連れてきた。五歳だというその子は父の手をしっかり握っていた。

「この子は直敬《なおたか》というて、おまえの弟や。今日から仲よく面倒を見てやってくれ」

いきなり弟が現れて驚いた。直敬の母親が死んだから父が引き取ったという。だが、母は落ち着いていた。とうに父から聞かされていたらしい。私にも事情は薄ぼんやりとわかった。父が外で産ませた子だ。うちには男の子がいないからこの子に家業を継がせるために引き取ったのだろう。

直敬は我儘《わがまま》で乱暴な子だった。母が大切にしているカトレアの描かれたカップをわざと割った。母は金で継ぐと慌てて納戸《なんど》に仕舞った。でも、そんな直敬に父も母も優しかった。母は自分が産んだ子ではないという遠慮があり、父は生みの母親を亡くした不憫な子だと甘やかした。

私が文句を言うと姉なのだから優しくしてやれ、と言われた。私は直敬が嫌いだった。この子のせいで母にかまってもらえなくなったのが寂しかった。

もし、私が男の子だったならなんの問題もなく蔵を継ぐことができた。父がよそで作った子供を家に入れることなどなかった。私が男に生まれて来さえすれば母は苦しまずに済んだ。私は悔しくて母に申し訳なかった。

月の美しい夏の夜のことだった。母が一人で箏を弾いていた。父は顔をしかめて吐き捨てるように言った。

「カルカヤドウシンか」

途端に箏の音が突然凄まじく聞こえてぞっとした。身体中を蛇が這《は》い回るような不快を覚えた。

昔、筑紫《つくし》の国の領主には正妻とほかにかわいがっている女性がいた。領主は二人の女は仲よくやっていると信じていた。

ある夜、二人の女が箏合わせをした。障子には二人の女の影が映っていた。その様子を見た領主は驚愕する。仲よく息を合わせて箏を弾いているのに、その影は互いの髪が蛇になって争っていたからだ。領主は己の業《ごう》の深さを悔いて女二人を残し出家した——。

私は箏の音に耳を澄ました。胸が掻きむしられるような気がした。

「いつまで弾いてるんや」

父が忌々《いまいま》しげに言う。外で作った子を引き取った父は母の弾く箏の音を聴いて責められているような気がしたのだろう。

「当てつけか……」

父は悪態をつく。だが、母の箏をやめさせることはしない。負い目があるからだ。

父はもともと気の弱い男だ。控えめだが芯《しん》の強い母の尻に敷かれていたところもある。

私は逃げるように父の側《そば》を離れた。箏の音も父の悪態も聴きたくなくて一人で耳をふさいだ。

直敬は母が箏を弾いているといつも聴きにきた。その顔は普段の甘えた我が儘な表情ではなく真剣そのものだった。その様子は私よりよほど熱心に見えた。

ある日、思い切ったように直敬が言った。

「ねえ、僕にも弾かせて」

「ごめんね。直敬さん。このお箏はだめやのよ」

直敬の言うことはなんでも聞いてやる母だがこのときは断った。

「なんで？　なんでやの？」

いつも甘やかされてきた直敬が驚いた。自分の意見が通らなかったのはこれがはじめてだったからだ。

「弾かせて、弾かせて、弾かせて」癇癪《かんしゃく》を起こして泣き叫んだ。

「どれだけ言われてもだめ」

母はきっぱりと断って箏を片付けてしまった。

私には母の気持ちがわかった。嫁入り道具の大事な箏を夫が外で作った子が弾くなど許せるわけがない。そんな子に弾かせるために母の両親は箏を用意したのではない。

直敬は父に言いつけに行った。父は母を叱った。普段なら父に従う母だったがこのときだけは逆らった。

「他のことならなんでも言うとおりにします。でも、あの箏だけは駄目です。あの子には指一本触れさせません」

それ以来、父と母の間には決定的な溝ができた。父と母はよそよそしくなり家の中はいつも冷え冷えとしていた。

父との仲が悪くなると母は以前よりも熱心に箏に向かうようになった。あるとき、母が箏を弾こうとすると琴柱が一つなくなっていた。私も母も直敬が隠したのだと思った。母が直敬に問いただしたが直敬は知らないと言い続けた。結局、琴柱は見つからず一つ欠けたままになった。

よく晴れた秋の日のことだ。私は縁側に腰掛けぼんやりと柿の木を見ていた。表年でびっしりと実がなっている。秋の陽に照り映えそれはそれは見事な光景だった。輝く柿の実を見て母の簪《かんざし》の珊瑚玉《さんごだま》を思い出した。

そろそろ食べ頃だろうか。今年は天気もよかった。さぞかし甘いだろう。私は食い意地の張ったことを考えた。明日、一つ二つもいでみようか。

そこへ直敬がやってきた。藍地《あいじ》に柿色の格子《こうし》の着物を着ている。直敬のお気に入りだ。私が見ているのに気付かない。なにか白い物をポケットから取りだし、お手玉のように何度も放り投げて遊んでいる。なんだろう、と眼を凝らしてはっとした。あれは琴柱だ。なくなったはずの琴柱だ。

直敬が蔵へ入っていった。私も後を追って蔵へ行った。蔵人たちは昼食の時間で蔵は無人だった。私は直敬に声を掛けた。

「直敬さん。琴柱を返しなさい」

「いやや」

直敬は琴柱を握り締めると手を後ろに回した。私はかっとした。本気でひっぱたいてやりたくなったほどだ。

「返しなさい」

「いやや」

そう言うと直敬は琴柱を天井に向かって放り投げた。天窓が割れたらどうしよう。ガラスは高いのに。私は身をすくめガチャン、という音を待った。だが、いつまで経っても音はしなかった。琴柱も落ちてこない。梁か天窓かどこかに引っかかったようだった。

「なんてことするの」

私は怒った。しかし、直敬はバカにしたように笑うと私の横をすり抜け蔵を飛び出して行った。私は慌てて追い掛けた。直敬はするすると柿の木に登った。高い枝にまたがり私を見下ろして、やーいやーいと嘲《あざけ》った。

「直敬さん、柿の木は折れやすいんやよ。危ないから降りてきなさい」

「いやや。誰が降りるもんか。クソババア」

直敬が笑って柿を私に投げつけた。まるで猿蟹合戦《さるかにがっせん》のようだった。

私はもう我慢ができなくなった。こんな弟なんていらない。母がかわいそうだ。跡継ぎを産めなかったからといってあんなに卑屈になることはないのに。女であっても私が蔵を継ぐのに。あんな子供が跡継ぎだなんて絶対におかしい。

「じゃあ、もっと高く登ってみてよ。怖いん？」

「怖いわけないやろ。クソババア」

「嘘つき。口ばっかりの弱虫のくせに。降りられへんようになるんが怖いんやろ」

「クソババア。見てろよ」

直敬が高い枝をつかんだ瞬間ぼきりと枝が折れた。あっと短い声を上げると頭から地面に落ちた。

私は狼狽《ろうばい》して立ちすくんだ。直敬は木の根元でぐったりと動かない。ただ、ちょっと怖がらせてやろうとしただけだ。まさか、このまま死んでしまったらどうしよう。恐ろしくて動けずにいると後ろから母の声がした。

「どうしたの?」

母が地面に倒れている直敬を見て息を呑んだ。

「柿の木から落ちたんよ」私は震えながら言った。

母はじっと直敬を見下ろしていたかと思うと、ふっと笑った。

「まるで潰れた柿みたいやねえ」

本当におかしそうに言った。私はぞっとした。そして次の瞬間、耳を疑った。

「……念には念を入れんと」

母はいきなり馬乗りになって直敬の首を絞めた。私は声も立てられずただ見ていることしかできなかった。

「このことは誰にも言うたらあかんよ。わかった?」

母が私を見上げ、赤い底光りのする眼でにらんでいた。私は恐ろしくて息が止まりそうだった。母の髪が蛇に見えた。

「多鶴子。あんたはお母さんの味方やろ?」

私は震えながらうなずいた。

「さ、向こうへ行きなさい。早く」

私は後も見ずに走り去った。

その夜、直敬の姿が見えないと大騒ぎになった。母はなにも知らないと言った。私も同じように答えた。父は最初は母を責めていたがやがてなにも言わなくなった。結局、直敬は神隠しにあったということになった。

私は毎晩うなされた。だが、母は平然としていた。私は母が恐ろしかった。母を苦しめた父と自分を苦しめる母の両方を憎み、怨んだ。本当はわかっていた。私は母と同罪だった。人殺しの共犯だった。いや、違う。直敬が死ぬきっかけを作ったのは私だ。母に直敬を殺させたのは私だ。母を蛇にしたのは私だ。私が男に生まれてきさえすれば母は蛇にならずに済んだのだ。

秘密を抱えて生きるのは苦しかった。話してはいけない。決して誰にも言ってはいけない。私は自分に何度も何度も言い聞かせた。そして、竹林を見るたび思った。舌切り雀のように私の舌も切って欲しい。喋れなくなれば苦しまなくて済む。

家の中で直敬のことは触れてはいけないことになった。父も母も直敬を最初からいなかったことにしたいようだった。

時代は昭和へと移って確実に戦争へと近づいていた。しかし、まだ国内には楽観的な空気が漂っていた。威勢の良い掛け声は街にあふれていたが多くの人は他人事《ひとごと》だと思っていた。

当時、私には恋人がいた。だが、親に引き裂かれ、蔵のために婿を取った。好きでもない男のために白無垢《しろむく》を着るのは嫌だったので、時節を考えれば贅沢《ぜいたく》は避けるべきだと主張した。正論に反対できるものは誰もいなかった。

その秋、室戸台風が近畿地方に大きな被害をもたらした。あちこちの家で瓦が飛んで寺社仏閣で塔が倒れた。台風の爪痕《つめあと》がまだ残る中、山尾家の格から考えれば非常に簡素な祝言《しゅうげん》が行われた。私は普段着の銘仙を身に着けた。男も私に合わせて開襟《かいきん》シャツとズボンという事務員と変わらない恰好《かっこう》をした。よい心がけだとみな私たちを褒めそやした。口を揃えて大真面目な顔で、家のため、国のために立派な男児をたくさん産んでください、と言った。

婿養子の夫が当主として家を継ぐ以上、「行方不明のままの長男」がいることは問題だった。父と母はようやく直敬の死亡届を出した。それでも平気な顔をしている父母が怖かった。

翌年に長男を産んだ。私が名を決めたいと言うと夫は好きにさせてくれた。尚孝と名づけると父も母も複雑な顔をしたがなにも言わなかった。

跡継ぎを産んだことで私はほっとした。私の役目はそれだけだと思った。もう子供をかわいがる気力は残っていなかった。尚孝は夫の子供だ。あの男の子供ではない。そもそも私は母になどなりたくなかった。

やがて父が亡くなり、その数年後には母も亡くなった。死んだ弟の秘密を知っているのは私一人になった。

私は死んだ弟のことが忘れられなかった。ふとした拍子に柿の木に登って実を投げつける様子を思い出した。柿の枝が折れる高い音、子供が地面に叩きつけられたときの鈍い音が頭の中に響く。そして、母が馬乗りになって首を絞める様子がありありと浮かんだ。忘れようとしてもどうしても忘れることができなかった。

一番恐ろしいのは夢を見ることだった。夢の中ではまるで現実そのままにあの日の出来事が繰り返された。私はただ見ているだけでなにもできない。

——多鶴子。誰にも言うたらあかんよ。あんたはお母さんの味方やろ。

母の言葉で眼が覚める。泣きながら思った。直敬、頼むから二度と出てこんといて。二度と私の夢に出てこんといて。

それでも悪夢は続いた。私は泣きながら懸命に祈った。ごめん。直敬。直敬、ごめん。お母さんを止められなくてごめん。あんたを見殺しにしてごめん。

苦しいときは、よく別れた男のことを思い出した。あの恋だけが私の幸せな記憶だった。あの男と結ばれてさえいれば――。

そして、あるときふっと思い出した。文学好きのあの男が当時話題になった「遠野物語」から引いた言葉だ。

――まるで座敷童やね。

座敷童は家の守り神だという。そうだ、あの子に座敷童になってもらえばいい。そうすれば供養《くよう》をしてもおかしくないだろう。悲劇的な最期を遂げた人を神様にして祀《まつ》るのはよくあることだ。だから、あれは死んだ弟じゃない。山尾家の守り神、座敷童だ。

ためしに当時蔵人を束ねていた大原の父親に座敷童の話をしてみた。彼はなんの疑いもなく信じた。その上、こんなことを言った。

――なるほど。さすが伝統のある蔵ですね。きっと、代々の当主は見てきはったんでしょうね。

その言葉に私は飛びついた。そして、私は幼い尚孝に言い伝えとして話した。

――蔵には子供の神様がいる。座敷童といって山尾家の守り神。当主にしか見えないんやよ。

——じゃあ、僕が大きくなって当主になったら、座敷童が見えるん？

尚孝は眼を輝かせ、嬉しくてたまらない、といったふうだった。無理もない。私ときちんと話をするのは久しぶりだったからだ。

——立派な当主になったら見えるかもね。

それを聞くと尚孝は本当に嬉しそうな顔をした。

——お母さん。僕、絶対に立派な当主になる。

あの一件以来、柿の木も怖かった。私はずっと柿の木に近づきたくなかった。二度と柿など食べたくなかった。だから、座敷童に柿をあげることにした。

ねえ、座敷童の直敬。あんたにあげる。あの柿を全部あげる。だから、もう出てこないで。

——庭の柿は座敷童の好物や。人間が食べたらあかんよ。当主でもや。

——うん。わかった。将来、僕が当主になっても柿は絶対に食べんようにする。

私は繰り返し尚孝に座敷童の話をした。尚孝は無邪気に聞いてくれた。そして、話すたびに自分の中で弟の影が薄くなるのがわかった。あれは死んだ弟ではない。座敷童という守り神だ。山尾家の庭の柿は座敷童のために植えられた。人間は食べてはいけないのだ。

いつの間にか他の蔵人たちにも座敷童の話は伝わっていた。若い蔵人がこんなことを言った。

――奥さん、この家には座敷童がいるそうですね。当主にしか見えないとか。

――そんな言い伝えがあるらしいね。私は当主やないから見たことがないけど。

――座敷童がいると家が繁栄するって聞きました。すごいですね。

――座敷童は守り神やからね。

いつしか私は自分が嘘をついていることを忘れてしまった。

その頃、私は夫以外の男と関係を持っていた。若い頃に引き裂かれた相手だった。そして、私は不義の子供を身ごもった。因果応報だ、と思った。父は外で子供を産ませて母を蛇にした。蛇になった母は子供を殺してしまったのだ。私のやっていることは死んだ父と同じだったのだ。


語り終えると多鶴子は眼を閉じてしばらく息を整えていた。銀花も剛も黙って見守った。やがて、多鶴子が再び眼を開けた。

「私の話はこれで全部や。黙ってるつもりやったけど……銀花、やっぱりあんたには聞いて欲しくなった。死ぬ前の我が儘や。本当にすまんね」

多鶴子の眼から涙が深い皺に沿って流れ落ちた。

「いえ。なにもかも引き継いでこそ当主ですから」銀花は多鶴子の手を握った。

「そう言ってくれると助かる」

多鶴子は眼に涙を溜めたまま満足そうに微笑むと剛に眼を遣った。

「剛。銀花を頼むよ。この子を粗末にしたら必ず化けて出るから」

「わかりました」剛が大真面目に頭を下げた。

剛、と面と向かって名を呼んだのははじめてではないか。とうとう剛を認めてくれたのか。涙がこみ上げてきた。

「銀花。剛を大事にするんやよ。この人はうちの蔵には過ぎた婿や」

「ええ、もちろん」

多鶴子の手を強く握りしめた。

「今になったらわかる。あんたは本当に座敷童を見たんやね。あんたには、ちゃんと資格があったんや」

息が止まりそうになった。返事ができない。多鶴子をじっと見つめ返すことしかできなかった。

多鶴子の眼から静かに涙が流れた。そっとタオルで拭いてやった。涙はとっくに乾ききった皮膚に浸み込んでいてほとんどタオルは濡れなかった。それでも多鶴子は満足そうな表情をした。

その三日後、多鶴子は静かに息を引き取った。

秋晴れの空の下、みなで多鶴子を送った。熟した柿が午後の陽射しに照らされて柔らかく輝いている。その下では萩《はぎ》の花がひっそりと満開だった。

遺言通り桜子には知らせなかった。晃と聖子は緊張した面持ちで参列していた。銀花は泣かなかった。剛はすこしだけ眼が赤かった。

多鶴子の告白を聞いて以来、ずっと父のことを考えていた。父はなぜ自分が多鶴子から愛されないのかという理由を知っていた。それは、本当に好きな男の子供ではなかったからだ。蔵を継ぐためだけに結婚した男の子供だったからだ。

なのに、父には醤油造りの才能はなかった。父の存在意義はどこにあったのだろうか。

＊

双子たちはどんどん大きくなっていった。山尾家に来た当初は泣いてばかりでいつも二人でくっついていたのに、今はすっかり別の道を歩んでいる。

聖子はスポーツが好きで中学校に入ってから女子サッカーをはじめた。プロを目指していたが高校時代に膝を痛めてプレーを諦めた。その後、体育大学に進学して教師になるために勉強をしていた。

一方、小さい頃から絵を描くのが好きだった晃は美大に進学して油絵を描きながら在学中に漫画家としてデビューをした。連載が決まったのを機に家を出て大阪市内にマンションを借りた。締切りに追われて忙しい日を送っているようだった。

ある日、晃から友人を連れて帰省すると連絡があった。用意をして出迎えると赤毛の背の高い男を連れていた。

「アレクサンドル・アレクサンドロヴィチ・ストルガツキイです。ロシアから来ました」たどたどしい日本語で挨拶する。「サーシャと呼んでください」

ロシア。瞬間、頭の中に「ポーリュシカ・ポーレ」が鳴り響いた。ロシアの草原に佇む父の姿が見えた。こんな形で父の思いが還《かえ》ってきたような気がした。

サーシャは日本のマンガとアニメが大好きでサッカーファンだった。聖子とも気が合ってよく出かけるようになった。

冬になると晃がまたサーシャを連れて泊まりに来た。鍋物《なべもの》を出すとサーシャは喜んで食べた。ポン酢も平気でもみじおろしを山のように使った。シメの雑炊もお代わりして食べてくれた。

デザートにはミカンを出した。器用に皮を剝《む》くサーシャに思い切って訊いてみた。

「『ポーリュシカ・ポーレ』ってロシアの曲やよね。あの歌、好き」

「そうですか。いい歌ですよね」サーシャの顔が輝いた。「オリガの声は本当に素敵ですね。天使のようです」

「オリガ？」

「あれ？　オリガやないんですか」

関西訛《なま》りでサーシャが驚いた。すると、晃が横から説明してくれた。

「オリガっていうロシアの歌手がいて、日本で活動してて人気があるんや。アニメの歌もいっぱい歌ってる。その人が『ポーリュシカ・ポーレ』を歌ってて、ドラマの主題歌にもなったかな」

「へえ、そうなん。全然知らんかったわ。私が知ってるんは、仲雅美っていう男の人が歌ってヒットしたやつ。もう三十年以上も前の話やね」

「そんな昔にも流行《はや》ったたん？　聞いたことない」聖子が不思議そうな顔をした。

「あんたらのお祖父《じい》ちゃんが大好きやってんよ……」

　急に胸が詰まった。次の言葉が出てこない。みなが不思議そうな顔をすると、剛がごく自然に話をつないだ。

「そのロシアの歌手の歌ってる『ポーリュシカ・ポーレ』って聴いてみたいな」

「CDあるよ。後で送るから」

　数日後、晃が送ってきたオリガの「ポーリュシカ・ポーレ」を聴いてみた。歌詞はロシア語だった。透明で、繊細で、でも、力のある声だった。きっと父も気に入ったはずだ。

　思い切りボリュームを上げた。三十数年ぶりに「ポーリュシカ・ポーレ」が山尾家に響き渡る。剛と二人で聴いた。

「父はこの歌が本当に好きやったんやよ。絵を描きながら、繰り返し繰り返し聴いてた」

「晃と同じやな。あいつもヘッドホンだかイヤホンだかで音楽聴きながら、ずっと絵を描いてる」

「不思議やね。やっぱりつながってるんやね」

　父は晃が生まれるずっと前に亡くなった。なのに、父の絵への情熱は晃につながっている。それが血のつながりというものか、と寂しい気もするが一方で誇らしい気もした。

――お父さん、見ていますか。あなたの絵への想《おも》いは、晃の中にきちんと受け継がれているんですよ。私の息子の中に。

「なあ、もったいないと思わんか。せっかく絵のうまいやつがいる家系なんやから、商売に生かそうやないか」

「そう言えば、昔、父も言うてた。芸術的な角度から蔵を助けていく、って。今から思えば、きっとそれが正しい道やった。父にできることは醬油造りやない。やっぱり芸術やったんやろうな、って」

それが難しいことは理解している。蔵の当主となって経営を任されるようになって当時の多鶴子の気持ちがわかるようになった。父の言うことはただの夢、ただの寝言だ。でも、やっぱり思う。夢や寝言を否定したくない。役立たずとは思いたくない。

「食いしん坊の女の子」の絵は三十年以上も自分を助けてくれている。あの絵の女の子を見て、なにかあっても笑っていようと思うことができた。

「晃にラベルを描いてもらおうよ。あの子なら若い人向けのデザインを考えてくれる」

「それ、いいな。一度やってみよか」

思い立つと剛の行動は早かった。翌日、早速、晃に電話をかけて醬油ラベルのデザインを依頼した。一週間後、晃がやってきた。

「若い人に受けるやつを頼む。ゆるキャラとか萌《も》えキャラとかいうやつ」

横で聞いていた聖子が思わず噴き出す。だが、剛は大真面目だ。自分からも注文を付けることにした。

「うちの商標はふくら雀やから、どこかにふくら雀っぽさがあるやつにして」

「ふくら雀っぽさ、ってなんやねん」

大切にしまってあったふくら雀の土鈴を取り出して、晃に見せた。

「ほら、これ。あんたらのお祖父ちゃんがお母さんに買って来てくれたおみやげ」

晃は手の平に土鈴を載せて、へえ、という顔をした。

「鈴になってるんや」ころころ鳴らして音を楽しむ。「ちょっと不細工なところがかわいいな」

「不細工とか言わんといて。お母さんの宝物やねんから」

「宝物?」

「そう。あんたらのお祖父ちゃんはおみやげの天才やってん。出かけるたびに必ず、素敵なおみやげを買ってきてくれた。いつも、楽しみやったよ」

一週間ほどするとかわいらしい女の子のイラストが仕上がった。黒目がちの大きな眼、赤い頬、柔らかくカールした栗色《くりいろ》の髪で、茶色と白の袖のふくらんだミニワンピースを着ている。すらっと伸びた足は白いタイツを穿《は》いて、足許はもこもこの茶色のブーツだった。ふくら雀を擬人化したイメージキャラクターらしい。

「へえ、かわいいわ」

想像していたふくら雀のイメージからはかけ離れていたが、カールした髪と赤い頬がとにかく愛らしかった。これなら高橋真琴に負けていない。

そこへ、ただいま、と配達を終えた剛が帰ってきた。

「あ、お帰り。晃の描いたイラスト、見て。この女の子、ふくら雀やねんて」

「ふくら雀?」剛はしげしげとイラストを眺め、難しい顔をした。「どこがや。さっぱりわからん」

「サーシャに見せたら、評判良かったよ」晃が言い返す。

「そうか。外国の人に受けるんか。まあ、とにかくやってみよか」

晃デザインのラベルをつけた醬油はネットで売ることになった。オンラインショップの管理をしている聖子が「限定発売」と銘打って晃のファンに宣伝した。すると、三日で売り切れた。

嬉しいもののなんだか複雑な気持ちになった。もし、父が生きていた頃にインターネットがあれば父の絵だって評判になったかもしれない。父の絵をつけた醤油が飛ぶように売れたかもしれない。そう思うと急に寂しくなった。土鈴をころんころんと鳴らしていると剛が口を開いた。

「尚孝さんの絵も、ラベルに使えるやろか」

「え？」

「晃の絵は今ふうの絵、尚孝さんのは昔ふうの絵ってことで、対比させて売るのはどうや？　芸術的な角度から蔵を助けていく、て言いはったんやろ？　今こそ実現するときや」

父は水彩、油彩、スケッチなど様々な絵を遺していた。その中から母を描いたものを選んで熟成醤油のラベルに使うことにした。

コピーは剛が考えた。

――浪漫は思い出の中に。いにしえの都、奈良から生まれた熟成醤油。

販売店には「赤玉ポートワイン」のように、父の絵を大きく使ったポスターを配った。「竹久夢二ふうの美女」が描かれた醤油として新聞やテレビでも取り上げられた。

これも売れた。

だが、もちろん好意的な評判だけではない。醬油そのもので勝負していないと非難されることも多かった。

「イラストのラベルをつけただけで、中身が手抜きみたいに言われて悔しい」

一所懸命に造っている剛の気持ちを考えると申し訳なくてたまらない。だが、剛はなにを言われても動じなかった。

「俺と銀花が造った醬油、尚孝さんと晃のイラストラベル。全部ひっくるめて雀醬油や。なにも問題ない」

剛が醬油を造るのは罪滅ぼしのためだ。剛はときどき父と大原杜氏が死んだ川に出かけて手を合わせている。マサルの墓参りも欠かさない。しかし、今でも夜にうなされる。寝言で苦しそうに謝っている。汗をびっしょりかき、涙を流しながらごめんなさいと言い続けているのだ。

すべて剛が悪いわけではない。それでも剛は自分を責め続けている。あのとき座敷童の企てを失敗しなかったら、と。たとえ頭でわかっていても心は罪の意識から逃れられない。だから、剛は懸命に醬油を造る。それが剛にとってまっとうに生きる証《あかし》だからだ。

だが、それは自分も同じだ。醤油造りをはじめたのは父との約束のためだった。剛とは似た者同士だ。

「山尾家総動員の醤油ってことやね」

本当に不思議だ。小さい頃は多鶴子と大原杜氏で醤油を造っていて他の家族はあまり醤油には興味がなかった。父は醤油造りには向いていなかったし桜子は古臭い蔵仕事など馬鹿《ばか》にしていた。母はそもそも醤油を意識したことすらなかった。

家族やら家やらが旧弊なものだと思われているこの平成の時代になって山尾家総動員で働いている。インターネットという新しいやり方を使いながらも時代に逆行しているのだ。本当におかしなことだった。

聖子がサーシャと結婚すると言ったときとても嬉しかった。山尾家にロシアの青年がやってくることをきっと父も喜んでくれるだろう。

式はサーシャの希望で橿原神宮で行われた。きちんと化粧をして白無垢を着た聖子はびっくりするほど綺麗だった。やはり桜子の娘なのだと実感させられた。袴をはいたサーシャは満足そうだった。

剛も紋付き袴姿だった。その横に留袖で並ぶとすこし胸が痛んだ。今になって思う。

あのとき、たとえ二人きりだったとしても自分たちも式を挙げればよかった。歳《とし》を取るということはこんな些細《ささい》な後悔を積み重ねていくことだ。

式の間、剛は寂しそうだった。その背中に娘を嫁に出す父親の哀愁が感じられた。そんな剛が心の底から愛《いと》おしかった。

聖子の結婚が決まったことを念のため桜子に連絡した。その際ようやく多鶴子の死も伝えた。

「そう、わかった」

桜子は驚くほど淡々としていた。薄情な、と思ったが口には出さなかった。

だが、その翌週、突然桜子が現れた。やっぱり大きな帽子をかぶって、相変わらず女優のようだ。一歳年上の叔母はまだ四十代にしか見えなかった。

多鶴子の仏壇にお参りをしたらすぐに帰るから、と言う。だが、手みやげにチョコレートがあるというので紅茶を淹れた。

「他の人たちは？」

「麹室。ちょうど種麹を撒いたとこやから眼が離せへん」

「ふうん。ま、会うつもりはないから安心して」

木箱入りのチョコレートは金のリボンが結んであった。見ただけで高級とわかる。

リボンを解いて箱を開けると様々な形のチョコが綺麗に並んでいた。

「あたしが昔言うたこと、憶《おぼ》えてる？　あんたが座敷童を見たとき」

――あんたは連れ子やんか。山尾家とは血がつながってないのに、見えるわけない。

「憶えてる。あのとき自分が連れ子やとはじめて知ったんやから」

「思わずバラしてしもたけど、あんたがショックを受けたのわかって、ずっと後味悪かったんよ。でもまさか、自分も父親と血がつながってないとは想像もせんかった。バチが当たったんかな、って一瞬だけ思った」

「へえ、桜子さん。一応は私のこと気にしてたんや」

「まさか。そんとき一瞬思っただけやよ」

桜子は肘《ひじ》をついたままチョコレートをつまんだ。口に放り込んで銀花に箱を押しやる。綺麗な貝の形のチョコレートを一粒口に入れる。噛むと中からとろりと洋酒風味のクリームがあふれた。

「でも、そのときは桜子さんかて相当ショックやったでしょ」

「まあね。でも、お兄ちゃんほどやない。母親の不倫の受け止め方って男と女では違うからねえ」

　父の怒り、苦しみ、哀しみを想像しながら洋酒の効いたチョコレートをゆっくりと味わった。胸はちりちり痛いのに口の中に至福が広がる。もしかしたら、おみやげの才能は桜子にもあるのかもしれない。そう思うとすこし嫉妬《しっと》してしまった。

「これ、ほんとに美味しいねえ」

「世界で賞を取ったことのあるショコラティエのチョコやから当然。ちなみに一粒五百円」桜子が得意そうに言う。

「え、一粒で？」

　思わず大きな声を出すと桜子が呆れた顔をした。

「あんた、すこしは落ち着きや。みっともない」桜子は鼻で笑うと紅茶を飲んだ。

「今になってわかることばっかりやわ。お母さんはなんであんなに愛想がなかったか。それは不用意に人と関わって不倫がばれるのが怖かったからやと思う」

「不倫の負い目か。たしかに多鶴子さんは商売やってたわりには人付き合いが好きやなくて」

「そうそう。毎年、あれほどのタケノコやら柿やらができるのにお裾分《すそわ》けなんか全然せんかった。相当のケチなんやよ」

「柿は座敷童のもんやし、それにケチやないと商売は続きません」

「じゃ、あたしには無理やわ。あんたが継いでくれてよかった」

桜子は後ろに両手をついて天井を見上げて笑った。感謝されているのかバカにされているのかわからなかった。釈然とせずにいるとふっと思い出した。

「そうそう、昔、大原福子さんから聞いたんやけど、多鶴子さんのお母さんはよくお裾分けしてたらしいわ。たしかタケノコも柿も」

「そうなん？　お祖母ちゃんの話、全然聞いたことないから」桜子がカップを差し出した。「お代わり頂戴」

互いのカップにお代わりを注いだ。脱線した話を元に戻す。

「で、実のお父さんとはその後も会《お》うたん？」

「あたしは会うてない。けど、お兄ちゃんは会うてた」

「なんで？」

「さあ？　とにかく、その人から聞いた最後の言葉は、お母さんを大切に、やった」

――多鶴子さんを大切にしてあげてくれ。あの人はかわいそうな人なんや。ずっと孤独で苦しんでる。

――かわいそうってどこが？　気がきつくて言いたい放題のくせに。自業自得でしよ。


「多鶴子さんがかわいそう、か」

今ならわかる。多鶴子もかわいそうな人だった。だが、中学生の頃に聞かされたらどう思っただろう。桜子のように、どこが？　と思ったに違いない。

「やっぱり不倫の子より連れ子のほうがマシやよね。でも、勘違いせんといてよ。別に同情なんかいらんし」桜子はまたチョコレートを口に運んだ。「あたしは子供を捨てた悪者やよ。間違いない」

「へえ、悪いとは思ってたんや」

ぱくぱくチョコレートを食べながら子供を捨てたと平気で言う。むかっときて思わず嫌みを言ってしまった。きっとまた眉をきりきり吊り上げて怒るだろう、と反撃を予想したが返ってきたのは意外な言葉だった。

「そりゃ思ってたよ。でも、捨ててよかったんやよ」

「よかった？」

なんと身勝手な言葉だろう。思わず気色ばんだ。だが、桜子はくいっと顎を上げて髪をかき上げた。

「あたしみたいな女は母親になったらあかん。あたしが育てたら、子供は不幸になるだけや。あんたやったから、あの子らはまともに育った。なにもかもあんたのおかげや」

　自分勝手でしたたかな女の眼には、はじめて見るものがあった。桜子からは一生受け取れないと思っていたもの、二人の関係には縁のないと信じていたものだ。

「どういたしまして」

　驚きながらも精一杯さらりと答えた。桜子がふふん、と鼻で笑ってまたチョコを口に放り込んだ。もう半分なくなっている。負けじと手を伸ばした。

「あんた、昔から食いしん坊やよね」桜子が呆れた顔をする。

「まあね。お父さんにも言われてた。昔話の主人公になれる、って。――昔々、あるところに食いしん坊な女の子がいました、ってやつ」

「お兄ちゃんの言いそうなことやわ」桜子が遠い眼をした。「えーと、お兄ちゃんが死んで、今年で……」

「三十五年、かな。大昔やね」

「そんなに昔？　全然そんな気せえへんけど」桜子が眼を丸くする。

「そやね。ついこの間みたいな気がする。お互い、もうええ歳やのにねえ」

　しみじみと言ったつもりだがまるで相手にされなかった。桜子が澄ました顔で言う。

「あたしは違うよ。ええ歳なんはあんただけ。一緒にせんといて」

いつも通りの憎まれ口だ。すこしほっとする。

「まあね」

「とにかく、晃と聖子のこと、よろしくね」

珍しく神妙な顔だ。相変わらずの気分屋だ。さんざん他人を引っかき回して平気な顔だ。迷惑ばかり掛ける。そこで、はっと気付いた。

「ねえ、桜子さん」

「なに？」

「今、気付いてんけど、もしかしたら、桜子さんて疫病神やなくて私の恩人？」

桜子がちらりとこちらを見た。そして、唇を尖らせて艶然《えんぜん》と微笑んだ。美人にしかできない笑い方だった。

「あら、今頃気がついたん？」

「うん。今、はじめて気がついた」

「鈍すぎやわ」

二人で同時に手を伸ばし、チョコを摘まんだ。残りはあと一つになっていた。

剛と知り合ったきっかけはそもそも桜子が遊び好きだったせいだ。晃と聖子の母親になることができたのは桜子がいい加減だったせいだ。そして、子供を育てることによって、父の気持ちを知ることができた。血のつながりへのこだわりを捨てることができた。

「あんまり嬉しくないけど、私の人生、いろいろと桜子さんのおかげやわ」

「嬉しくないってなんやのそれ。ちゃんと御礼言うて」

「ありがとう。残りのチョコ譲ってあげる」

紅茶を飲みながらチョコの木箱を桜子の前に押しやった。

「一つしかないやん」

遠慮など欠片《かけら》も見せず桜子がチョコを口に放り込んだ。この傲慢《ごうまん》さは潔《いさぎよ》さでもある。思わず笑ってしまいそうになった。やっぱり苦手だけれど、でも昔ほど苦手ではない。

「きっと死ぬまでこんな感じなんやろね」

残った紅茶を飲み干して言うと、桜子がさも嫌そうに顔を背けた。

「冗談やない。勘弁してよ」

眼を吊り上げた顔は子供の頃そのままだから思わず声を立てて笑った。

「本当に美味しいチョコレートやった。桜子さん、今度来るときも持って来てね」

「厚かましいわ」

ぷいと横を向く。その様子にまた笑ってしまった。

誰にも会わないうちに、と桜子は結婚祝いを置いて帰っていった。現金百万円とエルメスのバッグだ。とっくにバブルは崩壊しているのに感覚が若い頃のままだった。

その夜、聖子に桜子からのお祝いを渡した。

「こんなん凄《すご》すぎて持って行くところがないわ。お母さんにあげる」

バーキンを眺めて聖子がため息をついた。

「お母さんもないわ。あんたがもらったんやから、あんたが使いなさい」

聖子の顔は桜子に似ている。でも、ブランド好きは似なかった。ブランドに興味のないところは自分に似た。桜子にライバル意識はないつもりだったがやっぱり嬉しかった。

結婚した聖子とサーシャは同居して醬油造りを手伝うと言い出した。継いでくれと頼んだことはなかったので驚いた。理由を訊くと、二人とも蔵が好きだからと答えた。軽やかに蔵を選んだのだ。父の代わりなどと息巻いていた自分とは大違いだ。そんな聖子とサーシャの気持ちは素直に嬉しかった。

これまで夫婦で使っていた部屋を聖子とサーシャに譲り、一階の多鶴子の部屋に移った。その際、残っていた桜子の荷物も片付けることにした。念のため確認を取ると、大した物はないから好きにして、と言われた。桜子の物はすべて一階の納戸に移すことにした。

黴臭《かびくさ》い納戸の奥には行李《こうり》やら衣装ケースやら段ボール箱やらがぎっしり積んであった。父の箱、母の箱、多鶴子の箱。かつてこの家で生きていた人間の痕跡《こんせき》が地層のように積み重なっている。胸がずんと重くなって、急に自分が今いくつなのかわからなくなった。

自分がこの家に来たのは十になった年で今は五十歳。四十年の間に三人の家族を見送った。その人数が多いのか少ないのか、わからない。ただわかるのは父も母も多鶴子もうこの世にはいないということ、二度と会えないということだ。いつか、自分の荷物もここに片付けられるのだろうか。だとしたら、一体だれが片付けるのだろう。聖子か、サーシャか、それとも剛だろうか。

桜子の部屋から剛が透明な衣装ケースを運んで来た。納戸の一番手前に置く。中に真っ赤なコートが入っているのが見えた。鮮やかな赤は黴臭い納戸の空気を一変させた。ひっそりとした死者の世界を桜子のコート一着が引っかき回し圧倒していた。

「桜子さんのパワーってすごい」

思わず呟くと、剛が怪訝な顔をした。なにも言わず笑ってごまかした。

「じゃ、お昼ごはんにしよか。今日はピロシキやよ」

母の献立ノートにはちゃんとロシア料理もあった。聖子やサーシャと一緒にボルシチやらマッシュルームのスープやらを作ってみた。どことなく日本風のロシア料理だったがみな喜んで食べてくれた。

ピロシキを食べながらしみじみ思う。かわいそうな女の遺したレシピを薄情な娘と血のつながらない孫と異国の男が作り、田舎の醤油蔵で食べる。死者の思いなど生者は知らないままだ。それは寂しくもあるがきっと健全なことなのだ。

翌年、聖子が妊娠した。しかも双子だという。

「双子って遺伝するんやろか」

思わず感心してしまった。双子は男の子と女の子で大和《やまと》と飛鳥《あすか》と名づけられた。サーシャが考えたという。いかにも万葉の歴史を感じさせる名だと思ったら、大和は宇宙戦艦で飛鳥はアニメだかマンガだかに出てくる女の子から取ったそうだ。

「ね、すっかり変な日本かぶれやろ」

聖子が笑うと、サーシャも開き直って笑う。

「日本かぶれでなにが悪いんや」

釣り込まれて笑った。黙っているが剛も嬉しそうだった。

双子が生まれたことでまた忙しくなった。蔵の仕事をしながら聖子と一緒にはじめての子育てをする日々だ。

「こんな小さな赤ちゃんなんか育てたことがないからね。はじめてやから怖いわ」

ため息をつくと、聖子が驚いた顔をした。

「え？　あれ、そうか。そう言えば、私ら、お母さんの子やなかったんや」

「そうやよ。あんたらが来たんは三歳のときやったからねえ。小さい頃は知らんのよ。オムツ替えたこともないし、おっぱいもミルクも離乳食も知らん。全部はじめて」

ママ、ママと泣きながら桜子を捜して走り回る双子を育てるのは大変だった。でも、あの頃は若かった。今とは違う。

ベビーベッドの双子を見下ろした。珍しく二人とも機嫌がよかった。この双子は性格がまるで違う。片方の機嫌がいいときはもう片方が泣いたり、片方が寝ているときはもう片方はぐずっていることが多かった。二十四時間気の休まるときがないような気がする。

晃と聖子を産んだときは桜子もさぞかし苦労しただろう。だが、髪を振り乱して双子の世話をする桜子を想像しようとしたが無理だった。どれだけ赤ん坊が泣こうと桜子はきちんと化粧をし髪を整えていただろう。高価なブランド物の服を着て優雅に双子を抱いていたに違いない。そんな気がした。

絵本に出てくるような綺麗な双子はいつまで見ていても飽きない。餅のような頰をそっとつついたり淡色の和毛《にこげ》を撫でたりしていたら、蔵仕事を終えた剛が来た。一緒にベビーベッドをのぞき込む。

「俺もとうとうお祖父ちゃんか」どこか居心地の悪そうな顔だ。

「そやよ。ほら、お祖母ちゃんやよー」

双子に向かって笑いかけた。すると、双子が二人揃ってふにゃふにゃと笑った。

「ほら、剛も言うて」

「いや、小さすぎてなあ」

剛はためらっている。剛らしいと思ったが、多鶴子の告白を思い出した。

「赤ちゃんは抱いて話しかけてあげなあかん。絶対に」

「でもな……」

「多鶴子さんはあんまり父を抱かんかったそうや。泣いてもあやさなくて、声も掛けなくて……。でも、そのことをすごく後悔してた。――もっと抱いてやればよかった。もっともっと、かわいがってやればよかった、って泣いてた。私はそんな後悔したない。剛もそうやろ」

その言葉を聞くと、剛の顔が変わった。大真面目な顔で赤ん坊を見下ろしていたが、とうとうすこしひきつった笑顔を作った。

「お祖父ちゃんや」

恥ずかしそうに言う。双子が手足をバタバタさせて甲高い声で笑った。一度も幸せを疑ったことのない胸が痛くなるような笑顔だった。

そっと大和を抱き上げる。手の中にすっぽり収まるくらい小さい。ほら、と眼で促すと剛もおそるおそる飛鳥に手を伸ばした。

「お祖父ちゃんや」

孫を抱く剛の声にもう迷いはなかった。

＊

ふと気がつくと銀花は還暦を迎えていた。いつの間にか孫の双子は小学生になり、その下に男の子が生まれた。

「ねえ、あの柿、なんで食べんの？　毎年鳥に食べられてるよ」

朝食の席で双子が訊ねた。銀花が答えようとすると、先に聖子が答えた。

「あれは座敷童の柿やから食べたらあかん」

「ざしきわらしってなに？」

「座敷童は子供の神様。この蔵の守り神なんやよ」

ああ、また繰り返しだ。微笑ましかったけれどやっぱり胸が痛くなった。自分が同じことを父に訊ねたのはもう五十年も前、つまり半世紀前になるのだ。今度は聖子が答える番なのだ。

サーシャのおかげで外国人のいる醬油蔵として取材が来るようになった。新聞やテレビで取り上げられるとやはり売り上げが伸びた。雀醬油は手作りを維持しながらなんとか安定して利益を出せるようになった。

そうなると気になるのは蔵の老朽化だった。将来を見据えて蔵の改築をすることにした。蔵の奥のガラクタ置き場を片付けて新しく作業室と冷蔵室を作るのだ。コンクリートの工場に建て替えることもできたが、それでは長年醬油造りを助けてくれた「菌」の住むところがなくなる。だから、古い梁や柱を再利用してできる限り昔のままの蔵の姿を残すことにした。

工事がはじまった日の午後、突然重機の音が止まった。蔵の床に穴が開いていてなにかが埋まっているという。掘り出してもらうと古い木箱が見つかった。木箱の中に入っていたのは骨になった子供だった。

終　章　竹の春

人骨が出たので警察が来た。骨はかなり古くて大体百年くらい前のものらしい。時間が経《た》っているので事件として捜査することはないということだった。

見つかった子供の骨は多鶴子が言っていた「直敬さん」に間違いないだろう。この秘密を知っているのは自分と剛だけだった。

穴の横に花を供えて線香を上げた。二人で手を合わせる。

「蔵に埋めたんは多鶴子さんのお母さん？」もう一度暗い穴の底を見下ろした。

「女一人で、誰にもばれんように穴を掘って埋めるのは難しい。そやから、多鶴子さんのお父さんも手伝ったんやと思う」

「自分の息子が殺されたのに黙ってたん？」

「子供の命より世間体を気にしたんやろ。なにせ、江戸時代文化年間から続く蔵や。妻が血のつながらない息子を殺したなんて世間に知られたら恥をかくのは自分や、って考えたんやろうな。そやから、黙ってその子を埋めて、なにもなかったことにした。田舎の警察なんてなあなあやし、昔のことやから神隠しを本気で信じてる人もいたかもしれんしな」

　直敬の骨は供養《くよう》して山尾家の墓に納めることにした。これで多鶴子も慰められるに違いない。一つ肩の荷を下ろしたような気がした。


　秋のはじめ、半年かかった蔵の改装が終わった。

　古い梁《はり》の下には真新しい作業室と冷蔵室がある。ちぐはぐな感じがするがそのうちに見慣れるだろう。作業室の壁には父の描いた「聖母子像」を飾った。額装するとほんのすこしダ・ヴィンチに見えないこともなかった。

「お祖母《ばあ》ちゃん、なんでお母さんと赤ちゃんの絵を飾るん？」大和が不思議そうだ。

「それはね。醬油《しょうゆ》造りは子育てみたいなもんやから」

　まだよくわからないのか大和も飛鳥も首をかしげる。すると、剛が横から説明をしてくれた。

「醬油造りは、まずは麴《こうじ》づくりやろ？　麴は醬油の赤ちゃんみたいなもんや。暖かいところでかき混ぜてやると、どんどん育つ。それから諸味《もろみ》になって、さらに何年も熟成させなあかん。手間が掛かるのは子育てと一緒や」

　ふうん、とわかったようなわからないような顔だ。剛が大和と飛鳥の頭をぐりぐりと撫《な》でた。双子がお祖父《じい》ちゃん止《や》めて、と言いながら笑い出す。銀花も釣られて笑った。

十一月の最初の日曜日、お得意様や関係者を招待して新しい蔵のお披露目をした。入れ替わり立ち替わり客が来て花輪もたくさん届いた。締切りで大変だと言いながらなにも知らせなかったのに桜子からは豪華な五本立ちの胡蝶蘭《こちょうらん》が二鉢届いた。雀《すずめ》醬油の動向はちゃんとネットでチェックしているようだった。

すべての客が帰りほっと一息つくとみなの前で宣言した。

「よそ行きのお披露目は終わったから、今度は家族でお祝いをしようと思います」

「賛成」大和と飛鳥が声を揃《そろ》えて眼を輝かせた。

「今度の日曜のお昼、みんなで食事会をします。お料理は全部、お祖母ちゃんが一人で作ります。だれも手伝わんといて」

剛がはっと驚いた顔をした。他の者も不思議そうな顔をする。幼い頃から「お手伝い」を叩《たた》き込まれてきた子供たちだからだ。

「なんで？　私も手伝うよ」聖子が言う。

「いいよ。一人でやるから」

「じゃあ、お母さんが料理するんやったら、後片付けは私らでするよ」

聖子が言うと、その横で赤ん坊を抱いたサーシャがうなずいた。

「お母さん、僕らが皿洗いしますよ。大和も飛鳥も」

「皿洗いも結構。最初から最後まで一人でやらせて」

聖子もサーシャも納得出来ないという顔だ。ああ、と思った。こんないい子たちに囲まれているのか。私は恵まれている。じわりと胸が温かくなった。

「一度、好き放題に料理したいなと思てたんよ。だから、あんたたちは食べるだけでいいの。楽しみにしてて」

そう言ったが、やはりみな釈然としない顔だ。そこで剛が口を開いた。

「反対や」

「え？」

剛は大真面目《おおまじめ》な、ちょっと怒ったような顔でこちらを見ていた。

「銀花一人がするんやったら反対や。ここは銀花だけの家やない。俺もやる」

剛の言葉にはっと眼が開かれたような気がした。そうだ。ここは自分だけの家じゃない。私一人でやる、なんて言うのはとても失礼なことだ。そうだ、と心の中で繰り返した。ここは自分だけの家じゃない。私は一人じゃない。

「わかった。じゃ、一緒に」

次の日から剛と二人でメニューの選定に掛かった。母の遺《のこ》したノートを見ながらみなの喜びそうな料理をピックアップしていく。

剛とサーシャは魚が好きだ。晃と聖子と子供たちは肉が好きだ。どちらも楽しめる献立にしたい。そして、旬《しゅん》の秋の食材をたっぷり使いたい。茸《きのこ》も芋も栗《くり》もあればいい。白身魚を真丈《しんじょ》にして中に季節の物を詰めようか。食卓の真ん中には大きな塊のお肉が欲しい。それだけで子供たちは喜ぶだろう。御飯は華やかな散らし寿司《ずし》だろうか。それとも、茸たっぷりの炊《た》き込み御飯か。そして忘れてはいけない。デザートは大事だ。果物か、ケーキか。どちらがいいだろう。

母のノートには膨大なレシピがある。まだ試していない物もたくさんあった。一週間掛けて献立を作り、納戸《なんど》から特別な皿を選び、何軒も店を回って良い食材を揃えた。

いよいよ、ご馳走《ちそう》の日がやってきた。

夜明けと共に眼が覚めた。隣の剛を起こさないように布団《ふとん》を抜け出してそっと身支度する。このところ急に冷たくなった水で顔を洗って台所に向かった。今日は忙しい日になる。まずは腹ごしらえだ。

湯を沸かして紅茶を淹《い》れてパンを焼いた。いつもの蜂蜜《はちみつ》バタートーストだが今朝は蜂蜜もバターも気前よく多めに塗った。紅茶には牛乳と砂糖をたっぷり入れる。気が急《せ》いているので窓の外を眺めながら立ったまま食べた。夜明けの冷たく湿った風にぞくぞくしながら思う。これは武者震い、と。

牛乳紅茶に蜂蜜まみれのパンの耳を浸す。溶け崩れるギリギリまで待ってさっと口に運ぶ。やった、上手《うま》く行った。たったこれだけのことで今日一日が上手く行くような気がした。

ガッツポーズをしていると、剛が起きてきた。

「寝坊した」頭をかきながら言う。

「私が勝手に早起きしただけやよ。それより、朝御飯、食べて」

材料はすべて前日に揃えてある。魚だけは新鮮な物を午前中に届けてもらうことになっていた。手順は完全に頭に入っている。よし、と気合いを入れて料理に取りかかった。

湯を沸かし、野菜を刻み、肉を焼き、ソースを作る。肉をオーブンに入れると、デザート作りに取りかかった。料理は一品ずつ作るのではない。仕上がりの時間を考え、同時進行だ。聖子が心配そうにのぞきに来たが追い返した。剛に指示を出しながらひたすら働き続けた。

剛は隣で結び三つ葉を作っている。剛に教えながらだと時間が余計に掛かる。でも、二人で働くのは楽しい。蔵仕事と同じだ。

「それ、ここにはじめて来た日、多鶴子さんに教えてもろたんよ」

剛が黙ってうなずく。三つ葉を結ぶのに懸命だからだ。節だらけの指を動かす様子はなんとも言えず微笑《ほほえ》ましかった。

剛に結び三つ葉を任せ、柚子《ゆず》の皮に切れ込みを入れて松葉柚子を作った。一人で料理をするよりも二人で料理をするほうがずっと楽しい。剛がいてくれてよかった。心の底から思った。

すべての準備が整った。みなが席に着いて食事会は十二時ちょうどにはじまった。

前菜はブリヌイ。ロシアふうの薄いパンケーキだ。以前、サーシャに教わった。発酵させた生地を一枚一枚薄く焼いていく。見た目よりは手間の掛かる料理だ。イクラ、サワークリーム、スモークサーモンなどを載せて出した。薬味にピクルスと諸味を添える。父の好きだったポーリュシカ・ポーレにちなんだ物だ。

次は蒸し焼きにした里芋を出した。熱々をシンプルに塩で食べる。旬の時期だけの贅沢《ぜいたく》な味だ。みな、頰をふくらませてふうふう言いながら食べた。

芋の次は甘鯛《あまだい》の真丈の椀物《わんもの》だ。中には銀杏《ぎんなん》と栗が入っている。薄味の葛餡《くずあん》を掛けて松葉柚子と結び三つ葉を添えた。

揚げ物は秋野菜と鰯《いわし》だ。サツマイモ、カボチャ、舞茸《まいたけ》、ムカゴは天ぷらにした。秋鰯は大葉と一緒に叩いてつみれを作って素揚げにした。

口直しに醬油風味のシャーベットを出した。ぶぶあられを振りかけると豪華に見えた。

メインディッシュは父の大好きだった紅茶豚だ。今日は煮豚ではなく焼くことにした。紅茶に漬け込んだ大きな塊肉を時間を掛けてオーブンで焼く。切ると中はほんのりピンク色だ。我ながら上手くできたと嬉《うれ》しくなった。ソースは二種類。特製生醬油を使ったニンニク風味の玉ねぎソースと蜂蜜とマスタードのソースだ。横にはたっぷりの茸と焼きリンゴを添えた。

最後は柿《かき》の葉寿司を出した。庭の紅葉した柿の葉を使う。ネタは鯖《さば》と鯛。酢飯は甘さを控え、さっぱりと食べやすくした。赤、橙《だいだい》、黄色など色とりどりの鮮やかな柿の葉で包んだ寿司を見ると、みなが歓声を上げた。

デザートは二種類。一つは母の工夫した醬油饅頭。奮発して玉露を淹れた。もう一つは濃厚なババロアだ。刻んだ胡桃《くるみ》の入ったチョコレートソースをたっぷりと掛けて生クリームとオレンジで飾った。納戸から出してきたカトレアのカップに紅茶を淹れる。あの金で継いだカップは自分が使うことにした。牛乳はちゃんと温めて口直し用に塩気のきいた薄型クッキーも用意した。

ご馳走は綺麗《きれい》になくなった。みな苦しくなるまで食べた。山尾家全員が食いしん坊になったようだった。

「美味《おい》しかった。ごちそうさま」

剛と二人で流しに山と積まれた汚れた食器を見ていた。しばらくじっと眺めていたがふいに笑ってしまった。みな、こんなに食べた。食いしん坊の女の子が呆《あき》れるくらい食べてくれたのだ。

そこへ、聖子と晃がやってきた。

「お母さん、後片付け、私らもやる。子供たちはサーシャが見てくれてるから」

聖子がきっぱり言い切った。七五三のときと同じで一歩も引くつもりはなさそうだった。その横で晃もうなずいた。

気持ちは嬉しいが、と手伝いを断ろうとしたとき剛が先に口を開いた。

「そやな。じゃあ、みんなで手分けして、ささっと片付けてしまおか」

え、と驚いて顔を見ると剛が澄ました顔で言った。

「みんなでやったほうが早い。そんだけのことや」

素知らぬ顔をする剛はなんとも言えずかわいらしかった。「弟よ」の面影などかけらもない。ふっと肩の力が抜けた。

「うん、そうやね。じゃあ、みんなでやろか」

子供の頃、幸せそうに皿を洗う母が不思議だった。料理をするのが楽しいのはわかるが皿洗いはわからない。水は冷たいし焦《こ》げや油汚れは落ちないし高い食器は気を遣うだけだ。何も面白くない。だが、今、この歳《とし》になって母の気持ちがわかった。汚れた皿は誰かに喜んでもらえた証拠だ。誰かのためになにかをするのは自分のためにしているのと同じだ。とても気持ちのいいことだ。それを感じているのは自分だけではない。剛も、聖子も晃もサーシャも、この家のみんなが同じ思いなのか。

「よっしゃ、洗うぞ」

剛が腕まくりをして皿を洗いはじめた。一番最初にカトレアのカップを洗ってもらった。他の食器に当たって割れたら大変だからだ。剛が洗ったティーカップのセットを晃が丁寧に拭《ふ》いて木箱に収めた。これで一安心だ。

大皿、塗りの椀、たくさんの小皿、ナイフ、フォーク、箸《はし》、鍋《なべ》、フライパンなど、みなで交代しながら、ひたすら洗い続けた。すべての洗い物が終わり皿も鍋も綺麗になったのは四時過ぎだった。

家の中は静まりかえっていた。みな、お腹《なか》がいっぱいで喋《しゃべ》るのも億劫《おっくう》らしかった。晃は仕事がある、と帰ることになりサーシャが駅まで車で送っていった。赤ん坊と聖子は昼寝をし、双子たちはゲームに夢中だ。

すべて片付くともう一度紅茶を淹れた。今度はカトレアのカップではなく普段使いのカップだ。もう宴《うたげ》は終わり今からは日常だ。

剛と二人、向かい合って甘い牛乳入りの紅茶を一口飲んだ。口の中を火傷《やけど》しかけてようやく現実に戻ってきたような気がした。

そのまましばらく無言でいたが、やがて剛が真面目な顔で言った。

「なにを決めたんや」

「え？」

「なんか覚悟を決めたんやろ」

「なんか覚悟って……そりゃ新しい蔵で頑張ってく、てことやけど」

「それだけやないやろ。銀花はなんかあって一大決心をすると料理を作る。少年院帰りの男のアパートに通ってタケノコ御飯作ったり」

剛が眼を逸《そ》らした。ちょっと拗《す》ねたような恥ずかしそうな顔は若いときのままだった。思わず笑ってしまった。ああ、やっぱりだ。この人はなんてかわいらしいんだろう。

「覚悟って言われたら困るけどね。ちょっと母みたいに贅沢がしてみたくなったんやよ」

「贅沢？　贅沢な料理を作りたかったたってことか」

「違う。毎日の料理って、とにかく『食べなあかん』物でしょ。食べなお腹が空《す》くし、栄養は取らなあかんし。蔵の仕事しながら、みんなが美味しいと言うてくれる物を作るのには限界があって」

「当たり前やろ。なにも毎日ご馳走を作る必要なんかない」

「でもね、母は違った。あの人はね、食べる人のことしか考えてなかった。相手が喜んでくれるかどうか、それだけを考えて毎日料理してた。今になって思うんよ。それってある意味贅沢なことかもしれん、って。そやから、私も一度くらい贅沢しようと思って。あの人みたいに上手くはできんやろけど」

「なるほどな」

「剛こそ、なんで一緒にやろうと思たん？　たんに私を手伝ってくれただけ？」

すると、剛はしかめ面《つら》をした。しばらく黙っていたがやがて静かに口を開いた。

「俺は自分で思てるよりも、ずっとずっと座敷童《ざしきわらし》やったみたいや」

「どういうこと？」

「あの骨が出てきてから落ち着かんかった。あの骨は他人とは思えんかった。まるで、自分が殺されて埋められてたような気がして苦しかった。もどかしくて、居ても立ってもいられんような、むずむず痛くて痒《かゆ》い感じがしてたんや。でも、銀花が料理を作る、て言うた瞬間、はっとした。俺もなんかせなあかん、て思た。で、今日、銀花と一緒にご馳走を作って、食って、洗い物をしたら、そのむずむずが消えたような気がする」

「なんで消えたんやろ？」

「たぶん、今日のご馳走は俺と一緒に座敷童も食ったんやと思う。供養になったんや」

「座敷童も食べた……」

「座敷童だけやない。尚孝さんも、多鶴子さんも、美乃里さんも、みんな食った」

瞬間、胸がぎゅっと締め付けられて息が止まった。その次に、胸の奥の奥の奥がぽっと熱くなった。昔、竹林で見たあの蛍の火が胸に灯《とも》ったようだった。最初はたった一つの小さな火だったが、ぽっ、ぽっ、ぽっ、と全身に広がっていく。身体《からだ》中が蛍の温かな火に包まれているような気がした。

そうか。そうだったのか。自分と剛の我儘《わがまま》な料理は生きている人を喜ばせるだけでなく死んだ人も喜ばせることができたのか。嬉しくて思わず涙が出そうになった。剛になにか言おうとしてはっとした。じっと銀花を見つめる顔は緊張してすこし青ざめていた。

「俺は昔、ここを出て行こうと思たことがある」

「出て行くって……まさか、離婚したいと思て？」

一瞬で血の気が引いた。自分でも声が震えているのがわかる。すると、剛が苦笑した。

「覚悟はどこへ行ったんや」

「でも……」

「落ち着け。銀花が嫌いになったわけでも醬油造りが嫌になったわけでも、他に女ができたわけでもない」

「じゃあ、なんで？ 昔っていつのこと？」

「阪神大震災があった年や。震災の後、桜子さんが帰ってきて騒ぎになって……俺が人を殺して少年院に入ってたことがばれて、子供たちが学校でいじめられたやろ。あのとき、俺はこの家を出て行くことにした」

「そこまで……」

剛の気持ちを思うと、それ以上言葉が出なかった。あのとき、いじめられた子供たちも苦しかったが剛もそれ以上に苦しんだのだ。

「銀花に相談したら絶対に止められると思た。だから、こっそり出て行こうと思た。深夜、手荷物だけ持って家を抜け出そうと玄関で靴を履いていたら、後ろから多鶴子さんに声を掛けられた」

――あんた、今頃、どこに行くん？

――今までお世話になりました。

――そう。じゃあ、銀花を見捨てるんやね。

「痛いところを突かれた。好きで出て行くわけやない。でも、言うても仕方がない。黙って頭を下げて出て行こうとしたら、多鶴子さんがこう言うた」

――あんたは人を殺したこと、後悔してるんか。

――当たり前です。

――今でもか？

――一日たりとも忘れたことはありません。

「さすがにむっとした。なんて無神経なことを言うんやろう。思わず振り向くと、多鶴子さんがぞっとするような声で言うたんや」

——実は私も人殺しなんや。

「えっ？」

思わず大きな声を上げた。だが、剛は落ち着いていて静かに言葉を続けた。

「俺は驚いて多鶴子さんの顔をまじまじと見た。多鶴子さんは暗がりの中で死人みたいな顔をしてた」

——あんたにだけ話したいことがある。出て行くかどうかは私の話を聞いてから決めて。

「多鶴子さんは俺を蔵へ誘った。そして、昔の話をした。多鶴子さんと多鶴子さんのお母さん、そして死んだ直敬さんの話や」

「じゃあ、多鶴子さんが死ぬ前に話したこと、剛は前から知ってたん？」

「ああ。銀花には黙ってたけど全部知ってた。多鶴子さんは話し終えると俺にこう言うた」

——あんたは自分が人殺しやということを気に病んでるかもしれへんけど、この蔵ではそんなことたいしたことない。私も母も父も、みんな人殺しやからね。

「多鶴子さんは当たり前のように言うた。あの人にしては不自然なほど明るい口調やった。俺に気を遣《つこ》てるのがわかった」

——その話、銀花には黙っててくれませんか。これ以上、銀花に心配を掛けたない。人殺しなんて一家に一人で充分です。

——でも、それやったらあんただけが悪者や。

——構いません。多鶴子さんは今まで通り、俺をいびってくれたらいいです。

——じゃあ、あんたは私を許してくれるんやね。

——俺には許す資格も許さない資格もありません。

「すると、多鶴子さんはすこし迷ってからこう言うた」

——尚孝はね、私を許してくれへんかったんやよ。あの子はなにもかも知ってた。私と母が弟を殺したことも、自分が死んだ子供の名をつけられたことも、私が他の男の子を産んだことも、なにもかも知っていたんや。繊細な芸術家には自分の母親が鬼畜で不貞の嘘《うそ》つきだなんて、耐えられへんかったんやろうね。

「かわいそうに、と多鶴子さんはそこで泣いたんや。自分のしたことで尚孝がどれだけ傷ついたか、て」

きっと父は両親の過去を調べ真実に行き着いたのだろう。父の絶望はどれだけ深かっただろうか。それでも父は人を思う心をなくさなかった。赤ん坊を抱えて彷徨《さまよ》う母を憐《あわ》れみ、救った。銀花が今生きているのはそんな父の心のおかげだ。

「多鶴子さんが枕元《まくらもと》に俺ら二人を呼んだとき、俺にはすでに話したことには触れんかったやろ。あれは多鶴子さんの気遣いや。俺が一度は銀花を捨てて逃げだそうとしたことを黙っててくれたんや。銀花を傷つけたくなかったからや」

「そうなん……」

最期《さいご》の最期まで気丈な人だった。そんな多鶴子が道を踏み外してまで恋をした。結ばれていればどれだけ幸せだっただろう。多鶴子の人生はまるで変わっていたはずだ。

「多鶴子さんは銀花のことも言うてた」

——私はね、銀花が座敷童を見た、と言うたときぞっとした。私が殺した直敬が化けて出たんやないか、と。そして、尚孝が死んだとき確信した。この蔵は呪《のろ》われてる。あの子の祟《たた》りや、って。だから、桜子が婿《むこ》養子を断った時点で蔵は閉めようと思た。銀花が蔵をやりたいと言うたが上手く行くとは思えんかった。

——銀花のこと、最初は信用してなかったんですか。

——美乃里さんの娘やからね。山尾家の血なんて一滴も入ってへん。どうせ途中で投げ出すと思てたよ。でも、銀花はよくやってくれた。立派な当主になってくれた。そして、あんたという婿を連れて来て、子供も育てた。おかげでこんなに賑《にぎ》やかになった。それで、思うようになったんや。直敬は祟りをする怨霊《おんりょう》やない。本当に守り神になったんや、と。銀花が懸命に蔵のために尽くしてくれたから、怨霊から正真正銘の座敷童になって蔵を守ってくれてるんや、て。

——怨霊から守り神にですか。

——そうや。昔から日本では怨《うら》みを残した人を神様として祀って、その怒りを和らげた。銀花はきっとそれをしてくれたんやと思う。

「俺は多鶴子さんに自分が座敷童やったことを言わんかった。今さら、あれは俺でした、なんて水を差さんほうがええと思た」

「そうやね。私もそう思う」

そこで剛はすこしためらった。それから、ふっと苦しげな表情をした。

「座敷童か。あのとき尚孝さんに見られてたらどうなったんやろうな」

何度も何度も気付かされる。人の心の傷は深い。自分が座敷童を失敗したこと、人を殺してしまったことは、この先もきっと剛を苦しめ続ける。完全な癒《い》やしなどない。

「かわいそうに」

ふいに涙が出た。哀《かな》しくてたまらなくて、でも、これは嫌な涙ではない。熱くもなく冷たくもない。そう、人肌の涙だ。穏やかに当たり前に流れていく。

「かわいそうに。殺された子も、多鶴子さんも、父も母も、みんなみんなかわいそうに。みんなみんな苦しんで、たくさんの我慢をして、ほんのすこしの幸せを望んだだけやのに」

かわいそう。傲慢《ごうまん》で身勝手で、だけど素敵な言葉だ。私はみんなに言ってあげたい。かわいそう、と。そして寄り添ってあげたい。人にかわいそうと言ってあげられる強さを持ちたい。

「かわいそうに」

「ああ、かわいそうや。みんなかわいそうや」剛が穏やかに繰り返した。「俺も銀花もかわいそうや」

「うん。生きてる限り……たぶん、かわいそうは続くんやよ」

昔、醬油蔵をやりたいと多鶴子に談判したとき、多鶴子がこう言った。

――あんたは自分の不幸を逆恨みしてる。尚孝の仇討《あだう》ちがしたい、と意地を張ってるだけや。かわいそうな子やと言われたない、尚孝の仇討ちがしたい、と意地を張ってるだけや。

痛烈な指摘だった。多鶴子は銀花の心を見抜いていた。だからムキになって言い返した。

――じゃあ、多鶴子さんはなんで醬油を造ってるんですか。

――そんなもの理由はない。私はこの蔵に生まれた。それが家業というものや。それが家業というもの。その言葉の意味が今ようやくわかった。

自分はこの蔵で育ちこの蔵で歳を取った。子供と孫を育てながら醤油を造った。豆を蒸して麹を付け、諸味を櫂棒《かいぼう》でかき混ぜ、絞る。毎日毎月毎年ひたすら同じことを繰り返すうち、いつの間にか意地も仇討ちも消えていた。

気負いがなくなって、はじめて醤油造りが自分の家業になった。胸を張る必要も謙《けん》遜《そん》する必要もない。理由を他人に納得してもらう必要もない。家業だから醤油を造る。

それだけのことだ。

「ねえ、私の家業って醤油造りやねん」

「なにを今さら」

剛がすこし呆れた顔で笑った。

はじまりは嫁入り道具の箏《こと》。象牙《ぞうげ》でできた小さな琴柱《ことじ》だった。ずっと蔵の梁の上にあって、今は自分の元にある。

そのとき思いついた。ちょっと待ってて、と立ち上がって納戸へ向かった。よっこらしょ、と大きな箏を運び出してきて剛の前に据える。錦《にしき》の覆《おお》いを剝《は》がすと漆塗りの鮮やかな装飾がきらきらと輝いた。へえ、すごいな、と剛が眼を丸くする。

「ねえ、私、筝をはじめてみようかと思うんやけど。この歳からで大丈夫やろか」

「いいんか？　多鶴子さんがあの世から文句言うたらどうする」

「大丈夫。今日の料理が供養やよ」

そっと筝を撫でた。長い間、誰も弾いていなかった筝だ。すっかり糸は切れている。あちこち修理が必要だろう。でも、いい音が鳴るはずだ。ころんころんと、ふくら雀の土鈴のように。

剛が陽だまりの柿を眺めながらしばらく黙っていたが、やがてぽつりと呟《つぶや》いた。

「じゃあ、俺は尺八でも習おかな」

「え？　剛が？」

「尺八。筝の横には尺八やろ？　正月みたいでめでたくていい」

剛と二人で合奏するところを想像した。めでたいかどうかはわからないが気持ちのいい光景に思えた。

「そうやね。じゃ、今すぐはじめよ。尺八は首振り三年ころ八年て言うから」

「なんや、それ」

「首を振りながら音が出るまで三年。さらに、ころころ良い音が鳴るようになるまでは八年ってこと。だから、首振り三年ころ八年」

「はは、そりゃ大変や」

剛が笑って秋の空を見る。そして、ぼそりと呟いた。

「首振り三年柿八年」

思わず噴き出してしまった。庭の柿に眼をやる。秋天の柿は鮮やかできらきら輝いていた。これから来る冬など知らぬように堂々と誇らしげだ。

「なあ、柿、食べよか」いきなり剛が言った。

「柿って、あの柿？」

驚いて訊《き》き返した。剛が銀花の顔を見てうなずいた。

「そう。みんなで食べようや」

「あれは座敷童の柿やのに」

「じゃあ、俺の柿や」

剛がひらりと庭へ降りた。蔵へ向かって駆けて行く。その後ろ姿を見て息を呑《の》んだ。格子《こうし》縞《じま》の着物を着た男の子が見えた。

ああ、座敷童が駆けて行く。山尾家の守り神、子供の神様が駆けて行く。五十年前のあの日、私が見た男の子はやっぱり座敷童だった。

「みんな、お祖父ちゃんが柿、もいでくれるって」

聖子はまだ眠っている赤ん坊を抱いて寝ぼけた顔でやってきた。大和と飛鳥は眼を輝かせながら口々に騒いでいる。

「ええん？　座敷童が怒らん？」

そこへサーシャがやってきた。心配げに柿の木を見上げた。

「あれって座敷童の柿やろ。本当にいいんですか」

「いいよ。座敷童のお許しが出たから」

「お許しって？」聖子が尋ねる。

さあね、と笑って立ち上がる。台所に笊《ざる》を取りに行くついでに自分たちの部屋をのぞいた。正面に父の絵がある。食いしん坊の女の子が笑っていた。これほど幸せそうに笑って見えたのは、はじめてだった。

庭へ出ると秋の夕陽が全身を包んだ。頭の先から足の先まで柔らかな温かさが染《し》み込んでくる。剛が蔵から梯子《はしご》を運んできて幹に立てかけた。気を付けて、と言うと黙ってうなずき器用に梯子を登っていった。

剛が枝から柿をもぎ取る。下で柿を受け取り一つ一つ丁寧に笊に入れた。ああ、昔、こんな夢を見た。

ひょい、ぱく、ぷっ。

この蔵にはじめて来た夜に見た夢だ。あのとき、座敷童は手当たり次第にもぎ、美味しそうに食べ、種を飛ばした。懐《なつ》かしい懐かしい夢だ。

「お祖父ちゃん、がんばって」飛鳥が声を掛ける。

剛はどんどんもいでいく。枝から一つ、また一つ柿が消え、空がどんどん大きくなる。笊はもうこんなに重い。夕陽の塊のような柿が山盛りだ。

「ねえ、私、食いしん坊の女の子やの」剛に向かって叫んだ。

「知ってた」

素っ気ない返事だ。でも、蛍の火のように温かい。

「全部取ったらあかんよ。木守柿を残しといてね」

きっときっと雀が来る。ころん、ころんと転がりながら赤い紐《ひも》のついた土鈴のふくら雀が来て残った木守柿を食べるだろう。

はじめての柿もぎに大和と飛鳥が眼を輝かせている。聖子は縁側にまな板と包丁を持ち出し柿を剝《む》きはじめた。その横で、すこしぐずりだした赤ん坊を懸命にサーシャがあやしている。

風が吹いて竹が鳴る。蔵からは醤油の匂《にお》いがした。

剛が柿をもぎながら手を振っている。笑いながら手を振り返した。いい秋だった。

解説

大矢博子

遠田潤子の新刊を手にするたびに、私は楽しみ半分、覚悟半分でページをめくる。楽しみなのは、あの圧倒的な物語世界に振り回される読書の醍醐味《だいごみ》が約束されているから。そして覚悟が必要なのは、遠田作品の主人公が皆一様に、悲惨な生い立ちや過酷な運命に翻弄《ほんろう》される人物であるからだ。最後まで読めばその先に一条の光や救いが見え、カタルシスがあるとしても、登場人物に感情移入して読むタイプの私にはなかなかに辛《つら》い。それなのに目が離せない。先が知りたくて仕方なくなる。

目が離せないのは、遠田潤子が〈謎《なぞ》〉の使い方が抜群に上手《うま》い作家だからである。デビュー以来、著者は壊れた家族や理不尽な逆境、過去の因果が長い時を経て現在を壊していく様子を描いてきた。そのいずれにも、なんらかの形でミステリの要素を物語に入れているのだ。中には正面から館《やかた》ミステリに挑んだ『冬雷』（創元推理文庫）のようなものもある（これもまた悲惨な展開が待ち受けているのだが）。その〈謎〉

が解かれたときに、強靫《きょうじん》にして胸を打つテーマが浮かび上がる。だからやめられない。読者を摑《つか》んで離さないフックのようなものが、彼女の作品にはあるのだ。

だから本書『銀花の蔵』が出たときも、楽しみ半分・覚悟半分で読み始めたのだが——思わず座り直した。これはちょっとテイストが違うぞ、と。

物語は一九六八年、両親と九歳の娘・銀花の暮らしから始まる。写生旅行からいつもお土産を持って帰ってくれる父、料理が上手な優しい母。けれど母には盗み癖があり、無自覚に万引きをしては幼い銀花が謝りに行くということを繰り返していた。母は責められてもただ泣くばかりで、行動は改まらない。

そんなある日、父が実家の醬油蔵《しょうゆぐら》を継ぐことになり、一家で奈良に転居することになる。環境が変われば母の盗み癖も出なくなるのではと期待する銀花。厳しい祖母の多鶴子《たづこ》、美人で高慢な一歳違いの叔母・桜子、父に当主として期待する杜氏《とうじ》の大原らに囲まれて新生活が始まった。

しかし、慣れない醬油蔵の仕事に、芸術家肌の父は次第にストレスを溜《た》めていく。テキパキと家内を仕切る多鶴子と、ふわふわして嫌なことからは逃げてばかりの母の間の溝も深まるばかり。銀花はなんとかこの家で皆がうまくやっていけないものかと気を揉《も》むのだが、部屋で母が盗んだものを見つけてしまったことから、運命がねじ曲げられていく——。

大阪万博に沸く昭和四十年代から平成の終わりまでという時代の流れを背景に描いた、醤油蔵を継いだひとりの女性の一代記である。

母の盗みを銀花がやったものだと思われ、孤立した少女時代。父は当てにならず、母は変わらず、さらに銀花の出生の秘密も判明する。銀花本人にはまったく責任のないことが、彼女自身に降りかかる。中学、高校と成長していく過程で何度も彼女を襲う逆境。障害が目に見えている恋愛。まさに波瀾《はらん》万丈の人生と言っていい。

悲惨な生い立ちや歪《いびつ》な家族、過酷な運命に翻弄される主人公、というのは従来の遠田作品と同じである。過去の因果が現在に影響を及ぼすというパターンも著者の得意技だ。家族それぞれが秘密を抱えていることや、序章で改修工事中の蔵から人骨が出た場面が描かれるなど〈謎〉もちゃんとある。つまり要素だけみれば、まさに遠田潤子らしい物語なのである。

けれどテイストが違うと感じてしまったのは、ひとえに銀花という主人公の生き方ゆえだ。

どんな逆境にあっても、どんな辛い思いをしても、どれだけ泣いても、怒っても、銀花は前を向くことをあきらめないのである。幼い頃から彼女は、常に自分のできること、自分のやるべきことを真っ先に考える。父を手伝おうとし、母を庇《かば》おうとし、いろんな思いを飲み込んで、毅然《きぜん》と前を向く。健気《けなげ》だ。その健気さの中に彼女の闘いが見える。「家族」を取り戻す闘いだ。

途中の展開にかかわることなので詳しくは書かないでおくが、家族というものに翻弄された銀花は、大人になって自分の家族を作り上げていく。その過程で銀花は、自分の母の想像もしなかった過去や、父が抱えていたものの大きさや、厳しい多鶴子がその胸に押し込めてきた秘密や、奔放で自分勝手な桜子の隠された鬱屈《うっくつ》を知ることになるのである。

これが実に見事。それまでただ「毒親」であり「頼りになるが気を許せない祖母」であり「問題児の叔母」だったものが、歴史と事情と感情を持ったひとりの人間として浮かび上がる。銀花にとってどういう人物か、という視点でしか見ていなかった私は、ここで平手打ちを食らったような気になった。辛かったのは、思いを飲み込んでいたのは、銀花だけではなかったのだ。

それを知ったことで、銀花の心の核が変わる。誰しも何かを抱えて生きている。それは取り返しのつかない後悔であったり、誰にも分けることのできない重荷であったりする。その人の苦しみはその人にしかわからない。これは、登場人物それぞれが自分の居場所を作ろうと足掻《あが》く物語なのだ。銀花の夫になる人物も含め、一生引きずる後悔があっても、それを抱えてなお、今日を生きる人々の物語なのだ。仕掛けられた〈謎〉もすべてそこに帰着するのである。

出生の問題に悩み、歪な家族の中で育った銀花が選んだ家族の形を、どうかじっくり味わっていただきたい。終章のなんと幸せそうな（そしてなんと美味《おい》しそうな）ことだろう。複雑な思いを抱いていた母の、数少ない長所だった料理。それを何のてらいもなく、ただ幸せな思い出として銀花が引き継いだのだ。これほどまでの「解放」の描写があるだろうか。家族を家族たらしめるのは血ではないのだと、自ら過去に向き合い、そして未来を選択するその決意なのだと、本書は告げているのである。

著者は宮尾登美子の『藏』が好きで、醬油蔵を舞台に選んだという。醬油作りの工程を子育てに喩《たと》えるくだりなど、なるほどと思わされた。だが私は本書を読んで、むしろ有吉佐和子の『紀ノ川』を連想した。奈良の隣県である和歌山を舞台に、明治生まれの祖母、その娘、そして戦後を生きる孫という女三代の物語である。

それぞれの時代ごとに女性がぶつかる問題と、その問題に対峙《たいじ》するヒロインたちの生き方を描いたこの昭和の名作に似て、『銀花の蔵』は桜子を含めた四人の女たちがそれぞれの世代を象徴しているように思える。女性の昭和史小説でもあるのだ。

本書は二〇二〇年、第一六三回直木賞の候補になった。受賞は逃したものの、これまでの作品とベクトルを変えた著者にとっての挑戦ともいえるこの作品が評価されたことは、この選択が決して間違いではなかったという証明だ。

もちろん、ミステリ色の濃い陰惨な作風の過去作の魅力はいささかも衰えるものではない。そこに新たな魅力が加わったのだ。この後に出た『緑陰深きところ』(小学館)は偏屈な老人と金髪の若者が旅をするロードノベルだ。それぞれ自分ではどうしようもない過去を抱えているのは本書を含めこれまでの作風通りだが、まったく違う形から彼らの再生を描いた、これもまた新機軸である。『人でなしの櫻』(講談社)は壮絶な愛憎劇、そして最新刊の『イオカステの揺籃《ゆりかご》』(中央公論新社)は著者の本領発揮、どろっどろの家族の物語だ。

この『銀花の蔵』を境に、遠田潤子はギアを一段上げた感がある。持ち味の強みはそのままに、チャレンジを続け、一作ごとに進化していく。その過程をリアルタイムで目撃できるのは、この上ない喜びなのである。

(二〇二一年九月、書評家)

この作品は二〇二〇年四月新潮社から刊行された。
文庫化にあたり改稿を行った。

銀《ぎん》花《か》の蔵《くら》

新潮文庫　と－28－2

令和四年十一月一日発行

著者　遠《とお》田《だ》潤《じゅん》子《こ》

発行者　佐藤隆信

発行所　株式会社 新潮社

郵便番号　一六二—八七一一
東京都新宿区矢来町七一
電話 編集部(〇三)三二六六—五四四〇
読者係(〇三)三二六六—五一一一
https://www.shinchosha.co.jp

価格はカバーに表示してあります。

乱丁・落丁本は、ご面倒ですが小社読者係宛ご送付ください。送料小社負担にてお取替えいたします。

印刷・株式会社光邦　製本・株式会社大進堂

ISBN978-4-10-104351-7 C0193